內藤騎之介

插畫やすも

Farming life
in another world.

Kadokawa Fantastic Novels

異世界悠閒農家

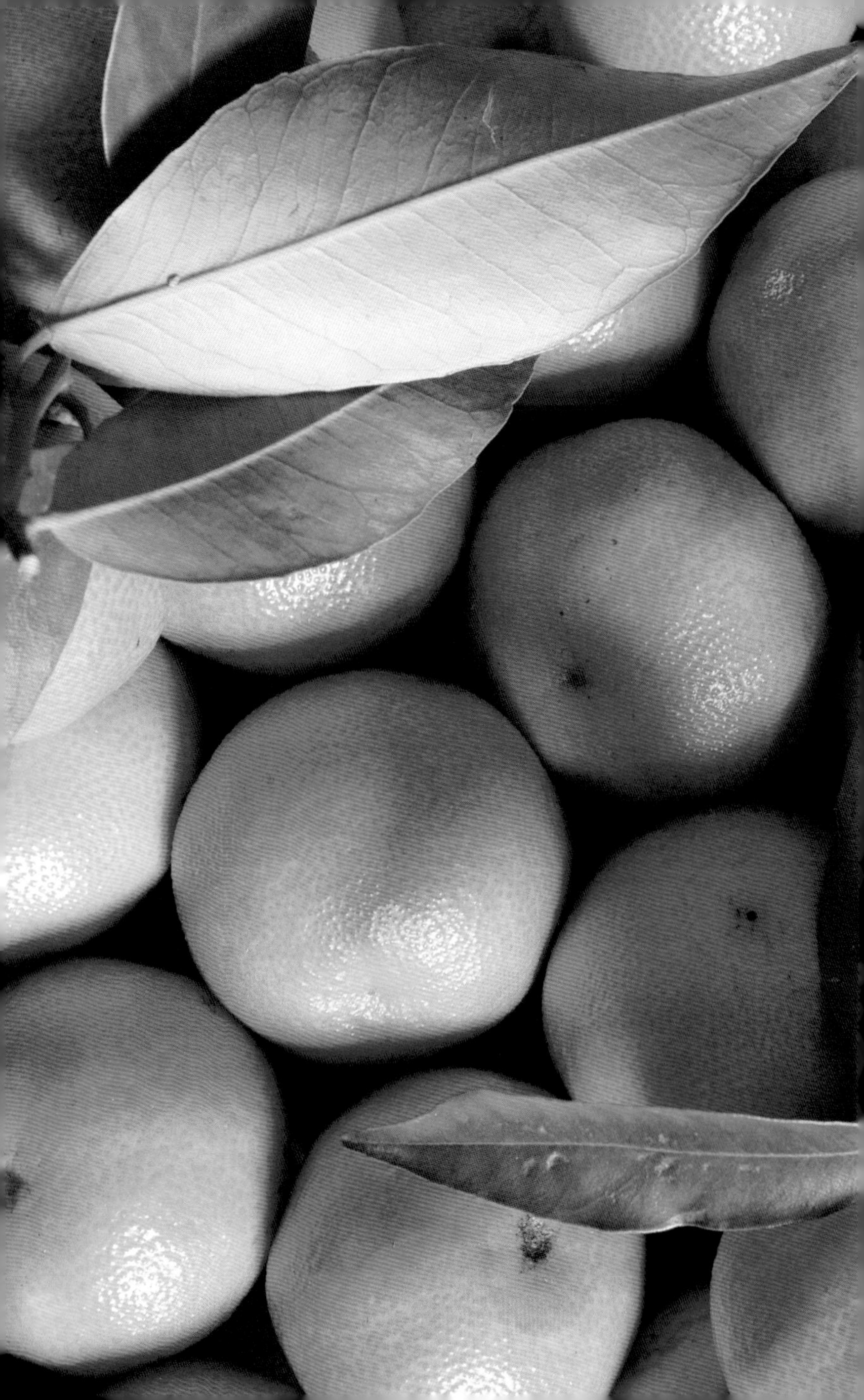

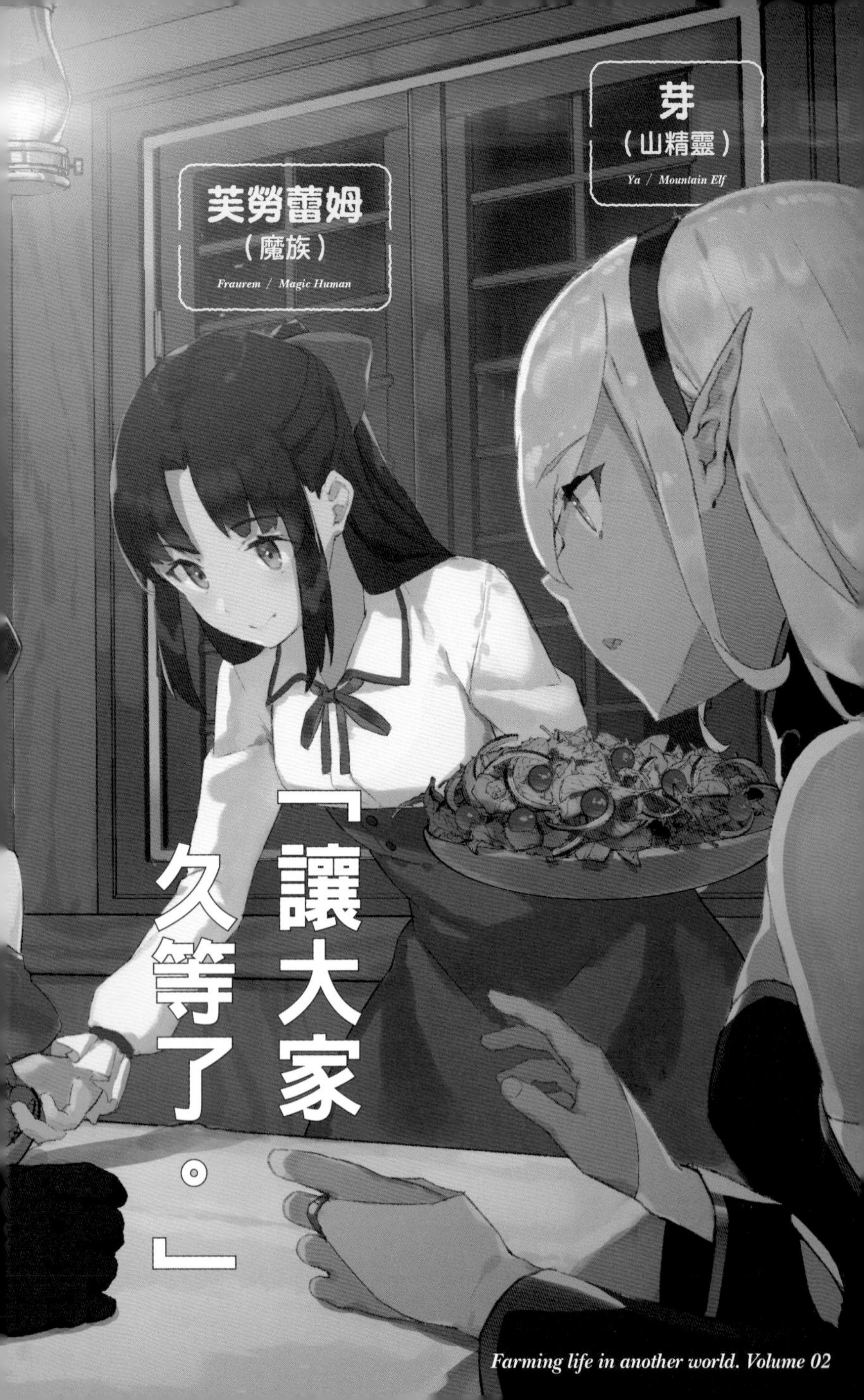
芽
（山精靈）
Ya / Mountain Elf
芙勞蕾姆
（魔族）
Fraurem / Magic Human
「讓大家久等了。」
Farming life in another world. Volume 02

「這是一人一盤吧？」
哈克蓮
（龍族）
Hakuren / Hi Ancient Dragon
拉絲蒂絲姆
（龍族）
Rasutisumoon / Hi Ancient Dragon

格魯夫
（獸人族）
Gulf / Beast Human
賽娜
（獸人族）
Senna / Beast Human
多諾邦
（長老矮人）
Donovan / Elder Dwarf
「我要打贏，讓村長褒獎我。」

（不能閃人嗎……）
（不能參加嗎……）
維爾格萊夫（吸血鬼）
Valgreif / Vampire
德斯（龍族）
Dors / Hi Ancient Dragon
加爾加魯德
（魔族）
Gullguld / Magic Human
Farming life in another world. Volume 02

「希望他們能一起快樂長大。」
蒂潔爾
（？？？）
Tiselle
阿爾弗雷德
（？？？）
Alfred
Farming life in another world. Volume 02

「這裡的泥土棒極了……」
依葛
（樹精靈）
Igu / Nyunyu-daphne
古露瓦爾德
（半人馬）
Glueworld / Centaurus

異世界悠閒農家

Farming life in another world.
Presented by Kinosuke Naito
Illustration by Yasumo

Farming life in another world.

Prologue

Presented by
Kinosuke Naito
Illustration by
Yasumo

〔序章〕

時光流逝

我名叫街尾火樂。

在日本工作，而後死亡……幸好在溫柔的神明大人導引下來到另一個世界。

同時我也變年輕了，得到不會生病的「健康的肉體」，還拿到「萬能農具」幫助我從事農業。

拜「健康的肉體」之賜，自從我來到這個世界後，連感冒都沒得過。

而「萬能農具」尤其厲害，它能自由變形，不管要變成鋤頭、鋸子、斧頭、鐮子，什麼都行。

此外，只要用「萬能農具」的鋤頭所耕過的場所，不需播種也能長出嫩芽。這點真是幫了我莫大的忙。

神明大人給了這麼多幫助，感覺我好像肩負某種使命似的，不過好像沒有什麼特別的任務需要完成。

據神明大人所言，我可以隨心所欲地生活。不過這樣真的好嗎？

我可不能因此得意忘形，別忘了需時時心懷感激。

我在這個世界邁入了新的人生。

在這裡，我的名字還是沒變，只是因為要把名放在姓前面，就成了火樂・街尾。

話說回來，直呼我名字的人很少，大部分的人都叫我村長。

沒錯，我在這個自己開拓的村子擔任村長一職。
村名為「大樹村」。
儘管我一開始並沒有打算開拓村子，自然而然就變成這種結果了。這也是託了神明大人的福嗎？

直到最近我才知道，村子位於一座名為「死亡森林」的大森林正中央。
這都是因為我向神明大人提出想去「人煙稀少的地方」生活才會如此，真要說是誰的錯，一定是我的錯了。

儘管不太方便……但我不認為這地方有貧瘠到要被稱為「死亡森林」的程度，既有水也有鹽，還有許多可狩獵的動物，我覺得還算滿豐饒的。

我在這種地方不知不覺生活了六年，現在是第七年。
當然，我並非獨自一人打拚。
而是在這裡邂逅了許多人，大概有一村的人那麼多。

小黑、小雪，以及小黑的子孫們。
起初我以為牠們是狗，事實上是一種叫做地獄狼的魔獸。
然而這不算什麼問題，牠們也是可愛的家族成員。

牠們主要負責看守村子以及狩獵。
最近還愛上了玩飛盤跟球。
不可否認，牠們好像逐漸失去了野性。

座布團與座布團的子孫們。
雖是巨大蜘蛛，卻也是我的家族成員。
牠們會利用從屁股吐出的絲做成衣服等絲織品，以裁縫師的身分在村子大為活躍。
座布團的子孫並非同一品種，而是各有千秋。
牠們各自在本身擅長的領域努力工作。
總的來說，雖然牠們似乎都喜歡吃馬鈴薯，但有的是生吃派，有的是蒸熟派。
啊，別在意啦，大家選自己喜歡的吃法就好了。

露。
照理說她應該是吸血鬼，但感覺不太出來，是顧慮到我的緣故嗎？
她的身高……應該說是身體，可以自由切換成大人或小孩的模樣。
白天她都維持小孩，或者該說是國中生左右的體型；晚上多數時則是大人的姿態。理由大家應該都曉得。

她現在是我的妻子之一，產下了長子阿爾弗雷德。
平時她都忙著照顧孩子及協助我處理事務，偶爾有空才會研究魔法與藥學等。

蒂雅。
隸屬於天使族這種背上有著翅膀的種族。
她一開始為了追緝露而來，卻因為發生了很多事而成了我的妻子之一。
雖說我有露一個人就夠了……呃，不過既然已經對人家出手，我只好負起責任。
蒂雅目前懷有身孕。

高等精靈。
雖然我分不太清楚跟精靈的差別在哪，不過她們各方面似乎都非常厲害。
至少她們的野性跟我印象中的精靈有很大差異，也出乎意料地擅長建築方面的工作。
被委任為高等精靈種族代表的莉亞，原本和族人一起生活在「死亡森林」，但最後跟我們匯合。自從她們定居下來後，這裡瞬間變得有村子的感覺了。
我非常感謝她們。
然而也因為那份野性，她們不知何時跟我發生了關係……
甚至還把居住在「死亡森林」裡的其他高等精靈都叫來村子，那可是頗具規模的人數。

嗯，我知道她們所有人都比我年長，但跟每一個都來也太那個了。

冷靜下來，沉著點，跟她們好好商量……啊，要照順序喔。我懂了，那麼，請她們去找露討論一下吧。

芙蘿拉。

她跟露一樣是吸血鬼，兩人的關係為表姊妹。

本來她好像就是喜歡關在房裡從事研究的類型，搬進村子後也同樣躲在房間忙著各種事。

我知道她有很多事要忙，但只有吃飯時間露臉是怎樣啊？

被稱為鬼人族的是額上長角的種族。

在露跟芙蘿拉來到村子前，這一族似乎就被她們聘用為女僕了。

來到村子後，鬼人族同樣擔任女僕，且大為活躍。

只不過，儘管她們擅長灑掃、洗滌，原先的料理技術卻滿差勁的……幸好來到村子後，她們的廚藝很快便大有長進。

她們的料理技術之所以不行，是因為這世界的料理技術本來就沒什麼發展，並非她們不夠努力。

已吃慣美食的我也該負起責任。我將自己所知的料理知識傳授給她們，未來她們的料理技術一定會日益進步。

這也是為了改善村子的飲食生活，希望她們多多加油。
種族代表則委由女僕長——安擔任。

格蘭瑪莉亞、可羅涅、庫德兒。
天使族三人組。
是蒂雅的朋友，抑或該說是部下。
但一直分開行動的部下還能算是部下嗎？
她們活用自己能夠飛行的種族特長，從上方警戒村子四周。
與蒂雅不同的是，三人裝備了含武器在內的一整套鎧甲，感覺非常可靠。
嗯？露怎麼了？
呃，我知道妳也能飛啦，不用跟她們爭吧。妳看，阿爾弗雷德在找媽媽了，拜託妳快下來。
蒂雅也不行，妳可是有孕在身的人耶。

乍看像是蜥蜴用兩條腿走路的蜥蜴人。
據說是戰鬥力可抵十名人類的種族。
不過就我觀察，根本不是十人，而是約百人份的戰鬥力才對……難不成這世界的人類比較強？凡是需要力氣的工作，我都會交給他們。

種族代表為達尬。

生有動物耳朵跟尾巴的獸人族。
從村子一直往東走會碰到一座山脈，山腰上有個好林村，獸人族就是從那邊移民過來的。
移民們是由國中生左右的少女，以及說是幼稚園生也行的小男孩所組成。
由於狩獵對他們來說實在太困難，我只好拜託他們在村裡從事一些瑣碎的工作。
例如加工收成的農作物、照顧村裡的馬、牛、山羊、雞等，就是他們的工作。
種族代表由當中最年長的賽娜擔任。
雖說是最年長，依舊是個國中生……呃，或許勉強可說是高中生吧？
身為好林村村長女兒的她，具有與身分相應的強烈責任感。
我知道她很有責任心，卻也希望她別太過拚命，在做得到的範圍內努力就行了。
我將照顧獸人族的工作委託給鬼人族的拉姆莉亞斯負責。

矮人。
正確來說應該是長老矮人，但就像高等精靈，我也不清楚長老矮人跟普通矮人的區別。
一如我對矮人的印象，他們喜歡喝酒，在村裡也致力於釀酒。嗯，只要是關於酒的事，他們可是超級可靠。

種族代表為多諾邦。
問題是……在我不知道的情況下，他們的人數越來越多？是因為比起打招呼，釀酒更為重要嗎？

拉絲蒂。
是個龍族少女。
她可以變成人類的模樣，但尾巴跟角好像還是藏不起來。
雖然我們之間的邂逅引發了一點騷動……但現在她也安然住在村內了。
有兩位名叫布兒佳跟史蒂芬諾的惡魔族傭人和她住在一起，照顧她的起居。
儘管她的外表看起來相當年幼，實際上年紀卻好像遠遠超越我。
由於她對禮儀規範等非常熟悉，在村裡負責對外交涉的工作。

芙勞。
魔王使者比傑爾的女兒，魔族。
雖說是魔族，但跟魔力量較多的普通人類好像沒什麼區別。
只是她的身體好像會因為魔力量而發生變化。
例如膚色改變、長出鱗或角之類的。另外，魔力量較多，好像也可以稍微延長壽命的樣子。啊，外貌也能隨之維持。原來如此～咦？我可不是在懷疑妳的年齡喔。

妳還只有十幾歲吧，我知道啦。
別看她這樣，好歹也是村子的地方官。
明明不久之前還是一介學生，真是辛苦她了。
其他還有龍族的德萊姆，他是拉絲蒂的爸爸，以及與女兒芙勞同為魔族的比傑爾、好林村的獸人族格魯夫、在夏沙多市鎮上擔任商人的麥可先生。
以上就是我這段時間認識的人。
在這裡經歷了許多事。
幾乎都跟耕田還有狩獵有關就是了。
也被飛龍襲擊過……那是很不快的回憶，我絕對無法原諒這種事，氣死我了。
能結識麥可先生真是太好了。儘管運輸商品要花一點時間，但從此有了取得海產的管道。
和我單獨一人時比起來，村子的規模壓倒性擴張，人口增加，田地也……嗯，變大到驚人的程度。
這麼寬廣的田地……儘管正確的日程我不確定，但應該是三月播種，五月收成，這屬於春季的收穫；六月播種，八月再收成，這屬於夏季的收穫；最後則是九月播種，十一月收成，這是秋季的收穫。
不過我無法肯定每年都這麼固定，有時會早一點或晚一點，況且有些農作物生長也不需要花整整三個月，一個月就能收成的農作物也是有的。

然而不管怎樣，一年可以收成三次，全都是拜這個「萬能農具」之賜。

我原以為是這世界的植物本來就長得比較快，但其他不透過「萬能農具」的農作物似乎還是按照普遍認知的速度成長。

總之，目前我不必擔心糧食的問題。

我再度對神明大人致上感謝，同時展開今天的農務。

我將上述內容大致刻於木板上。

唔，真不方便啊。用刻的要花很多時間，修改起來也很麻煩，還有，木板很難藏起來啊。

應該寫在紙上的。紙雖然很寶貴，但這種時候不該小氣。

下次還是換成紙吧。

是說，露、蒂雅、莉亞、安、達尬，你們不要在旁邊偷看啊。

該用更華美的詞句來描述？呃，你們不要期望我能有那種文采。

蒂雅，妳怎麼了？咦？妳那部分的篇幅太少了？

呃……真抱歉啊。

我本來想為村子留下文字紀錄……看來還是先到此為止吧。
希望能有具備文采的新居民來村子裡。

Farming life in another world.

Chapter,1

Presented by
Kinosuke Naito
Illustration by
Yasumo

〔第一章〕

麻煩降臨

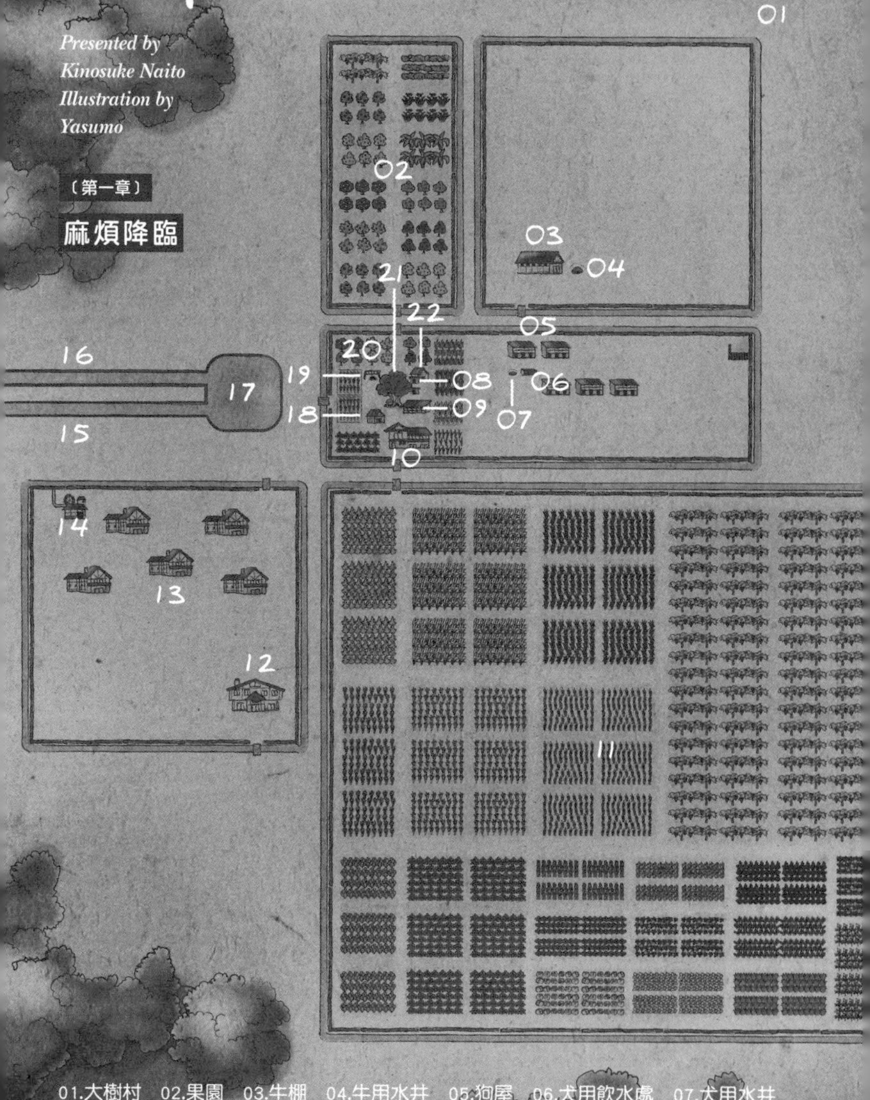

01.大樹村　02.果園　03.牛棚　04.牛用水井　05.狗屋　06.犬用飲水處　07.犬用水井
08.廁所　09.雞舍　10.家　11.新田地　12.旅舍　13.居民的家　14.澡堂
15.排水道　16.進水道　17.蓄水池　18.女僕宿舍　19.水井　20.田地　21.大樹　22.狗屋

1 娛樂文化與半人蛇

製作室外遊樂器材的成果差強人意，幸好室內的部分很不錯。
首先，我做了劍玉。
雖然這完全是單人使用的，不過即使待在原地也可以玩，因此廣受好評。
我也試做了溜溜球，卻因左右平衡太難調整而放棄。此外，我又試做了用繩子打的陀螺，然而我自己也玩不起來，更不用說教別人了。明明在電視上看大家都打得很輕鬆啊。
…………啊，結果不用我教也有人打成功了。看來大家都很高興，那就當作沒問題吧。
我做的幾乎都是獸人族小男孩的玩具，感覺對其他人過意不去，因此也思考了女生玩的器材……結果根本想不出來。
既然是女孩子……丟沙包怎麼樣？
我請座布團幫我製作小布袋，並在裡面裝滿大豆。本來好像應該要用紅豆的，但目前手邊沒有。下次來種個紅豆吧。我也好想吃紅豆年糕湯之類的甜點啊。
言歸正傳，把小袋子綁起封口後，沙包就完成了。總之先製作十個左右。

「這是要拿來做什麼的啊？」

有人這樣問我，我便拿起三個沙包試著拋擲。

……結果完全耍不起來，只好改用兩個試。雖說最多只能丟擲三次不失誤，但沙包該怎麼玩應該都看懂了吧。

獸人族的女性、鬼人族，以及高等精靈們都很有興趣。

沒多久她們就很熟練了，還能一次玩五個沙包。啊，兩人互相傳接這種花式玩法也出現了。嗯，看來我沒什麼好教她們了，還是老實地努力增加沙包產量吧。

漸漸地，可以開始看到村民們玩沙包作為飯後等消遣時間的身影。

除了西洋棋外的桌遊，我也試做了一組將棋。

雖然被大家認定是西洋棋的另一版本而被接受了，卻沒有像西洋棋一開始那麼風行。倘若是西洋棋，就連小黑們也能玩，但將棋的平板狀棋子對小黑們來說很難進行操作。

既然這樣就試試看圍棋吧。在上一個世界時，圍棋漫畫曾風靡一時，我也是在那時候記住了規則。不過一下子用十九路盤恐怕難以讓大家接受，先拿九路盤來試試水溫。

嗯，感覺不賴。很好很好，為了今後的發展，先準備好十三路盤跟十九路盤吧。

那麼，回來做原先要給獸人族小男孩用的玩具吧，下一項是……雙陸？這也能讓他們練習認字，效果應該不錯才是。

我準備了一張大木板，上頭畫出格子。一開始簡單一點比較好吧。再來則做出骰子，試玩一下。

大受歡迎。是骰子的緣故嗎？嗯……

不需要花太多腦筋，單純用擲骰子來進行遊戲……「十八啦」之類的也可以嗎？但那就變成賭博了。

以村子的現況而言，在沒有個人財產制度下，村民之間的賭博是無法成立的。真要賭起來，在摻雜賭博或勝負要素的場合都是由我作莊，因為能拿出獎品的人也只有我而已。

雖說就算維持這樣也無妨，但考慮未來發展的話，不學習使用貨幣還是不太好吧？如果要跟其他村子互通有無，完全不用貨幣好像也不行。不過，那都是以後的事了。

我將獸人族小男孩的興趣從骰子引至雙陸上，好不容易才讓他們玩出樂趣。

以下這是閒話，這個世界原本就有類似骰子的東西存在。

只不過，那玩意並非正六面體，而是有點歪斜的多面體。上頭寫的也不是數字而是記號，似乎主要是用在占卜與魔法上。基本上，一般人很少會看到這個東西。

儘管我做了許多嘗試，但製作玩具還是挺困難的。我也搞懂了並非越精巧的東西越好。

好比說，獸人族小男孩最喜歡的其實是積木。

嗯，也是呢。畢竟他們還是小孩嘛。

「村長，您做了好多長得一樣的東西，這也是積木嗎？」

「不，這叫麻將。」

我原本想挑戰製作撲克牌當玩具，卻因紙張太寶貴而放棄紙撲克牌。

取而代之的，我試著改用木牌製作，但木牌即使蓋起來，依舊可從背後的木紋看出牌面。

因此我又在木牌背面塗滿黏土，但黏土一乾就會跟木牌分離，這招也失敗了。

最後，我努力挑戰全黏土製的撲克牌，但要做出又薄又耐玩的實在太困難。到此我終於完全放棄。

放棄撲克牌後，以黏土能做出的大小來說，我所能想到的也就是麻將牌了，於是馬上試做。由於仰仗「萬能農具」生產，每張牌大小都相等，沒有燒壞任何一張，強度也很理想。

完成一組麻將後，我才察覺懂規則跟計算台數的人只有我而已，這麼一來麻將就變成裝飾品了。

「規則有那麼難嗎？」

「與其說難，不如說要記住的細節很多。」

總之，我先把閒著的人集合過來試玩一遍。

……咦？好奇怪？大家應該都比我還陌生才對吧，例如計算台數之類的，村民們還沒完全背起來。可是從出牌的選擇來說也太精明了吧……

麻將很好玩，但結果我就不提了。

攻略迷宮的三十頭小黑子孫與座布團的孩子們回來了。
牠們還帶了五隻……不對，五名魔物回來。這些魔物是上半身人類，下半身為蛇的半人蛇。
五位都是女性……看上去是適合留長髮戴眼鏡的知性美女。
然而這樣的她們，雖說只有上半身裸露，胸部卻能看得一清二楚啊，難道就不能遮掩一下嗎？我的眼睛不知道該往哪擺了。此外，她們的長髮還讓茱萸若隱若現，真煽情……好吧，對不起，村民瞪我的視線實在太可怕了，我會努力忍住不偷看的。
……不偷看太難了。
我拜託座布團牠們織出類似抹胸的東西，給她們穿著遮住胸部。雖然很可惜，不過這也沒辦法。
「您就是這群狼的領袖嗎？」
「嗯。」
我這麼一回答，半人蛇的代表便低下頭，其他同族也仿效她的動作。
「我們對這群狼投降了，請饒我們一命吧。」
雖然妳這麼說，但我可沒有殺人的打算喔……這個種族是叫半人蛇(拉彌亞)吧？我所知的半人蛇是一種會利用人類模樣的上半身誘惑人類，再以下半身的蛇身絞殺對方的魔物。
「妳們是會捕食人類的魔物嗎？」
「我、我們並不會吃人。」

「我們也不是什麼魔物，是亞人類的一種。」
聽了我的疑問，半人蛇的代表與背後的其他人慌忙答道。
我朝附近的芙勞徵求意見。
「半人蛇族雖然外表很奇怪，但的確是亞人類的一種，並非魔物。另外，也沒聽說過她們有捕食人類的習慣。」
芙勞還告訴我，魔物雖然能進行交流，卻無法說人話。我懂了。
「抱歉，我剛才說了失禮的話。」
我於是向對方道歉。竟然說她們會捕食人類之類的，簡直太失禮了。以後說話前得三思才行啊。
嗯，該好好反省了。

「那麼，言歸正傳……妳說妳們要投降，是因為跟小黑牠們有過一戰嗎？」
「是牠們先攻打過來的。」
「？」
聽了詳情，我才明白半人蛇族原本就生活在那座迷宮的深處，或者該說她們是那座迷宮的統治者。
然而小黑牠們對其發動攻勢，半人蛇族原先想長期抗戰……但戰力終究不及，只能選擇投降。
「嗚嗚，那些狼太強悍了，又會躲避魔法。即使是理應無法侵入的場所，牠們也會在蜘蛛的協助下攀登，到底是怎麼回事嘛！」

實在很對不起她們。然而小黑的子孫們卻露出成功捕獲獵物的表情，等著我褒獎牠們；座布團的孩子們也不例外。

…………

儘管對半人蛇族相當過意不去，但我還是誇讚了那三十頭小黑子孫，以及座布團的孩子們。

「好～乖好乖好乖，你們幹得很好喔！」

獎勵過一輪後，我跟半人蛇族商量該如何處置她們。

「迷宮內部還好嗎？妳們還能回去生活嗎？」

「咦？是的，沒問題。我們的戰力雖然減弱了，但最後狼群有等我們投降。」

我打探了詳情，被殺害的對象聽起來似乎並非她們的村民，而是家畜。

…………

要是雞、牛、山羊、馬被殺害，我一定會氣到抓狂吧。真的很對不起她們。

「妳們會敵視我們的村子嗎？」

「完全沒有。我們徹底投降了。」

畢竟見到數量好幾倍以上的小黑子孫去迎接那三十頭出外攻略迷宮的傢伙，縱使她們原本存有敵對的想法，應該也會馬上放棄吧。

「我明白了。那麼，妳們回家吧。」
「咦？」
「呃，所以我說，妳們回去沒關係喔。」
「這樣可以嗎？」
「嗯。還是說妳們想留下來？」
「沒、沒有，我們比較習慣住在洞窟裡。」
「那妳們就回家吧。」
總之，為了不讓她們因這次事件留下怨恨，我決定餽贈伴手禮給她們帶回去。
至於伴手禮的內容嘛……農作物如何？我拿了剛好可裝進木桶搬運的分量給她們，結果她們的蛇身比我想像中還要有力，能多拿上三倍左右。
這樣還能移動嗎？看來好像沒問題。
「非常謝謝您。」
我認為我們已經跟半人蛇們締結了友好關係。
偶爾還會看到她們拿迷宮裡採集的物品跑來跟我們交換農作物呢。

2 麻煩的龍

守門龍（Gate dragon）德萊姆。

「德萊姆為什麼被稱作守門龍呢？」

「因為他把巢穴築在『死亡森林』跟『鐵之森林』之間的山上。」

芙勞如此回答我的提問。雖說露、蒂雅、莉亞、安、拉絲蒂她們的知識都很豐富，但一般常識性的問題最好還是詢問芙勞。

「由於可防止『死亡森林』的怪物南下，從以前他就被稱為守門龍了。」

「原來如此。那麼除了南邊以外也有人守著嗎？」

好比說守門喀邁拉、守門巨人之類的。

「不，只有南邊而已。其他方向的道路都很險峻，要進入這座森林一般都是從南方過來。」

「是這樣嗎？」

「是的。但會進入這座森林的人本來就不多。」

原來如此，看來這個地方比我想像中更難生存啊。

順帶一提，從東邊的好林村也能進入森林，但那邊並不被視為森林入口，因為光是要抵達好林村就非常困難了。好吧，畢竟地處深山嘛。

一如往常地，麻煩總是突然降臨。

有龍來襲。只見那傢伙飛到村子上空後，在森林的上方盤旋，並向我們挑釁。

本來以為可以和對方進行交涉，龍卻冷不防對森林噴火，這下完全就是敵人了。格蘭瑪莉亞她們想上前禦敵，卻瞬間就被龍給揍飛。真希望她們別這麼胡來啊。

戰力可能與之對抗的拉絲蒂……很遺憾，她目前回老家了。

這隻龍的體型非常大，從顏色可以判斷並非德萊姆、德萊姆之妻或拉絲蒂，於是我擲出「萬能農具」的長槍。

被對方躲開了。

跟德萊姆夫人那次不同，從對方的閃躲方式來看，牠一開始就做好了迴避的準備。

那隻龍是在嘲笑我嗎？

我擲出第二記……又被躲開了。然而，我對準那傢伙的位置扔出第三槍。既然打不中，就扔到打中為止。

在投擲「萬能農具」的狀態下，我不會感到疲累。此外，只要我內心要求，「萬能農具」便會自動返回我手中，所以槍永遠也扔不完。

我已經做好了長期抗戰的覺悟。不過在那之前，我想先耍個花招。

在抵達龍之前，我就命令擲出去的槍消失並返回手邊，然後再迅速擲出。算是很簡單的假動作。

中計了嗎？我感到有些不安，還好成功了。

射出去的槍劃裂龍的翅膀，好極了！我因為太高興而晚了一步才收回槍，結果槍飛到龍背後的山上，掀起從我這裡也能看見的大量煙塵。糟糕糟糕。

我再度把槍收回手中，卻不見龍的蹤影，是降落到森林裡躲起來了嗎？千萬不能讓那傢伙逃跑。

由於方才格蘭瑪莉亞、庫德兒、可羅涅三人已受了傷，我只好請露抱著我飛行。

只要視野夠高，就能找出龍降落的場所，果然看得很清楚，我於是再度擲出槍。儘管那隻龍想閃躲，卻被森林的樹木妨礙而避無可避，原本沒受傷的另一側翅膀被長槍釘死在地面上。

我趁機對其使出致命一擊，再度舉槍瞄準。雖說釘住翅膀的槍也消失了，但那傢伙應該躲不了吧。

於是我對準龍巨大的身軀，把槍扔出去。

打中了——正當我如此確信時，龍把自己的身體縮小，躲過槍的攻擊。沒射中的槍刺進地面，伴隨著劇烈震動，折斷了周遭的樹木。

是幻覺嗎？不，我對這個狀況有印象，德萊姆跟拉絲蒂變成人類時也是這樣。

「投降，我投降。抱歉，原諒我吧。」

然後，我聽到了女人的說話聲。

「欸嘿嘿，真抱歉啊。」

端坐在村子入口，以輕浮口氣謝罪的女性，就是剛才的那隻龍。
她名叫哈克蓮，是個感覺相當迷糊的巨乳女性。
此外，她還是德萊姆的姊姊。我聽到她被這麼介紹時著實嚇了一大跳。哈克蓮身旁依序是德萊姆、德萊姆夫人、拉絲蒂，以及約七位我所不認識的人排排端坐。
從這狀況來看，應該全都是龍吧。
「容我介紹一下，從右邊起是我的爺爺跟奶奶、父親大人的二姊及其丈夫，以及他們二位的女兒，再來是父親大人的妹妹與弟弟。」
拉絲蒂低下頭，一邊為我介紹這七位陌生人。
七人分別是外表時髦的中年男性、模樣看似溫柔的中年女性、眼神有點凶的女性、看上去像是古代將軍的表情冷硬肌肉男、比拉絲蒂年紀小卻同樣長有角跟尾巴的女孩子、一頭華麗捲髮的女性，最後則是英俊的青年。
其實名字也有提到，但因為太繁雜了，我一下子記不住，之後再請拉絲蒂告訴我一遍吧。
「也就是說……諸位分別是德萊姆的父母、二姊跟姊夫、外甥女，以及妹妹跟弟弟吧。而哈克蓮則是德萊姆的大姊對嗎？」
「是的。」
在此端坐之前，由德萊姆與拉絲蒂介紹的這七人已先撲滅了哈克蓮在森林縱的火，可以理解為他們並沒有敵意。

「那麼，你們這次造訪是有什麼事嗎？」

聽了我的問題，所有人都別過臉，就連比拉絲蒂年幼的女孩也不例外。不過既然是龍，外表年幼的女孩搞不好比我還要年長也說不定。

沒人想親自說出理由，只好從最容易鬆口的目標下手了。

「德萊姆夫人，請妳說明一下吧。」

根據我的觀察，德萊姆想必無法違抗自己的姊姊。我在前一個世界也遇過這種對姊姊言聽計從的弟弟。

同樣地，朝那位據說是二姊的女性下手也沒用，畢竟最大的姊姊就是哈克蓮嘛。

次女究竟是順從姊姊的類型，還是不從姊姊的類型呢（我主觀認定）？

倘若是不從姊姊的類型，起初聽到我的問題就會喋喋不休地說出來了。既然她什麼也沒說，想必是順從姊姊的類型。

至於她老公雖然是表情冷硬的肌肉男，但我從剛才開始就總覺得他努力想隱藏自己的存在感。不知為何，我可以體會他的這種心情，於是將他從候補名單剔除，那兩位的女兒我也不想牽扯進來。

至於德萊姆的妹妹大概就是最小的女兒了。

基本上，小妹都很會察言觀色（我主觀認定）。

自己主動說出口，然後被姊姊瞪——這種事小妹才不會做。即使在催促下她有可能會說，但在尚未掌握她性格以前我不想冒險。畢竟這種場合要是讓姊妹吵架，可能會危害到村子。

而德萊姆的弟弟……儘管是個英俊青年，卻也散發出跟哥哥一樣不敢違逆姊姊的氣息。好吧，這也不能怪他就是了。

敢違抗姊姊的弟弟根本就不存在，也無法存在（我主觀認定）。

透過刪去法，眼下只剩德萊姆的雙親、夫人，以及拉絲蒂了。如果父母想舉發大女兒的行為，應該早就做了吧。看來他們包庇女兒的可能性仍舊比較高。

剩下夫人與拉絲蒂……相較之下，我判斷比較容易鬆口的是夫人。

雖然哈克蓮對德萊姆夫人而言是大姑……不過從夫人對德萊姆的態度來看，想必不用擔心，她應該是敢對大姑有話直說的類型。

「我來說明事情的經過吧。」

我的推測果然沒錯，德萊姆的夫人開始說明。

事情是從拉絲蒂回老家開始的。我原以為她是回德萊姆的巢穴，結果卻是前往位於北方大陸的祖父母家。祖父母家聚集了現場這些成員，她便向這些親戚報告近況。

這裡讓我稍微離題一下，聊聊最近的夜生活。

當露生產、蒂雅也懷孕後，村裡想懷孕的慾望（？）一下子高漲起來。拜此之賜，我晚上根本沒辦法一個人睡，就算說我想單獨度過也沒用。

即使我強調只有自願者才能過來，數量依舊持續增加。她們擅自鑽到我床上，我毫無抵抗能力。等回過神才驚覺，所有高等精靈、鬼人族，以及格蘭瑪莉亞、庫德兒、可羅涅、芙蘿拉都跟我有親密關係了。

至於獸人族只有賽娜，其他獸人族女性我都以身體尚未發育成熟為由拒絕了。反正還有獸人族的小男孩在，這可是我教導她們要耐心等待下的成果。在這件事上我費盡了心力。

總之，在這座村子裡，我只有跟矮人、蜥蜴人這些男性們對話，才能偶爾保持平靜的心情。但仍有拉絲蒂、芙勞正努力向我進攻。

儘管我嚴格自律、拚命堅持……結果依舊被無視，被當空氣般地無視了。周圍的人也齊心協力，讓她們跟我發生關係。我應該為自己不夠努力反省一番才對。

最後的堡壘只剩拉絲蒂的傭人布兒佳跟史蒂芬諾這兩人了，要撐下去啊！就算她們不時以冶豔的目光看來，我也要把持住。
岔題到此結束。
「也就是說，妳因為姪女先一步找到對象而氣到抓狂，才會動手襲擊我們村子嗎？」
「不是啦～我只是想驗證一下姪女對象的實力罷了～」
哈克蓮鼓起雙頰，如此抗議道。
無聊到極點的理由讓我渾身脫力，同時我也搞懂了為何其他人都閉口不談。自己女兒嫉妒孫女，或是姊姊嫉妒姪女……這種事怎麼好意思說出來呢？
「呃……只要保證不再亂來，大家就解散吧。」
「這樣可以嗎？」
德萊姆的父親代表回應道。
「嗯，畢竟一直端坐也很累人吧。我去請人準備設宴。」
他們是德萊姆的親戚，又是龍族。況且考量到拉絲蒂的立場，要這些人直接回去好像太冷淡了。
「耶！這裡的酒很好喝吧。」
哈克蓮率先站起身。當她正打算衝進村子時，我揪住她的臉。
「咦？」

哈克蓮，只有妳例外。
「妳的翅膀沒問題嗎？」
「咦？啊，嗯，暫時沒辦法飛就是了……那個，為什麼要揪著我的臉啊？」
「別在意。既然妳已經痛快地大鬧過一場，也該負責收拾善後吧？」
「這、這樣我好痛……」
包括被火燒掉的森林，以及因為我投擲槍而被挖掉的植被，都應該設法彌補才行。
雖說只要我用「萬能農具」耕過就沒問題了，但一想到我在工作時哈克蓮在參加宴會，我的心情便無法平復。
「妳要努力善後喔。」
等哈克蓮能參加宴會，已經是三天後的事了。

3 龍族一家

德萊姆的父親──德斯；德萊姆的母親──萊美蓮。
我再度向拉絲蒂確認，總算記住了。
德萊姆的大姊名為哈克蓮，再怎麼不想記住也忘不了這個名字。二姊的名字則是絲依蓮，雖然跟哈克蓮很像，但倒不至於搞錯。比較容易搞錯的反而是德萊姆的妹妹賽琪蓮。

哈克蓮、絲依蓮、賽琪蓮，這幾個名字取得都很相似呢。

最小的弟弟名叫德麥姆。

這些名字是在考驗別人的記憶力嗎？我會努力背下來的。

絲依蓮的老公，也就是那個表情冷硬的肌肉男，名為馬克斯貝爾加克，但他希望我們叫他馬克。跟外表不同，他似乎是個勞碌命的人，我覺得應該可以跟他成為好朋友吧。

至於馬克跟絲依蓮的女兒名叫海賽兒娜可，她同意大家以暱稱海賽來叫她。

……看來真的要很努力才能背下來了。

「拉絲蒂小姐，德斯……大人，是北方大陸的龍王(Emperor dragon)對吧。據說他還逼迫前前任魔王大人退位？」

芙勞向拉絲蒂問道。

「前前任魔王的事我不清楚，但祖父大人的確是住在北方大陸。原來他還被稱為龍王喔？」

「魔王國都是那樣叫的……還有，萊美蓮大人不是住在南方大陸嗎……」

「平常是那樣沒錯。」

「他、他們是夫婦吧？還有，沒想到拉絲蒂小姐跟海賽兒娜可大人是親戚……」

「啊哈哈，我跟她常常吵架呢……話說回來，為什麼妳要對海賽加上『大人』，對我卻稱呼『小姐』呢？」

「真對不起，拉絲蒂大人。」
「反了啦，叫她的方式跟我一樣就好了。」
「拉絲蒂小姐跟海賽小姐？」
「沒錯沒錯，就這樣去跟她打聲招呼吧。」
「請不要整我……」

歡迎德萊姆一族的宴會，竟然不知不覺持續了五天左右。這是到目前為止時間最長的一次宴會。

不過我也是從第三天以後才參加，或許是從我加入後才重整態勢，進入第二階段吧。

在這場宴會裡，最為活躍的村民應該就是矮人了。他們以龍族為對象，談論酒的相關知識，並不停來回勸酒。

「的確很好喝。」
「我比較中意剛剛那種味道有點嗆的……對對，就是這種。」
「加入果實後味道就會改變嗎？嗯，這樣就很順口了，感覺不管喝幾杯都不會醉。」

最受歡迎的是蒸餾酒，第二受歡迎的則是雞尾酒類──這類酒是始於矮人們釀的酒有些太烈了，味道嗆得我受不了，於是在裡頭加入果實。

對酒類相關事務最為熱心的矮人們已學會老練酒保的技能，能調製出各種雞尾酒。最近他們還開始研究適合下酒的料理，嚷嚷著酒菜契合度云云的問題。看德萊姆他們吃得這麼開心，研究方向想必沒錯。

若說最活躍的村民是矮人，最忙碌的村民就是鬼人族了。

龍族們非常能吃，端上來的料理一一被他們解決掉。而且不只龍族要吃，還得準備村民們的份。

除了照顧孩子的人員外全都進廚房了，高等精靈們也努力肩負起運送料理的工作。

即使如此，料理依舊來不及端上桌，只好拿蘋果、梨子、柳橙、香蕉、鳳梨、西瓜、草莓等填補空檔。

比起酒，海賽似乎更喜歡水果，只見她不停大口啃著。外表看起來雖然是個小女孩，吃掉的食物分量卻比自己的身體還大。

當然，光吃東西是不可能耗掉五天的，中間的空檔也進行了許多餘興活動和遊戲。

餘興活動包括唱歌、跳舞、各種表演等，但精彩程度就像參加結婚典禮的友人即興演出的水準，並不特別亮眼。

不過以沙包、劍玉進行的雜耍還滿受歡迎的。

雖說只看到後半段，但我覺得最有意思的是由拉絲蒂的傭人——布兒佳跟史蒂芬諾搭檔組成的巴頭相聲。

可惜她們以前就在龍族底下工作，龍族們都看慣了這樣的內容，所以反應並不熱烈。

「可惡，果然要開發新的哏比較好嗎？」

沒辦法，我只好上台串場了。

登上類似舞台的地方，我心想該如何是好。不過畢竟在前一個世界被病魔打倒前，我也是個有工作經驗的社會人士。

而在這樣的經驗中，最強的武器就是在小酌與招待等場合一拿出來便會引發爆笑的絕招——模仿秀！

……模仿秀？

不行啦！對不認識被模仿對象的觀眾來說，模仿秀根本一點意思也沒有！這裡可是異世界，遙遠的異鄉，也就是說可以設想自己身處國外。國外……哼哼哼，我也是有接待外國客戶的經驗啊！

看我這招！騙小孩的魔術！

…………

結果龍族看表演的胃口早就被養大了，況且在這個世界，不會魔法的人都會耍些魔術，所以一點都不稀奇。

關於遊戲，高爾夫、西洋棋、圍棋頗受好評。

高爾夫因為可以悠哉地比賽而廣受歡迎，西洋棋與圍棋則能激盪腦力。

玩這些遊戲時不宜喝酒，我於是拿出綠茶、紅茶、咖啡、果汁等飲料招待。畢竟酒的消耗量已經很恐怖了，照這樣下去，恐怕連還在等待發酵的量都會被喝光。

幸好酒類以外的飲料評價也很高，客人都很喜歡。

儘管並未出現稱得上意外的麻煩，但問題在於他們下西洋棋跟圍棋下得太過認真了。當然，我事先就向村裡很會下棋的人說明了待客之道，這點倒是不用擔心。

就連小黑牠們也不會一下子就狠狠修理對手。面對才剛學會規則的客人，比起追求勝負，享受下棋的樂趣才是最要緊的。

問題主要是出在不懂也不必管什麼待客之道的龍族較勁，尤其是德萊姆的雙親、姊妹對決極為熱烈，明明是生手下棋，氣氛卻搞得跟名人戰沒兩樣。

他們對戰的餘波害幾頭牛跟山羊昏倒了，要說這算問題應該也沒錯。

由於西洋棋跟圍棋無論如何都只能一對一，為了多人同樂，我本來打算搬出雙陸，他們卻看上了作為裝飾品的那套麻將。

該說真不愧是龍嗎？他們馬上就記住了所有規則，甚至會機靈地吃牌。

我本來期待這會是場和氣的家庭麻將，結果完全不行，看來龍真的是一種很好鬥的種族。

優勝者是高等精靈的莉婕。

過程中，即使面對毫不掩飾殺氣且表露無遺的龍族，莉婕依舊一步也不肯退讓，非常拚命。

順帶一提，這股殺氣的餘波害村裡的雞有好幾天都無法下蛋，這可是一大問題啊。

我也擔心懷孕中的蒂雅會不會受到影響，結果被與雞相提並論反而惹她生氣了。而阿爾弗雷德則仍泰然自若，我跟露這對笨蛋父母都一致認為他將來一定能成為大人物的。

就這樣，日子不知不覺地過去，來到了德萊姆他們決定回去的那天。

「承蒙關照。」

德斯代表龍族們表達謝意。

「哪裡哪裡。」

儲備糧食被吃掉一半，雖說倒不至於影響過冬，卻也依舊所費不貲。

算了，只要大家開心就好。

比起這點，問題在於他們間接要求的各種土產。

儘管早有覺悟要饋贈酒和農作物了，沒想到他們也想要遊樂器材這類物品，尤其是西洋棋、圍棋，以及麻將。我深刻體驗到地位較高的人是不會自己動手的，一定會委託其他會做的人幫他們做。

由於不好意思把用過的舊東西送給他們，我於是和他們約好會做幾套新的送去。

最後，拉絲蒂跟哈克蓮留下，其他人都回去了。

…………

「哈克蓮？」

「什麼事？」

「為什麼妳也留下來了？」
「咦～～一定要我說嗎……請別揪著我的頭，那樣很痛。」
「為什麼妳要留下來？」
「父親大人要我留在這裡幫忙。」
我看向拉絲蒂，只見她無奈地點頭，表示哈克蓮沒有說謊。
「拉絲蒂，雖然她算是妳姑姑，但這樣沒問題嗎？倘若妨礙到妳，還是可以把她趕走喔。」
「啊哈哈，沒問題啦，我跟哈克蓮姊姊感情滿好的。」
「哼哼，把拉絲蒂一手拉拔長大的可是我……好痛好痛好痛！」
看來像是攻擊村莊這種事，她八成還是會故態復萌吧。不過既然拉絲蒂無所謂，倒也無妨。
「妳要留下來幫忙，對吧？我知道了，會讓妳工作到昏倒的，覺悟吧。」
「呃，村長？我從一開始就覺得你對我的態度好像跟對其他人截然不同，應該說非常惡劣……好痛好痛好痛！」
村裡的居民又增加一人了。

「魔王城」的某研究室。
「已經摸清龍族的血緣關係了？除了守門龍與拉絲蒂絲姆身為親子外，其他不都是長年以來的謎團嗎？」

「是的。根據報告，龍王德斯跟南方的颱風龍(Hurricane dragon)萊美蓮是夫妻，守門龍德萊姆應該是他們的孩子之一。至於守門龍的妻子是北方的白龍(White dragon)公主葛菈法倫，兩人的女兒則是有名的狂龍(Crazy dragon)拉絲蒂絲姆。另外，以西方人類國家為地盤的惡龍(Evil dragon)馬克斯貝爾加克娶了守門龍的姊姊魔龍(Spell dragon)絲依蓮，這對夫妻生下的女兒似乎就是暴龍(Wrath dragon)海賽兒娜可。還有，約百年前在西方肆虐的真龍(Ancient dragon)哈克蓮，以及約三十年前在南方作亂的火焰龍(Fire dragon)賽琪蓮，兩者應該也是龍王跟颱風龍的孩子。」

「這些有名的龍竟然全是一家人？而且每個名字都昭然若揭，確定正確無誤嗎？這可是歷史性的發現喔，你的情報來源真的可靠嗎？」

「都是從本人那兒聽來的，想必不會有錯吧。」

「從本人……？」

「是的，據聞是本人說出口的。」

「……魔王軍裡有能直接詢問龍的人物嗎？」

「大概只有魔王大人而已吧？」

「所以這份報告是出自魔王大人？」

「似乎不是。」

「這樣啊……一定要保住回報這情資的人才，運氣好的話，或許還能透過這條管道獲得龍鱗呢。」

「光是一塊鱗片就能做出非常厲害的武器跟防具了，我會努力拉攏對方的。」

「大樹村」。

「村長，您拿著什麼啊？」

剛好經過我身邊的芙勞如此問道。

「是德斯他們留下來的……應該是鱗片吧。」

一片約有一塊榻榻米大。

「跟拉絲蒂小姐的不同呢，這個比較厚，像是平坦的岩石。」

「是啊。但重量很輕喔，妳要不要拿拿看？」

「好的……啊，真的很輕耶，原來如此。」

「目前在妳手上的是德斯的鱗，那邊則是萊美蓮的。至於對面那個……應該是絲依蓮的吧？不對，好像是賽琪蓮的？聽說這能賣很多錢，龍族表示隨我們處理……話說這到底值多少錢啊？」

「呃……那邊的是海賽兒娜可小姐的鱗片吧？像那種小型的鱗片……一塊就可以在魔王國的王都蓋一棟豪宅了。」

「所以相當有價值囉。」

「是的。」

「我們眼前就有相當多的數量呢？」

把鱗片堆在一起，都可以塞滿一棟小房子了。

「的確，我總覺得內心好像有什麼價值觀崩壞了。」

「這樣啊。那麼，妳覺得賣給麥可先生跟比傑爾如何？」

「會成為麻煩的根源吧。不如收進地下室裡，假裝沒看到……不對，我是說收藏起來。」

「原來如此。要是引發麻煩就糟了。」

反正我們不缺錢，於是決定收藏起來了。

「所以說，在家裡掉落的鱗片也要好好放到指定場所喔。」

「咦，麻煩死了～～好痛好痛好痛！」

「了解，請交給我處理吧。」

與哈克蓮不同，拉絲蒂可真是個乖孩子呢。

4 龍的禮物與哈克蓮

我拜託拉絲蒂將德萊姆親戚想要的遊樂器材送去，結果她又帶回了許多禮物。

看來他們似乎是在村子作客時調查了我的喜好，禮物多以珍稀樹種、植物、農作物為主，除此之外則是大量貴金屬與裝飾品，應該是要補償上回宴會的開銷吧。總覺得他們給得太多了，然而婉拒對方也不太好，只能感激地收下了。

……難不成把哈克蓮硬塞過來的賠罪也包含在內？

帶回來的物品中也包括紙，由於硬度適中，我便試著拿來製作撲克牌。

做出來的成果讓人相當滿意

順便試試百人一首……可惜裡頭的和歌我只會背上少數幾首，於是放棄了，還是乖乖做歌牌吧。

動起手來我才想到，要是拿紙做歌牌，玩久了想必會破損連連，歌牌還是用木片做比較好。

於是我用木片做了歌牌。

對於某些容易把紙玩壞的撲克牌遊戲，我也改用木片製作。不過木片撲克牌最大的缺點就是很難洗牌，之前我也是因為這個理由才放棄，幸好開發了放進箱子搖一搖的方法，勉強克服這個問題。

獸人族喜歡歌牌，高等精靈與鬼人族、矮人對撲克牌的評價則相當高。

我順便為獸人族的小男孩製作了紙影戲。然而老實說，主要還是為了講故事給阿爾弗雷德聽而預作練習。

故事內容包括……桃太郎、浦島太郎、金太郎、開花爺爺、摘瘤爺爺、稻草富翁、輝夜姬等。但原封不動照搬沒問題嗎？是不是改成適用於這個世界的版本比較好？

總之，我列舉出許多候選名單，並以抽籤決定。

紀念性的第一作就是咔嚓咔嚓山！

理所當然的是那個老婆婆被殺，最後狸貓也被宰掉的血腥版本。若是普遍級版本，兔子這個角色作為復仇者的動機就會顯得薄弱，變成只是個討人厭的角色而已。

在公開之前，我先以露、蒂雅、高等精靈們為對象練習演出，結果她們提出了「為何兔子會比狸貓更親近人？」這種大哉問。

「狸貓明明很信任兔子，沒想到遭到背叛……兔子真惡毒啊。」

蒂雅的意見也令我陷入沉思。

的確，狸貓明明很狡詐，卻那麼容易就相信了兔子的話。

為何狸貓會那麼相信兔子呢？

「村長，老爺爺是怎麼拉攏兔子當同伴的啊？」

莉亞，妳在意的是這個嗎？可能他們以前就認識，或是老爺爺曾幫過兔子……隨便找個理由不行嗎？

「那麼，為什麼老爺爺跟老婆婆不把兔子跟狸貓一起吃掉呢？故事一開始就可以把兩隻都抓來吃了啊？」

……我決定將咔嚓咔嚓山束之高閣。

第二作則是猿蟹合戰。

這是怎樣？明明是自己做籤自己抽，怎麼老是抽到這種的？

果不其然地，出現了預料中的問題。

「栗子、牛糞、臼都有人格，柿子樹跟柿子卻沒有，這是為什麼呢？」

露啊，關於這點我也覺得很不可思議，但這個問題只有問童話的原作者才會知道啊。很抱歉，我只是把以前聽過的故事內容重述一遍罷了。

「猴子明明運用自身智慧取得了飯糰跟柿子，倒不如說是被騙的那方太蠢了不是嗎？畢竟猴子也依照要求把柿子扔下去，螃蟹接不住應該要怪罪自己吧？」

「我覺得是沒有說要熟柿子而不是生柿子的螃蟹不好。」

「只聽單方面說法就去幫忙報仇的傢伙也很怪，搞不好蜜蜂跟栗子從以前就有把猴子幹掉的計畫了？」

「話說老螃蟹一開始明明也威脅柿子樹要快點長大，結果這部分就被無視了嗎？」

一邊聽著高等精靈們討論劇情中的種種不合理處，我一邊將猿蟹合戰送去跟咔嚓咔嚓山作伴。

究竟是怎樣？感覺大家都開始嚴肅探究童話內容並認真議論起來。

假使我抽到桃太郎，她們大概也會覺得只用一顆糯米糰子就要三隻動物拚死戰鬥，很明顯是種不正當的雇用關係云云……

不只是時代差異，連世界都不是同一個，或許這也沒辦法吧。

還是乖乖拿這世界的故事作為紙影戲的劇碼吧。

「我很喜歡村長的故事喔。」

儘管依舊吸引了一部分粉絲，但那故事可不是我原創的，真傷腦筋。總之我先把自己知道的童話寫成文章，再藉此加以改編。

一時興起的我也摻入了知名漫畫橋段，由於看起來非常精彩，還有人要我表演後續的故事。就算是知名漫畫，但我也不可能把所有內容都背下來，記憶模糊的部分只好擅自補完了。漫畫家老師，對不起呀。

此外，光只有旁白描述不夠清楚，觀眾還要求我表演動作，太丟臉了吧。

……好吧，只表演一次喔。

必殺技的姿勢就像這樣，光束則是從這裡發射的。

「村長，也順便請您念出台詞。」

我只好紅著臉，全力模仿知名漫畫的必殺技台詞與動作。

我到底在做什麼啊？

哈克蓮在村裡嘗試了各種工作。真不愧是比拉絲蒂年長許多的龍，知道如何控制力道，感覺做什麼都很順手。

她腦袋不差又精通禮儀，儘管一般生活常識稍遜色一點，但在村裡生活常識豐富的貴族也只有芙勞而已，算不上什麼缺點。

問題在於她完全沒有主動性，無論叫她做什麼她都會先抱怨個一、兩句。然而抱怨後她並不會偷懶，會乖乖把事情做完，由此可知抱怨只是做做樣子罷了。但還是希望她能改掉。

欠缺主動性這點……好吧，既然是龍族，我可以理解。實際上，拉絲蒂也有類似的習性，能力越強的人往往越是懶得出力。畢竟要是非常積極主動的龍也會帶來困擾，或許她這種態度反而比較好……然而假如我不對她下達指示，她就只會躲在房間裡吃飯、睡覺，轉職成尼特族。一定要這樣嗎？

因為每次下指示她都會先抱怨，我這邊也漸漸只讓她去做非她不可的工作了。再這樣下去的話……

……等等？

這是哈克蓮的陰謀嗎？讓下指示的人感覺麻煩……

去問問她好了。

「好痛好痛好痛，不要突然闖進人家的房間揪人家的臉啦好痛好痛好痛！」

她招供了。一如我的推測，這是一種讓下指令的人覺得麻煩的作戰。這傢伙還真有耐心啊。

既然這麼有耐心，我就罰她去做挖個洞再埋起來的工作。

「我有反省了。」

她只做一天就放棄了。看來哈克蓮雖然有耐心，卻沒什麼毅力呢。

「這跟毅力才沒關係！別讓我做沒意義的事好嗎？我會瘋掉的。」

「總比妳關在房間吃飯睡覺要好吧？」

「關在房間吃飯睡覺總比挖洞好百萬倍。」

「所以說，那樣不行啊。」
「我、我知道了啦。」
「很好，以後也盡量少抱怨喔。」
「不是完全不准抱怨嗎？」
「抱怨一點點還可以接受。」
「……欸嘿嘿。」
「有什麼好笑的？」
「沒事。」

順帶一提，哈克蓮剛來村子時是住在拉絲蒂家，現在卻搬到我家的空房間住了。

算了，總之就是這樣。

嘗試各種工作後，結果哈克蓮成了村民的老師。

目前她的學生有男女獸人族、蜥蜴人的孩子、小黑的子孫，以及座布團的孩子。

除了讓學生們學會基本的讀寫外，她也努力教會大家簡單的算術。

「只要讓村民變聰明，我也能節省不少力氣嘛～」

先不管她的動機，至少這不是什麼壞事。

5 流通

儘管跟村民討論過，但德斯的禮物依舊全屬於我。

之後再由我分配到村民手上。儘管有點麻煩，但露、蒂雅、芙勞與拉絲蒂都說這部分有必要如此處理。

收到紙是值得感激的事，但我仍希望村子能自己生產。明年種些容易製紙的植物好了。

至於另外得到的那些珍稀樹種、植物與農作物，我也想好好培育，裡頭似乎有著讓露、蒂雅、芙蘿拉都非常欣喜的樹木呢。

在這些德斯送來的禮物中，也包含了很難在村子派上用場的東西。

「這是什麼？」

「這叫『迷宮的輝石（Labyrinthstone）』，是管理迷宮用的道具。」

拉絲蒂回答我的問題。

「管理迷宮用？」

「嗯，我們龍族在迷宮築巢時，若不先把迷宮改造過就不能住。」
「那是當然的，因為你們的體型太大了嘛。」
…………所以他們平常是以龍的外表生活嗎？嗯，好吧，這麼說也是。因為我多半看到的都是他們變成人類的模樣，還以為他們是以人類外表來生活呢。
等等，他們應該還是用人類的模樣生活吧？之前芙勞跟麥可先生在德萊姆的巢穴過夜時，聽說是住在人類用的房間裡。
「因為要等到長大才能變身啊……」
看著拉絲蒂的角跟尾巴，我懂了。德斯那群大人長得可是跟人類完全一樣，無法消除角跟尾巴的只有拉絲蒂跟海賽而已，原來如此。這個話題就此打住吧。
換個話題，迷宮究竟是什麼？
「迷宮是自然產生的魔力聚集之處，當魔力聚集在那當然就會吸引怪物接近，聽說被吸引過去的怪物也會為了讓自己住起來更舒服而改造迷宮。」
「原來如此。」
「此外，當迷宮變大後，聚集的魔力還會自動擴張迷宮。所謂『迷宮的輝石』其實就是一種可以利用那種自動擴張力量的石頭。」
「這是很貴重的石頭嗎？」
「是的。不過祖父大人手邊還滿多的。」

「我想也是。」

如果手邊不多，想必不可能把這種東西包含在禮品內。然而給我管理迷宮用的道具也沒意義啊，我沒事也不會去迷宮逛。

「這種石頭任誰都能使用嗎？」

「只要能夠使用一定程度的魔法應該就沒問題了。」

偏偏我不會半點魔法，越來越覺得這玩意一無是處了。

「提到迷宮就會想到半人蛇族，但她們能用這東西嗎？」

「半人蛇族擅長魔法，我想應該沒問題。」

「是嗎？那就把它借給半人蛇族好了。」

半人蛇族是統治村子南方某座迷宮的種族，目前約有五十隻……抱歉，我是說五十人左右生活在迷宮深處，同時似乎將迷宮內各種怪物置於麾下。

那座迷宮很大，竟然還有一部分延伸到德萊姆巢穴所在的南方山脈。以這種面積而言，小黑的子孫們要花一年以上才能攻下也是可以理解的。

眼下我正與半人蛇族交涉，計畫請她們幫忙輸送物品到德萊姆所在的場所。

上次送她們土產時，看她們意外地能搬東西，我就有這個構想了。

雖說也能像以前一樣請德萊姆、拉絲蒂，或是哈克蓮幫忙送貨，但讓龍族協助跑腿總覺得怪怪的。

比傑爾跟麥可先生雖然沒說什麼，不過我猜想他們心裡也感到很困惑。

況且，尚不論德萊姆或拉絲蒂，哈克蓮似乎不太想變成龍。我擔心是不是之前害她翅膀受傷沒治好，結果她只是想在我面前保持人樣罷了，真是可愛的傢伙啊。

哎呀，我離題了。

如果能透過「迷宮的輝石」改造迷宮，搞不好就能打通一條從迷宮內部直達德萊姆巢穴的路。

「啊，就算現在使用『迷宮的輝石』，迷宮也不會馬上改變喔。」

「是這樣嗎？」

「嗯。變化過程是很緩慢的……若要追求大幅的改造可能得花上百年左右。」

……龍族還真有耐心啊。

結果我請半人蛇族走普通穿越森林的路線，幫忙運送貨物到德萊姆的巢穴。

受我們委託的半人蛇族又把工作轉包給她們所支配的怪物，那些傢伙的搬運速度好像比她們還快。

從我們村子運貨到德萊姆的巢穴約要花五至七天。日數之所以不固定，主要是基於天候影響。即使如此，我依舊非常感激。

給半人蛇族的報酬則是村裡的農作物。我還提醒她們也要分一些給實際運貨的怪物們。

……看來或許要繼續擴大田地比較好了。

有了半人蛇貨運後，跟麥可先生的交易也更為容易。

從德萊姆的巢穴到麥可先生居住的夏沙多市鎮，靠德萊姆他們用飛的花不到半天，但徒步就得耗掉二十天左右。

之所以走路要花那麼多時間，是因為途中得通過「鐵之森林」。

雖然不到「死亡森林」的程度，裡面卻仍有許多危險的怪物，要穿越那裡抵達德萊姆的巢穴，唯有頂尖的冒險者才辦得到。

這般頂尖的冒險者徒步要花上二十日，至於普通商人根本無法抵達。那麼比「鐵之森林」更危險的「死亡森林」又是如何呢？我總覺得這兩地的評價怪怪的。

姑且不論這些，最花時間的「鐵之森林」靠德萊姆的部下運送後，二十天的日程便縮短為五天。也就是說，半人蛇貨運搭配德萊姆的部下，單趟大約花上十至十二天。這是靠龍飛也得用上兩天的路程，所以速度已經算很驚人了。

透過這種方式，夏沙多市鎮便可定期將海產送來我們村子，我們也能把農作物送去夏沙多那邊。生活變得更加方便。

芙蘿拉終於做出味噌跟醬油了。

「喔喔喔！」

我猜最高興的人應該是我吧。儘管嚴格說來仍有點不夠對味，但毫無疑問是味噌跟醬油沒錯。

為了讓大家明白我的喜悅，我做了一大堆會用到味噌跟醬油的料理。

味噌醃漬物、味噌燒肉、醬油醃肉、沾醬油下去烤的玉米、味噌湯、味噌醃黃瓜，另外還有味噌湯底跟醬油湯底的火鍋料理。

在村民們的集體意志下，決定要來穩定量產味噌跟醬油。明年，我得來擴充大豆田了。

閒話 芙蘿拉

我名叫芙蘿拉，全名是芙蘿拉・薩克多。雖說不及姊姊大人，但也算是個有點名氣的吸血鬼。為什麼只說有點名氣？因為基本上我足不出戶。就算很少出門，大部分事都可以在家解決。

當然，我雖然關在家裡但可不是只會吃飯睡覺，無聊可是人生的大敵，我依舊有熱衷的興趣。

那就是藥學。研究藥物非常有趣，感覺自己就像在窺看神的世界。

我做的藥非常有效，甚至還會有人專程從遠方來求藥。

能讓死人復活的藥我是做不出來啦，不過假使是一般的疾病，我的藥大致都能應付才對。

像這樣的我，近來卻迷上了生產味噌跟醬油。

由於味噌跟醬油的製作流程很接近，所以村長說基本上可以一起進行。

村長真了不起，腦子裡有許多我不知道的知識。他告訴我「菌」這個概念時我真是大受衝擊，而那個概念也能用在藥物研究上。或者該說，這個概念徹底顛覆了過往的藥學研究。我很期待味噌跟醬油完成後的藥學進展。

味噌跟醬油的製作方法……簡單說，就是該怎麼培養出能成為味噌跟醬油的麴——也就是讓菌去發酵。

我以前不知道這件事，但現在覺得跟製作起司很類似。

總之，我接手了村長原本生產味噌跟醬油的計畫，繼續努力。就連專用的建築物都蓋給我了。

然而，很遺憾一直沒有什麼重大成果。

麴的培養很花時間，我只能邊改變生產方法邊分裝到不同的桶子尋找哪個才是最佳方案。到目前為止因此腐壞掉的大豆與小麥數量真是不敢去想啊。

幸好，我的心血沒有白費。沒錯，味噌跟醬油總算完成了！

村長也很高興。緊接著，村民們吃了使用味噌跟醬油的料理也非常開心。這種調味料真好吃，好吃到讓人感動的地步。一想到我的辛勞終於有了回報，我就不禁流了幾滴眼淚。

不過，村長卻對這樣的我說道：

「之後就要更提升味道了。」

…………

我有點不明白他在說什麼。

咦？味道？這已經很好吃了啊？於是我怯生生地試著問村長：

「我做的味噌跟醬油可以得幾分啊？」

「芙蘿拉很努力了啊。」

「嗯，就是因為努力，才想知道得幾分？倘若能直接告訴我結果，我會很高興的。」

「呃？我想想……滿分十分的話大概五分吧？」

「請老實說。」

「……滿分十分只有兩分。這還只是最初階的味噌跟醬油而已。」

…………

雖是一件隨口接下的工作，但我現在的心情就如同在攀登一座看不見頂端的山一樣。

好吧，既然村長很期待我，我就要做出一番成績給他看。好好見識一下吧，我一定會造出讓村長滿意的味噌跟醬油！

另外我得反省一下，對那些鬼人族的女僕，應該要稍微對她們好一點。之前對她們說了那麼多任性的話真是抱歉。

在遙遠的未來，我可能會被人稱為發酵食品女王芙蘿拉吧。

閒話 芙勞蕾姆的笑容

某天夜裡，父親大人來找我。

「臨時說要見我，是出了什麼事嗎？」
「遇到問題了。」
問題……聽起來真刺耳啊。此外，從父親的模樣可以感覺事態好像很嚴重。
「公主大人正在召集軍力。」
所謂公主大人，就是魔王大人的千金。本來應該叫王女才是正確的稱呼，不過在魔王國傳統上都把魔王大人的女兒稱為公主大人。
「公主大人在召集軍隊？她想攻打哪裡啊？」
「這裡。」
「這裡……是指我們村子嗎？」
「沒錯。」
「公主大人她……有笨到這種地步嗎？」
不對，據我所知，她應該是很聰明的。
「妳之前還在時就是擔任抑制她的角色。現在妳的後繼者，只會說一些亂七八糟的話討公主大人歡心。」
「我的後繼者？」
「就是格里奇伯爵的次女和普加爾伯爵的四女。」
「不就是那對沒腦袋的權貴雙人組嗎！為什麼現在是她們待在公主大人身旁伺候啊！」

「是我前去西方時發生的。等我察覺到，才明白我送過去的人已有大半被趕走了，剩下的都是這兩人的同夥。」

我的頭開始痛了。

「……那麼，攻打這村子的理由是？」

「我派去的人還殘留在公主大人身邊的，提出想要妳回去的意見，公主大人雖然同意了但心裡好像不是很高興。」

「那事情怎麼會變成要攻打我住的這個村子呢？公主大人究竟在想什麼啊？」

「大概是覺得只要把這個村子剷平，妳就非得回去不可了吧。至於那兩個伯爵之女，好像是盤算著只要把妳擔任地方官的村子消滅，一旦妳敢輕舉妄動就可以在事情鬧大前把妳也排除掉。」

我只能嘆氣而已。

這種行為就像去摸龍的逆鱗，而且這個村子裡還真的有龍啊。竟然敢說要對這種地方出兵……

「真是白痴。」

「是啊。以消滅這個村子為前提，光是這種想法就大錯特錯了。」

「況且說真的，要從王都往東朝這個地方進軍，該怎麼越過山脈啊？以普通的路線要抵達森林都很困難吧？就算真的通過好了，會先遇到格蘭瑪莉亞她們的空中警戒網以及小黑牠們的守衛，真有辦法突破那兩者靠近村子嗎？用傳送術或許可能啦……還是她們找到了比父親大人更厲害的人當後盾？」

「我沒聽過類似的傳聞……不過，該怎麼說，公主大人曾命令我幫助她們行軍。」

「呃……」

打著排除我的主意，竟然去找我的父親要求幫忙……

「目前，我已轉告魔王大人請他制止，不過總覺得這氣氛很詭異。」

「我知道魔王大人很溺愛公主大人，但同時魔王大人也知道這村子的情勢吧？一旦真的打過來，會發生什麼事可是很難平息喔。」

「很多人都還不清楚這個村子的威脅性。就算魔王大人本身知道，也不能露骨地告訴大家這裡很危險不要輕易靠近。」

「確實，要是他這麼說，就會被懷疑統治的威信了。那麼，父親大人希望我怎麼做呢？」

「對那些不明白這村子威脅的人，希望妳好好教訓他們一下。」

「具體而言是？」

「妳率領這個村子的戰力回國，在公主大人下達出發的命令前擊潰她所聚集的兵力。」

「那請拉絲蒂小姐在王都大鬧怎麼樣？」

「請龍去就有點困擾了，換成天使或吸血鬼也差不多。我希望妳擊潰她們，並非要妳殲滅她們。一定要將王都的損害壓到最低程度。更何況，剛才那些對象真的願意聽妳的命令行動嗎？」

「但這個村子裡住的都是這樣的角色啊。還有，我認為只要支付相應的報酬他們是願意聽命的。」

「是這樣嗎？」

「是的。總之，必須要有攻擊力但又能夠控制自身的力量，那小黑跟座布團就得先刪掉了……獸人族都還太嫩，所以就挑高等精靈、鬼人族、蜥蜴人、長老矮人為選項吧。父親大人，我可以問一個問題嗎？」

「什麼？」

「這件事，可以先跟村長大人報備嗎？」

「也無法當做什麼機密來處理，我原本就打算去找他說明。」

「不過如果跟村長說了……勢必會傳入哈克蓮小姐的耳朵，那麼一來王都就算被夷平了也不是不可能喔。」

「王都會被夷平？哈克蓮是誰啊？」

「是守門龍的姊姊，也是龍族。目前正住在村子裡……您沒有看我的報告嗎？」

「啊……我一直在西方工作，等一回去又遇到公主大人的事，所以很抱歉。不過，照妳說的事情就棘手了。有什麼辦法可想嗎？」

「這就有點強人所難了……總不能不告訴村長就把村子的戰力偷偷帶出去吧。」

「嗯唔。」

正當我們父女在煩惱時，有個說話聲主動對我們投來。

「兩位好像很困擾呢。」

聽聲音就知道了，是露小姐。

至於她的位置……則是在父親的背後。

難不成，她是一路尾隨父親過來的。

因為現在是晚上嘛，父親也被她列入警戒對象了。

「兩位說的內容我大致都知道了，我這裡倒是有一個好點子，想聽嗎？」

「拜託了。」

聽了我的回答，露小姐似乎很滿足地點點頭。

「只要是從村子外集結戰力，就沒必要事先通知村長了不是嗎？」

「所謂村子外是指？」

「就是半人蛇族啊。雖說不清楚她們的戰力，但只要有十名半人蛇族應當就能擊潰敵軍了吧。」

「父親大人，您意下如何？」

「對方主力是來自格里奇伯爵跟普加爾伯爵的領地。」

「實力跟數量呢？」

「擔任領地守備任務的魔族兵三百人左右。」

「既然這樣三個人去就夠了。」

「若是半人蛇族，總覺得一個人好像都嫌太多……」

「以策安全嘛。芙勞妳就帶那些半人蛇回老家。對了，村長那邊會由我通知。還有，土產也順便拜託啦。」

「我明白了。那麼跟半人蛇族的交涉……是由我負責嗎？」

「別忘了要她們保密喔。另外，我想妳已經知道了，只要是敢跟村子敵對的人是不可輕易饒恕的。」

「當然。那麼，我馬上去辦。父親大人不好意思，半人蛇族的位置是在南方的迷宮裡面，可以請您送我過去嗎？」

「可以是可以……不過，妳剛才怎麼露出很可怕的笑容啊？」

「會嗎？我覺得應該沒有吧……是說，我在這個村裡明明那麼操勞，對於在王都裡做蠢事的傢伙倒是有一點羨慕。」

嗯，這是真心話。

6 希望移居的少女

「芙勞，呃……那幾個感覺很不自然的女孩是誰？」

芙勞背後的那十個女孩明明有豪華的髮型跟光滑美麗的肌膚，身上卻穿著很不搭調的簡陋衣服。說是簡陋的衣服……事實上只是拿一塊布開一個孔，把頭套進去而已吧？這種衣服是叫貫頭衣嗎？

這種不自然的組合，儘管有點失禮但就像是淪落為奴隸的貴族千金小姐。

至於女孩的種族好像跟芙勞一樣都是魔族，不過長相跟人類幾乎一樣。

「她們是希望移居村子的女孩。因為她們都願意工作到死為止，可以接受她們嗎？」

「我是沒意見啦……」

我把芙勞叫到旁邊。

「請問有吩咐嗎？」

「那些女孩的眼神都好像死魚一樣，沒問題吧？」

「請放心。所有人都是我以前認識的人，所以可以暫時歸在我底下工作。對了，假使她們對村子有什麼不敬隨時都可以處理掉不必客氣喔。」

「說什麼處理掉也太恐怖了吧。嗯，一開始工作一定會出現各種失誤的，務必要耐心對待她們才行啊。」

「明白了。」

「對了，那邊那個女孩是？」

其中有個女孩，感覺待遇比較特殊。看外表的年齡跟芙勞差不多或稍小一點。她雪白輕柔的一頭秀髮留到脖子附近，散發出千金小姐的氣息，此外還身穿好像很昂貴的衣服並坐在一張同樣看似昂貴的椅子上。

「她是來參觀的，就由擔任村子地方官的我負責招待吧……因為她想見識一下這個村子平常的樣子，所以當作她不存在就行了。」

「當作不存在，這種事情怎麼可能呢。呃……我是這個村子的村長火樂，歡迎光臨『大樹村』。」

「咿！」

她很害怕，這是為什麼呢。

「難道說她討厭男性？」

「我沒聽過這樣的事。優莉殿下，請打招呼吧。」

「很、很抱歉，我叫優莉。要暫時在這裡叨擾了，還得請您多多指教。」

「好的，若有什麼需求請直接說吧。另外……」

我把小黑的子孫們跟座布團的孩子們召集過來，為牠們介紹這群少女。要是不在一開始正式介紹，女孩們可能就會被小黑的子孫追得到處跑，或是被座布團的孩子們用絲線綁起來啊。

…………

「哎呀？」

包含優莉在內，所有新來的女性們都昏倒了。

「嗯，真沒辦法啊。已經預期到這種結果所以讓她們先換過衣服了，請您放心。」

看到芙勞露出燦爛的笑容後，我就動身去召集能照顧這些少女的對象了。

「芙勞小姐，上回真愉快呢，以後還有機會也請找我們吧。」

「下次要不要去攻打位於北方的某座迷宮啊？裡面好像有巨人的樣子。」

「噓，不要在這裡討論那件事。對了，北方也有迷宮嗎？妳們知道正確的位置？」

之後，我目擊到芙勞跟半人蛇們相處融洽的光景。

雖然是件好事……但她們是什麼原因搭上線的呢？

間話　格蘭瑪莉亞

我名叫格蘭瑪莉亞，是個有點名氣的天使族戰士。

在蒂雅大人的指示下，我必須完成各項任務。

等到我注意到，才發現我跟同僚庫德兒、可羅涅已經被人合稱「撲殺天使」了。我本來並沒有打算要大肆殺戮啊，為什麼會被取這種稱號真是不可思議。

難不成，原因是約莫百年前跟食人魔的那場戰鬥？那一次不知不覺就打倒了大概一百隻的食人魔，不過還是有幾隻跑掉了並沒有全部殺光才對。

或者，是因為現在已經消滅的那個王國？那次是個不幸的意外，由於敵軍全力進攻，倘若我們被突破了友軍就會有危機啊……

是的，的確是個不幸的事故。不過，關於那次的戰鬥……應該還遠遠稱不上是把敵軍全部殺光吧。首先無論敵我雙方，都是處於半滅的狀態，更何況，那次只有我陪蒂雅大人戰鬥，庫德兒跟可羅涅都在別的地方行動，為此把我們三人合稱「撲殺天使」也太奇怪了。

唔嗯，算了，暫時先把這件事擱到一旁。重點在於，我是蒂雅大人忠心的部下。無論旁人如何稱呼我，只要這一點沒被搞錯就夠了。

那麼，目前蒂雅大人正在獨自追蹤仇敵露露西。

雖然不清楚她們過去的恩怨，但只要蒂雅大人一跟露露西碰面雙方就會打起來。這種情況已經很久了，卻始終沒分出勝負。

因為那兩人彼此，都會在戰鬥正火熱時不了了之。搞不好她們的感情其實很好也說不定。

我拿這個猜測去問蒂雅大人，結果惹她生氣了。真正的原因是，露露西背後還有強大的吸血鬼一族當靠山，隨便把她殺掉事後會更麻煩的樣子。

相反地我們天使族也是，倘若當中有人被殺就會傾全族之力去報仇，所以不會有人敢隨便下手。原來如此啊。

至今為止，我都沒思考過背後的理由。我格蘭瑪莉亞，又更睿智了幾分。應該可以這麼說吧。

變睿智的我，當然不能說出「既然無法殺死對方乾脆不要戰鬥」這種話囉。請加油吧，我只能對蒂雅大人如此微笑道。

總之，我猜蒂雅大人是為了露露西被懸賞這件事才刻意去捉弄她。

這段期間，我則跟庫德兒、可羅涅一起，去某座山擊退山賊。本來其實是想無視的，但既然受了委託也沒辦法。就算是天使族，沒有錢也是無法生活的。

那些山賊原先好像是傭兵團，不過我們三人一起上也只花了幾分鐘就結束了。

因為光是這樣就能進帳不錯的金額，我難掩臉上的笑容。要是山賊的數量能更多一點就好了，然而每次打倒一批都得等好幾年才會再出現，感覺頗為困擾啊。

那麼，庫德兒跟可羅涅那邊好像也沒什麼問題了，大家就收下報酬後躺在床上放鬆一下吧。啊，雖說要放鬆但我們還是有好好訓練喔。無論何時或是在什麼狀態下都可能發生戰鬥，這點千萬不能忘了。倘若不提高警覺，當強敵突然出現在面前時很可能就會送命。

為了不輕易喪命，為了存活下來，以及為了勝利都要努力不懈地訓練自身戰鬥能力。

當我們如此度日時，好幾年不見的蒂雅大人回來了。這趟是不是有盡情耍弄那個露露西呢？……

咦？要我們做旅行的準備？而且動作要快？好，遵命。

呃……那個，請問要去哪？「死亡森林」？這、這回要去的地方還真危險啊。

我知道了，會以最佳的裝備出發。

奇怪了？蜥蜴人他們也要一起帶去？我是沒意見啦……中途還要買雞？這麼做的用意是……

不，我絕對沒有任何怨言，會全力以赴的。

「死亡森林」是很嚴峻的場所，不是一個想去就能進去的地方，真要進去我也寧願單獨前往。

那是因為一個人逃跑比較容易。

晚上睡覺的衛哨人員？在「死亡森林」露營不就跟找死一樣嗎？

好吧，聽說住在這森林裡的奇特精靈，以及附近一帶的獸人族等等好像知道安全地帶在哪，不過我們可不知道。

因此，要進入「死亡森林」，最好是不睡覺並在超高空飛行移動，這才是上策。若是飛行高度不夠高，就可能被住在「死亡森林」的惡魔蜘蛛用絲線糾纏拖下來。

惡魔蜘蛛。

實在是很難纏的對手。幾乎可說只要看到那些傢伙就死定的程度，是一種令人恐懼的怪物。對天使族的我們而言，就連在屬性上，牠們也可說是天敵般的存在。

森林裡還有其他棘手的怪物跟怪獸。例如行動敏捷，還能使用魔法的怪獸——地獄狼。如果只有一頭或許能勉強應付，一下遇到好幾隻就只能做好必死的覺悟了。幸好，要碰到很多隻機率也很低就是了。

巨大的蛇怪——血腥蝮蛇。牠們能讓大多數的魔法無效，是一種會利用巨大身軀為武器肆虐的怪物。尤其難對付的是，牠們的再生能力與生命力。無論怎麼製造傷害牠們都能恢復，這種連身體被扯成兩半都能再生的生命力，會讓對戰者喪失鬥志。不過，據說也有利用血腥蝮蛇這種再生力，當作食料來吃的其他凶惡怪物存在……

啊～這座森林真是越想越恐怖啊。

所以在這種充斥怪物的森林裡集體行動，可說是風險相當高的行為。

蒂雅大人、我、庫德兒、可羅涅，再加上蜥蜴人十五名。

蜥蜴人也有相當不錯的戰力，不過他們現在扛了許多行李無法太勉強他們。

只能靠我們自己好好努力了。

雖然我想過要徹夜行軍，但蒂雅大人還是吩咐大家要好好輪流睡覺。

儘管不知道目的地在哪，距離終點恐怕還很遠吧。

呼呼呼，我明白了。總之，就拜託大家讓我第一個睡吧。

老實說打從進入森林我就一直很緊張所以身心俱疲。

庫德兒、可羅涅，妳們也是一樣的情況嗎？我知道了，那就以最公平的年齡大小排序……不對，還是抽籤決定休息順序吧。

真沒辦法。考量目前的狀態，我也覺得輪班休息是必要的。雖說旅程速度會因此拖慢，但過程中千萬不可大意。

途中，我遠遠看到了格鬥熊，為了閃避牠還刻意繞路因此抵達蒂雅大人所指定的目的地又更晚了。

格鬥熊，是一種能殺死血腥蝮蛇的巨大熊類。

我們要殺死血腥蝮蛇已經非常困難了，由此可知格鬥熊的攻擊力有多高。

四個人一起上或許勉強有辦法，不過戰鬥途中蜥蜴人會怎樣沒人敢保證，所以最後還是判斷繞路為上。

蒂雅大人的目的地，是位於「死亡森林」正中央的某間住所。

…………

我原先以為這種地方怎麼會有人住還有點半信半疑，但等抵達時才嚇了一跳。

「死亡森林」的正中央，居然有農田，我大吃一驚。

此外，令人驚訝的不只是這些。那個露露西也在這裡。

原本還猜想蒂雅大人又要跟她開打了，結果兩人竟然因重逢而欣喜，這是怎麼回事啊。

那之後，又發生了許多事，簡直是驚奇連連。

最讓我驚訝的，並非村子裡還棲息著地獄狼跟惡魔蜘蛛，而是蒂雅大人已經有老公了。

對方就是這個居所的主人。

…………

說驚訝可能有點失禮。不過……那個……可是……

先將那些複雜的感想擱在一旁，好好恭賀一番吧。

來吧，庫德兒、可羅涅，妳們也不要發呆，說一點祝賀的話比較好吧。

聽了詳情，才知道那位老公竟然也娶了露露西，真猛啊。沒錯，的確不是普通角色，我也不要違抗他比較好。

稱這裡是村子或許小了點，不過那個人的存在就類似村長一樣，所以還是稱呼他為村長了。

其他人也是這麼叫他的，我想應該無妨吧。

在蒂雅大人的命令下，我們也在這裡住了下來。一起來這裡的蜥蜴人他們亦然。
我的職務，是跟庫德兒、可羅涅一起守護這些住處跟農田……不對，是村子，守護村子。
我們的使命是若能擊退敵人就擊退，不行的話就呼叫支援。
說我們不行的那部分刺傷了我的自尊心，不過考量到「死亡森林」的危險度與村子的戰力，這也是沒辦法的事。
我也不想隨便就戰死，只好照辦了。
結果我太小看村子了。
村子的防衛，是以地獄狼的小黑牠們，加上惡魔蜘蛛的座布團牠們為主。
所以，我們只要負責在村子四周巡邏就行了。
儘管巡邏的話用飛的也行，但飛太高就看不清楚地面的情況了，所以我只能在森林上空不遠的位置盤旋……
受到了超過預期的攻擊，尤其是那種叫死亡蜜獾的怪獸非常惱人。那些傢伙單獨一隻並不怎麼強，一旦成群結隊就想跳上低空飛行的我把我扯下去，害我幾度遭遇危險的場面。
大概是看到我們陷入苦戰吧，好幾隻地獄狼在我們的下方幫忙保護我們。在我感到很不好意思的同時，也對牠們協助我們免於死亡蜜獾的襲擊非常感激。

等下次休息時間再陪牠們玩飛盤吧，呼呼。

以前一直覺得很恐怖的地獄狼現在竟然變成玩伴了，這是我從未想過的。

日子不知不覺流逝了，要說生活有什麼變化，那頂多就是好幾次幫臨時來訪的客人帶路而已，簡直是太平靜了。

儘管平靜，但並不會覺得無聊。巡邏工作也是要玩命的，有好幾次我們都得跟地獄狼攜手擊退衝向村子的怪物。比起來這裡之前，我切身感受到自己的實力要變強太多了。

結果，這種踏實的感受也輕易崩解了。

格鬥熊與血腥蝮蛇之間的戰鬥，導致巨大的震動傳到村子這裡。

儘管距離頗遠，但還是能從高高揚起的塵土感受到戰鬥的激烈程度。此外，那兩隻怪物好像越打離村子越近了。

這可不妙。已經是需要考慮遷村等級的災害了。我正準備向村長進言，他卻說了奇怪的話：

「格鬥熊跟血腥蝮蛇好吃嗎？」

咦？您說什麼？村長，您是被嚇傻了嗎？不，我也沒吃過，所以不知道味道如何。

村長諮詢過周圍一圈，高等精靈的莉亞告訴他是可以吃的。

「原來如此，是可食用的。那麼，出發去狩獵吧。假使跑來村子造成危害就麻煩了。」

呃……狩獵？啊，是出動全村去對付吧，我懂了。

有地獄狼、惡魔蜘蛛、蒂雅大人、我們三個、高等精靈加上蜥蜴人們，只要大家同心協力一定有辦法的。

呼呼，要大幹一場了。

「格蘭瑪莉亞，能把我送去那兩隻打架的地點嗎？」

「可以是可以啦……」

這個要求很詭異，先設法解決內心的疑惑吧。

「……只有我們兩人去嗎？」

「沒錯……有什麼問題嗎？」

…………

「不、不。我明白了，我會竭盡全力拚死一戰的。」

看來我的覺悟還不夠啊。果然沒錯，呼呼呼，像這種時候捨命戰鬥是我的使命，我竟然都忘了。

村長正在對周圍的人下達某些指示，不過正在重振覺悟的我完全沒聽進耳裡。

結果格鬥熊和血腥蝮蛇被村長秒殺了。

我是在作夢嗎？不，並不是。村長真是太厲害了，果然不愧是蒂雅大人跟那個露露西的老公。

如果可以，我也想跟這樣的人結婚。啊，不行不行，我開始逃避現實了。現在要專心看守獵物才行。

麻煩又降臨了。

這一回是龍。有龍來襲。我渾身僵硬，因恐懼而顫抖。我可沒有自戀到以為跟龍對戰還會有勝算的程度。

然而，我不能忘了自己的職務，一定要設法堅守崗位才行。

結果來襲的龍並沒有理會慌張的我，而是跟另一頭龍展開格鬥，這時突然又有第三隻龍從完全不同的方向朝村子逼近，這種局面令我陷入恐慌。

丟臉的我簡直一點辦法都沒有，還在手足無措的時候事情就收場了。

拉絲蒂絲姆。

這是一隻連天使族都聽說過的有名凶暴龍。真沒想到，她竟然就是那個常來村子的溫和男性——德萊姆先生的女兒。

不過等我得知詳情，才發現德萊姆居然是那隻守門龍？我以前都不知道，他不是超有名的龍嗎？真抱歉，我一直以為他只是一隻三流的龍，我會反省的。

不過，德萊姆先生就算來了也只是喝酒、享用料理而已，所以我才誤以為……呃，對不起，我不該有成見的。

不知為何拉絲蒂絲姆決定要留在村子生活，這麼一來村子的凶暴程度……更正，是防衛能力又上升了。

我也是村子防衛的其中一環，為此我得好好加油才行。

露小姐（現在都這麼稱呼她）生產了，而蒂雅大人也懷孕了，真是可喜可賀。

嗯，既然都做了那檔子事，會這樣也是理所當然的結果。老實說我也獲得了村長寵幸的身分，或許有一天也會懷孕吧。我的夢想越來越遠大了。

正當我在幻想這些時，又有龍來了。這次來的比拉絲蒂小姐要大隻許多。只是很遺憾，當時拉絲蒂剛好回老家。

龍在村子上空盤旋後，開始噴火燒附近一帶的森林。是敵人，已經確定了。我跟庫德兒、可羅涅並肩朝龍猛烈衝鋒。那個時候，我已經喪失了冷靜。

要是冷靜一點，就會察覺這頭龍的敵意有點不對勁。如果是朝村子噴火也就罷了，但只燒了附近的森林是為什麼？村長也留意到這點而想要制止我，卻無法攔下我們。

為了彌補當初拉絲蒂小姐來襲時自己驚慌失措的難堪表現，我才會一股腦地認為這回務必要全力突擊。

三位一體的攻擊，如果三人合作無間，這招就連蒂雅大人都能打倒。我們全力進攻的結果，卻被龍啪一下就打掉了。真的只是輕輕一拍而已，龍用尾巴隨便一揮就把我們驅散了。我太震驚了，雙方的力量竟然差距到這種程度。

隨後，我對無法好好守護村子感到強烈的懊悔。我一邊墜落一邊思考著悲慘的未來。然而，還沒摔到地上就停止墜落了，原來是拉絲蒂小姐。

化為人類外表的拉絲蒂小姐，在我即將撞擊地表前接住我。至於庫德兒跟可羅涅也被接住了，是誰幫忙的呢？

因為德萊姆先生也在，或許是他認識的人吧？在我感到疑惑時，我的上空上演了龍與村長的對戰。

待在這裡可能會有危險，我趕忙移動到別處去。

把我擊落的龍後來跟村長對戰，結果以村長獲勝收場。真不愧是村長啊。

不過，我總覺得龍那方並沒有認真使出全力。假使龍認真起來，搞不好會連村長帶村子一起消滅並獲勝也說不定，但龍並沒有那麼做。從對話中，我得知龍主要是想考驗村長的實力，只對森林而不是對村子噴火也是基於這個理由吧。

總之，村長好像被龍認可了。龍這種高高在上的心態，讓我有點火大。不過，對龍表現出敵意並非什麼好主意。

還有其他跟德萊姆先生、拉絲蒂小姐一起來的龍族。現在解除敵意才是上策。

村長也是這麼判斷的，才盡情款待對方。

因為我們三人受傷，姑且也被問了是否有報復的心態，但我一點那個念頭都沒有。對方詭異的行動云云先不論了，我們會打輸單純就是實力不如人的問題。

負傷也可以靠魔法治好，若還敢要求什麼只會讓自己更丟臉而已。雖說這時提出要求是很丟臉啦……

但如果可以，我想要一塊龍鱗，這麼一來新裝備就……不，我不敢造次。沒錯，能在宴會上看龍表演才藝，就已經是很難得的事了。

把我擊落的龍（好像叫哈克蓮吧）上台進行才藝表演，惹得我捧腹大笑。光是現在回想起來都想笑，不過表演的詳細內容就暫時省略吧。

龍族們回去以後，我又恢復了日常生活。

但跟以往不同之處在於，我在平日稍微增加了訓練的分量。

我的實力依然很弱，之後得繼續努力才行。

此外，我祈求以後不要有會威脅到我們存在意義的強者在村子裡定居下來才好。

7 優莉的反省

聽說森林北方有迷宮存在後，在高等精靈間掀起了騷動。她們似乎很想潛進去一探究竟。

我稍微想了想。

「進入迷宮有什麼好處嗎？」

「可以取得迷宮怪物的毛皮、肉、骨頭等等。」

「沒有寶物之類的東西嗎？」

「倘若住在裡面的怪物有收集金銀財寶的習性，或許能找到……不過這種怪並不多見。」

「是嗎？」

「進入迷宮雖然沒有多大的好處，但這麼做還是有意義的。對於那些沒有人管理的迷宮，如果不進去適度整頓一下，怪物很可能會跑出來肆虐。」

這麼說來，以前好像也有人講過類似的話。

不過，像南方迷宮那樣已經有種族在統治了，怪物應該就很難跑出來吧。

「就算是有人管理的迷宮，管理者的資質也會影響怪物跑出來的頻率，所以進去調查一下是有意義的。」

假使管理的種族好戰又充滿野心，搞不好會故意讓怪物經常跑出去，無論如何都不能放著迷宮不管的樣子。

我消極地提出許可後，那些高等精靈與混入其中的蜥蜴人、鬼人族情緒都高昂起來。

先不管上述那些人，看看正在自行舉辦選拔賽的小黑子孫們，也充滿了要一同前往的強烈鬥志。不對，牠們該不會是想搶功勞吧？

要是像上次那樣得花超過一年以上，希望大家不要太過勉強，還是定期回村子一趟比較好。

新來的魔族少女們，起初雖然對村裡各種事相當困惑，但現在都認真做著各自的工作了。

我重新思考關於魔族此一種族。

魔族。

會被人這麼稱呼的似乎分為兩類。第一類是偏向人類的外觀，但並不屬於人類，定義上來說跟亞人類一樣。

這種就我所知的，有吸血鬼、天使族、高等精靈、鬼人族、蜥蜴人、獸人族、長老矮人、半人蛇都算。

上述當中的吸血鬼、鬼人族、蜥蜴人、半人蛇，我大致可以理解，不過天使族和高等精靈、獸人族、長老矮人要算是魔族總覺得很奇怪。

如果說定義跟亞人類一樣，直接稱呼為亞人類不就好了？

還有一類，是外表幾乎跟人類一樣，擁有的魔力量卻遠遠超乎人類的存在。

芙勞跟新來的女孩們都屬於這種。

既然只是擁有的魔力量比較多而已，我還以為就跟魔法師差不多，但其實有點不同。擁有的魔力量越多，肉體似乎就會因魔力的影響而產生變化。

舉例來說，肉體變得像岩石一樣堅硬，或是手腳可以自由伸縮，眼睛能看得更遠，耳朵的聽力變異樣敏銳等等……

聽著這些說明，我同時想起在前一個世界某電視節目裡的世界奇人異事單元，我為自己有這種失禮的念頭在腦中暗地道歉。

要言之，第二種就是比較特殊的人類，由於不明白魔族的種族起源為何，也可能普通人類才是能力劣化的魔族吧。

芙勞跟來到這個村子的其他少女們雖然擁有較多的魔力，但感覺不出與人類的差異。

肉體之所以會出現變化是無法完全掌控魔力的緣故，因此只要能好好控制自身的魔力就可以把肉體的變化壓到最小，甚至完全不見。

從這個標準來看，遷入這個村子的女孩們或許都很優秀吧。不，實際上就是很優秀，我詢問過才知道大半都是魔王國裡高官權貴的千金。

並非因為她們出身好所以優秀，而是似乎如果不優秀就沒能力占居高位，才會努力鍛鍊。但像這樣的女孩搬來這裡真的好嗎？

「倘若她們想回去，應該要幫忙準備一下比較好吧？」

我對芙勞這麼問，結果目前似乎沒有人提出這樣的請求。她們暫時還住在旅舍裡，不過給她們住的房子已經在興建了。

既然都是高官千金，住在這個村子或許會感到很辛苦吧。

「村子的飯，很好吃。」

「啊……有澡堂真是太棒了！」

「也沒有緊張兮兮的宮廷鬥爭，可以悠哉過生活呢。」

看來應該沒問題。

優莉在芙勞的帶領下逛了村子一圈。

「殿下現在明白您原本想做的事代表什麼嗎？」

「嗯。竟然想說要進攻這裡……我一定會陷入危險……不對，應該說很可能會死翹翹吧。」

「一旦把軍力聚集起來就很難找藉口了，請殿下以後務必要慎重行事。」

「我知道了。不過，我學到的理論說先集結兵力的那方比較有利，難道這是錯的嗎？」

「單純就這點來說沒錯，不過這回的錯誤是，對無法戰勝的對手顯露敵意這件事。」

「所以只要召集兵力就算是敵意的表現了吧。」

「若朝龍舉起武器，就算被噴吐息也怨不了對方。更何況這個村子裡真的有龍。」

「我之前都沒想到，這裡真的有龍存在。還以為是嚇唬外敵用的假情報之類的。」

「我在來這裡以前也有同樣的誤解，所以不能責怪殿下會如此想了……是說魔王大人應該也有提醒過殿下要小心這座森林吧？」

「無視父王的警告是我不好。不過，芙勞蕾姆妳也有錯，誰教妳突然離開我身邊……」
「關於這點我真的感到非常抱歉。」
「我現在懂為什麼了，妳不必謝罪。比起那個，我這樣真的沒關係嗎？」
「是的，請直接扔出去就行了。」
優莉在芙勞的催促下，將手上的球扔出去，馬上就有好幾隻小黑的子孫衝去追球。
搶到球的勝利者跑回優莉面前，一副要她褒獎的表情。
「你、你把球撿回來了，真了不起。」
優莉能誇獎牠，卻還是不敢摸牠的頭，取而代之的是由芙勞摸了摸把球撿回來的小黑子孫。
「儘管是只要一隻跑進市鎮就會造成大災難的地獄狼，但現在這樣也滿可愛的唷。」
「或許是這樣啦，但我還是不太敢。」
「也是呢。當初我也花了一段時間才敢摸牠們。」
「為什麼後來敢了呢？」
「這個嘛……因為跟牠們下西洋棋被修理得很慘，雙方有比賽過的關係吧。」
「西洋棋？就是在旅舍玩過的那個桌上遊戲吧。地獄狼也會玩那個喔？」
「村裡的西洋棋冠軍可是小黑四……就是現在躺在樹下的那隻地獄狼。牠很強喔，我從來沒有贏過牠。」
「……這個地方真是充滿驚奇啊。」

「一點也不錯。那麼，午餐時間也快到了，殿下我們回去吧。」
「嗯。因為這裡的食物很好吃，我每頓都很期待。」
「能讓殿下滿意真是太好了……不過如果太適應這裡的飲食，很可能就會回不去喔。」
「……非得要回去不可嗎？」
「殿下想留下來是不可能的。」
「那就把廚師帶回去如何？我可是公主呢。」
「我想殿下應該明白那種理由在這個村子行不通吧？」
「唔唔……」

題外話。

「芙勞，可以打擾一下嗎？」
「莉亞小姐？有什麼事嗎？」
「為什麼明明是魔王的女兒卻要稱呼『公主』？而不是『王女』呢？」
「由於魔王並非世襲制，而是任命制。要是稱呼為王女，當魔王換人時就會產生各種困擾，因此習慣上都稱為公主。」
「原來啊。那王子也是這樣嗎？」

「王子的話就直接叫王子。當魔王換人後，當事人的這個稱呼就自動失效了。」

「原來如此。」

「不過，雖然名義上為任命制，但候選人基本上都是出自魔王一族，所以跟世襲制幾乎沒什麼差別。」

「是這樣嗎？」

「是的。我聽說以能力而言就屬魔王那一族最優秀了，只不過……」

「只不過是把麻煩的事都推給願意承擔的那一族對嗎？」

「國內有野心的人少，究竟是好事還是壞事呢，反正結果就變這樣了……」

「優莉是公主的事我也知道了。」

「什、什麼時候發現的？」

「從一開始就看出來了喔。這件事完全沒辦法隱瞞吧，不只是她，她身邊的人也一樣。」

「唔……那村長呢？」

「我想他還不知道。」

「還請妳保密。」

「我們是無妨啦，不過若想保密，還是請本人小心一點比較好。她不時會抬出自己父親的名號炫耀呢。」

「我、我會提醒她的。」

閒話　芙勞蕾姆的苦惱

我的頭很痛。

「芙勞蕾姆小姐，您找我有事嗎？」

擺出一臉無辜表情走過來的，是馬蒙羅斯子爵的次女，名叫蘿亞裘。

沒錯，我就是要找妳，不然呢。

蘿亞裘是我帶來這個村子的少女其中一人，一旦她出了什麼包也算是我的責任。

因此即使是我不想說的話，也非得對她說不可。

「蘿亞裘，妳來說說看每年在公開聚會上常會出現的那個場面是什麼。」

「場面？呃？是魔王大人的致詞嗎？」

她歪著腦袋，以可愛的模樣回答道，對我獻媚是怎樣啊。

「我不是指那個，是每年都會上演幾次的另一種場面。」

蘿亞裘稍微思考了會，才終於想起來我所說的場面。

「我知道了。是身分低微的女孩，主動追求身分高貴的男性結果反而被討厭的那個吧。」

「沒錯，就是那個。妳看了那種場面，內心有什麼感想？」

「當然就是也不看看自己的身分啊。」
「就是那樣。那麼，我再說一次妳們剛來這裡時說過的話，妳聽清楚囉。」
「咦？」
「我在這裡是最下層的，而妳是我這個最下層的部下。至於村長則是這個村子的最高層。妳現在明白我想說什麼了嗎？」
「……難不成，是指昨晚的事？我偷偷溜進村長的房間。」
「說對了！妳的行為就跟平民突然潛入魔王大人的床上一樣，就算當場被砍頭都不奇怪啊。」
「也沒那麼誇張吧。」
「妳不覺得誇張？喂，妳真的那麼想嗎？」
倘若單純只是我反應過度就好了……
「呃，好吧……對、對不起。」
「我暫時先幫妳編個藉口，說妳對路不熟才會搞錯房間……但這招可騙不過村長以外的對象喔。」
「不是只要騙過村長就好了嗎？」
「……繼續用先前那個例子，身分高的男性遇到身分低的女性主動示愛，妳覺得他會對那個女生生氣嗎？」
身分高貴的人不會生氣，也沒必要生氣。
「妳也知道不會吧。那麼，妳說是誰會為此生氣呢？」

「就、就是其他想追求那位男性的身分高貴女性吧。」

「答對了，所以妳搞懂現在的狀況了嗎？」

「我、我明白了。」

「很好。那麼，以後無論發生什麼事我都會表明跟我沒關係。我可不會容忍妳把我牽扯進去。」

「等一下，芙勞蕾姆小姐，您是在開玩笑吧。拜託，請留步，幫幫我。」

我當然是在開玩笑。雖然她的下場跟我無關，但假使我真想放棄她就不會刻意警告她這件事了。

唉，我的頭痛死了。

8 優莉歸國

芙勞帶來的女孩們我看過她們努力從事各種工作的模樣，終於理解到她們是文官。

放在公司裡就是行政、祕書、接待小姐。雖然不能擔任主要業務，但擅長的是在組織內部進行後勤支援，這群少女共有十人。

…………

以目前的村子規模這樣的人數我覺得太多了……不過要是讓她們去做生意怎麼樣？她們都很懂外交禮儀，感覺也很會交涉的樣子。

總之，當下還是讓她們跟芙勞一塊作業吧。

不過，我雖然覺得她們很細心，但裡頭還是有很迷糊的傢伙存在，竟然把我的房間跟廁所搞錯了，差點發生危險的事。

幸好有其他人把她帶出去了。是說，她竟然習慣全裸上廁所啊。這個世界也有這種人嗎？是不是該在廁所內設置化妝間……不，我看更衣間比較好。下次，我問問大家的意見吧。

我雖然有在練習騎馬，但騎術始終無法進步。

有了馬鞍馬鐙後就不至於摔下馬，但與其說我是在騎馬，不如說更像是被馬載著亂跑吧。馬不會照我想要的方向前進，我都快放棄了。幸好，這時有一絲解決的希望出現。

「直線前進吧！」

小黑的子孫聽從我指示，幫忙引導馬移動。

太好了！終於照我的想法前進了！

…………

不對，這不是我想像中的騎馬。而且用這種方法的話，馬會很害怕，未免太可憐了。應該要跟馬多多溝通建立基本的信賴關係才對……

先從餵馬開始，慢慢來吧。

我編組了一支前往北方迷宮的調查隊，並且派他們出發了。

取名調查隊而非攻略隊，就是希望他們不要太過躁進的意思。

成員有高等精靈十名、蜥蜴人三名、鬼人族兩名、地獄狼三十頭。每隻地獄狼背上還搭了一至三隻座布團的孩子。從南方迷宮，另有半人蛇族三名加入。她們也帶了受她們支配的大型蛇類怪物二十隻左右。

按照預定計畫，無論發生什麼事都要在入冬前返回。希望他們都能平安歸來。

關於村子的度量衡問題，跟大家討論過了，這麼做一開始也是為了計算酒的容量。

我問過村子以外的地方是怎麼制定的，結果好像沒有統一的規格。因此，我也決定採用村子獨有的規格了。

我手邊有「萬能農具」，只要把「萬能農具」化為一把尺，就能定出上一個世界的公尺、公分、公釐了。

我原本還擔心萬一有誤差怎麼辦，不過無論量幾次結果都一樣應該沒問題了吧。

同樣地把「萬能農具」化為量杯，制定出公升。

至於重量又該怎麼辦才好呢……我記得，一公升的水剛好就是一公斤重才對。雖然會隨水溫變化，但基準是幾度我忘了。

最後想起來應該是四度左右，不過我沒有測溫的工具。好吧，也沒必要非得嚴密配合前一個世界不可，我只是要一個基準的單位罷了。
就這樣，制定了村子的長度、體積、重量標準。
於是，我立刻做出長一公尺、十公尺、五十公尺，以及一百公尺的繩索。
接著，到村子的各處進行測量。
「好厲害喔，村長開闢的農田，每個邊的長度幾乎都是五十公尺耶。」
當初明明只是憑感覺大概弄個五十公尺的長度，我也真行啊。不，應該說厲害的是「萬能農具」吧？
「從大樹到河川的距離，是五十二個一百公尺。」
嗯，我原本就認為是五公里左右，並沒有太大的誤差……兩百公尺算是誤差很大嗎？
不，這樣沒問題。我就把自己當作真的很厲害好了。
差不多快要開始秋收的時候，芙勞的客人優莉打算回去了。
她住了大約三個月左右。
她已經適應了村裡的生活，有時還會和獸人族一起榨糖或榨油，因此聽到她要回去時最感到惋惜的就是獸人族了。
一起來這裡的女孩們也對優莉歸國感到可惜，對於結伴回去的提議她們卻拒絕了。

「非常抱歉，我想在這裡從頭來過藉以彌補在王都的失態。」

「這個村子鍛鍊了還不成熟的我，我尚無法報答這份恩情，在能回報以前我下定決心不回去了！」

「沒辦法放下自己照料的田地不管……所以很對不起。」

當初一起過來的少女們，都決定留在村子裡。

「妳們幾個……先把手上的盤子杯子這些食器擱下，再好好說一遍剛才的話吧。」

所有人應該都是自願留下的那就沒問題了吧。

至於優莉是魔王的女兒這點，我是最近才知道的。原先以為她只是某個好人家的千金，沒想到竟然就是公主大人。她待在這個村子裡真的沒問題嗎？

這段時間比傑爾也來過好幾次，是不是原本打算要來接她的？我不確定。

總之，只要她對這裡沒留下壞印象就好了。以餞別為名義行宴，也邀請前來迎接的比傑爾一起加入，還送了相當多土產給他們一起帶走。

一陣子後，比傑爾透過小型飛龍通信傳訊息過來，除了既有的內容之外還加上了優莉的各種要求。

在「魔王城」——

「比傑爾，寡人的女兒從村子回來後，該說是變得莫名有幹勁嗎……總覺得比以前更可靠了呢。」

「是啊，或許真是那樣吧……不過您為什麼要跟我說這個呢？」

「最近，你跟寡人的女兒感情很好吧？」

「與其說是感情好，不如說只是請公主大人幫忙傳話給我女兒罷了。」

「是嗎……話說回來，你跟寡人的女兒聯絡時，她有沒有提到關於寡人的事？」

「怎麼了嗎？」

「最近，寡人的女兒對寡人很冷淡。」

「……可能是您多心了？」

「不，鐵定是那樣沒錯。例如昨天，她只在早晚各問候寡人一次而已。」

「那是因為魔王大人您很忙碌的緣故吧？」

「不不，沒有那回事。寡人有好幾次擺出很閒的樣子都被她無視了。」

「啊……我自己也是有女兒的人……可能已經到了叛逆的年紀了吧？」

「寡人的女兒不會那樣。」

「……魔王大人，這麼說可能很殘酷，但女兒總是在雙親不知道的時候變成大人的。」

「變成大人？是男人嗎！難道說她已經有男人了！是誰！寡人要殺了他！」

「魔王大人，魔王大人，若以這種態度面對，搞不好會突然大肚子了才把對方介紹給您喔。」

「噫咿咿咿咿咿！不、不行啊不行啊不行啊！寡人絕不允許那種事啊啊啊！」

「那是還沒發生的事，請您先冷靜一點。另外，等下就要開會了。關於西方戰線的資料，不知您過目了嗎？」

「現在不是開會的時候了！」

「倘若不以開會為優先，可是會被公主大人討厭喔。」

「那寡人會很困擾的！」

「好啦好啦，我之後會把魔王大人的心聲傳達給公主大人，請您努力開會吧。」

「真的嗎？沒騙寡人吧？那就麻煩你了。」

「包在我身上。那麼，請前往會議地點吧。」

「唔、唔嗯。啊，先等等。寡人要切換一下……好了，呼哈哈哈哈哈哈！那些膽敢進攻魔王國的蠢蛋也該決定要如何處置了！」

「是！」

9 收穫之秋與山精靈與陶器

收成農作物的秋天到了。

好吧，在秋天以外的季節我的田地還是可收成幾次就是了，但收穫之秋畢竟還是收穫之秋，我默默地辛勤工作。

收成的作業以高等精靈、蜥蜴人、獸人族為中心進行。

這時期最主要的工作就是收成，在水果類方面則有座布團的孩子們大為活躍。小黑們的收成能力雖然稱不上戰力，但由於高等精靈們都去收成了，狩獵的工作仍得靠牠們努力。

芙勞部下的女孩們——這種稱呼感覺有點拗口，我想加以改善，不過直接叫魔族包含的範圍又太大了，跟當事人商量的結果，最後決定以文官少女組來稱呼。

文官少女組也加入了收穫的作業，主要是負責統計收成量。

在收穫作業開始之前，她們就已經先去倉庫計算現有的農作物庫存了，對庫存管理可說是非常用心。

至於總負責人則是芙勞。

蒂雅已經差不多要生了，就讓她多休息不要勉強工作。還讓有生產經驗的露在旁邊陪她。

格蘭瑪莉亞她們還是跟以前一樣負責警戒。矮人們也一如往常地進行釀酒，不過……

「從這裡到這裡的部分都搬進酒用的倉庫。」

為了確保釀酒原料，他們也插手了收穫作業。

拉絲蒂跟哈克蓮也有來幫忙收成，但很遺憾她們的手腳都不夠靈活，頂多只能算雜役的程度。

因此，她們主要還是負責運輸收穫物的作業。

照這個收穫量看，能運走的東西還是儘快運走比較好。
拉絲蒂是將東西送到德萊姆的巢穴和夏沙多市鎮的麥可先生處。
雖說也可由半人蛇族運送，但輸送量跟速度絕對比不上龍族快遞。
哈克蓮則送去德斯跟萊美蓮那邊，這部分也包含應景的問候意味在內。
「父親大人跟母親大人的住處，從這裡出發的話剛好是相反的兩個方向啊～」
「那麼，可以只去其中一邊就好？」
「那樣感覺後果會很恐怖耶。」
「我想也是，只好麻煩妳了。」
「我會加油的。」
哈克蓮先前往萊美蓮所位於的南方大陸，之後返回村子一趟，緊接著再動身前往德斯所居住的北方大陸。
她的飛行速度好像遠遠勝過拉絲蒂，不過前前後後還是花了兩週左右才運完。
由於拉絲蒂的路程比較短，大約一週左右就跑完了。
這兩人都拿了土產回來。
拉絲蒂那邊，是夏沙多市鎮的海產。在她抵達的那段時間，恰好有類似鯨魚的巨大海中怪獸接近夏沙多，在麥可先生的委託下拉絲蒂將怪物打倒，所以得到充當報酬的海產。至於那隻長得像鯨魚的巨大海中怪獸，正被整座市鎮的人總動員肢解中，等肉都收割下來，預定請半人蛇貨運送過來。

哈克蓮那邊的土產卻有點棘手。

「黑暗精靈？」

有著褐色肌膚的精靈二十人，以全副武裝的姿態聚集在一塊。

「我們這個種族名為『山精靈』。」

「是喔。抱歉，因為跟我以前知道的某個種族很像，所以才口誤。」

「哪裡。搞不好那是我們種族的別稱也說不定……若您真的希望那樣稱呼，我們也無妨就是了。」

「哈哈哈。好吧，關於這件事我會慎重考慮的。話說回來，妳們全部人就只有這樣嗎？」

眼前的二十名山精靈全都是女性。

「是的，全部人都到了。」

是嗎，只有這樣啊。

她們本來是在某座山上生活的，但那邊的糧食取得似乎出現困難。

被逼得移居到其他地方後，先向當地的守護獸打招呼，結果對方是萊美蓮的部下的部下的部下。

不知為何事情傳到萊美蓮耳中，最後就決定前來我們的村子了。

本來以為要花好幾年的時間才能抵達，但因為哈克蓮恰好在那時去找萊美蓮，她們就搭了順風車一起回來。

「萊美蓮有說什麼嗎？」

「她說既然我們要找新天地，她有個推薦的地點，就到那邊好好努力吧。」

我猜，山精靈對龍應該沒有否決權吧，其實我自己也是。

「我明白了。既然是萊美蓮介紹的村子願意接受。是說我們這邊已經有高等精靈了，妳們有種族之間的問題嗎？會不會雙方對立之類的？」

「不，沒有那種問題。」

山精靈滿口答應下來，但我還是找了高等精靈的代表莉亞詢問。

「莉亞妳們，願意接受她們嗎？」

「可以。我們跟山精靈因為耳朵的形狀經常被視為同一種族，能力的差異卻大到像是不同的種族，不過雙方並沒有上下關係，只是分開生活。」

「那真是太好了。」

暫時可以放心。

「希望妳們可以適應村子的做法跟生活，不過也不會強迫妳們。假使有無法接受的地方儘管提出來。」

「遵命。」

總之，先把山精靈帶去讓她們過夜的旅舍。我苦惱不知該派誰照料她們，最後決定讓高等精靈出兩個人負責。

既然要來村子定居，等到了來春再幫她們蓋房子吧。不過，既然名叫山精靈，搞不好比起住在我們這裡，住在好林村更適合她們也說不定。

我腦中思索著這些，之後再跟她們談談。

蒂雅開始生產了。

跟露那次不同，時間拖得比較長。雖然長，但我什麼忙也幫不上。

儘管我很想做點什麼事，卻被嫌礙手礙腳。真是非常抱歉。

代替我努力幫忙的，則是高等精靈、鬼人族她們。

…………

如果不做點什麼事，我就會想東想西，乾脆在外面捏起了黏土。這是要拿來燒陶器的。

黏土是從半人蛇族的迷宮部分地區採集到的，並拜託她們順便送過來。

來製作很久以前矮人們就希望能有的裝酒容器吧。

基本上，有木桶就夠了，但以木頭製作的容器會讓裡面的酒慢慢揮發掉。

紅酒或蒸餾酒等必須要擺放一段時間才能喝的沒問題，可是一部分的酒不適合用木桶保存，尤其是用米釀的酒。

用玻璃瓶裝米酒也行，但玻璃瓶可是很寶貴的。

從好林村那交易來不少的數量，但最近全都拿去裝酒了。
也考慮過從麥可先生那購買玻璃瓶，結果一問價格就放棄了。
因此作為代替玻璃瓶的容器，我想到了陶器。我的目標是做出甕。
先把黏土捏成繩狀，再用黏土繩堆積出甕的形狀……結果還滿難做的。
還是先從手捏的茶碗開始吧？努力練習到成品的形狀我終於能接受時，不知不覺孩子也誕生了。
是很健康的女嬰。
蒂雅也平安無事的樣子，真是太好了。
我本來想馬上去探望母女，卻被人提醒渾身上下都是泥巴，還被推進浴室裡。

10 調查隊的歸來與冬季降臨

我跟蒂雅生的孩子叫蒂潔爾。是女孩，希望能健健康康養大。
等蒂雅的身體穩定下來，就召開了慶祝出生的宴會。
我好像喝太多了。阿爾弗雷德現在也有了妹妹……但他本人大概搞不清楚這是怎麼回事吧。
山精靈的代表是芽。

她們對村中的生活顯露出困惑，不過跟其他人剛來這裡的過程也差不多。
逐漸習慣後，等住了十天也不再緊張了。
就我觀察，她們狩獵好像是以設陷阱為主流，但以陌生森林的動物為目標就不太容易有戰果了。相對地，她們在採掘作業上很努力，加工方面也能立刻派上用場。而其餘超乎我想像的優秀能力就是燒製陶器。
大概是看我在玩黏土產生了興趣吧，她們試著弄了一下結果手藝比我巧妙太多了。至於嘗試燒製過程中雖然也有幾次失誤，但最後終於能進行安定的窯燒作業。
就連我要求的酒甕也做得很棒，完全不會滲漏。看來在接下來的冬天，要請她們全力生產陶器了。
就在差不多要入冬時，前往北方迷宮的調查隊回來了。
他們帶回從怪物取得的大量素材，露出一副誇耀成果的表情。
「由於迷宮內住著友善的巨人族，就在他們的協助下進行調查。那座迷宮一路往北方延伸，面積廣闊到目前依然無法得知全貌。」
「裡面有危險的傢伙在嗎？」
「有。確認了好幾隻血腥蝮蛇的存在，因為要討伐太過勉強，我們就逃開了，倘若以後想攻略，遲早得把牠們打倒才行。」
「血腥蝮蛇……啊，就是之前那種大蛇嘛。」

就是之前跟大熊打架在森林掀起騷動的傢伙。

「所以該輪到我出馬了？」

這個提議一出，位於後頭的拉絲蒂跟哈克蓮就插話道：

「還用不著村長跑一趟啦。」

「沒錯沒錯，交給我們處裡就好了。」

…………

「妳們願意去當然好，不過像剛才那麼主動總覺得有點可疑耶。」

「咦？根、根本沒什麼好可疑的啊？」

「嗯，沒錯，這樣的反應不是很正常嗎？」

我一深究下去，她們就招供了。

好像只要吃了血腥蝮蛇的肉，就能獲得精力。

呃……那是指營養，不對，應該是某種亢奮作用吧？

問了以後得知，血腥蝮蛇肉好像被求子女性們視為珍寶。上次拿到的時候，明明只是隨便烤過就吃掉了……

「其他人知道這件事嗎？」

我環顧四周，眾人都不解地搖搖頭。

「能吃到血腥蝮蛇肉的機會本來就很少了。」

頂多就是，隱約能感覺到那種效果罷了。但我上次吃了一點感覺都沒有啊。

「嗯，既然是這個理由，妳們要去一趟也行……但總之，還是先等春天來了再說。」

我這麼說完就當場解散了。將調查隊帶回來的東西分門別類，收進倉庫中。

……慢著？精力……到了春天……

還是先別想未來的事了，至少不是無處可逃的冬天我就該慶幸了。

入冬了，好冷。

「我想討論關於男性不足跟導入貨幣的問題。」

在村子主要人物聚集的會議上我如此提議道。

「男性不足還能理解，不過貨幣是？」

高等精靈的莉亞，對貨幣是否有必要提出疑問。周圍的人也贊同她的意見，都認為目前這樣沒什麼問題。

「繼續保持現狀遲早會造成困擾的。」

「對村長有什麼不方便嗎？」

目前，村子的所有物品都是屬於村長也就是我的。包括狩獵來的獵物，也必須先納入我的所有物後才能分出去。當有誰想要某樣東西時，必須先得到我的許可。

一開始這樣是沒問題，但現在村裡人數太多了。

「每件小事都得先問過我會耽誤我手頭上的工作，而一旦無法跟我取得聯絡，村子就會完全停擺，那可就麻煩了。」

老實說，我認為雞毛蒜皮的小事大家可以自行處理，像現在這樣不管什麼事都要向我報告才能行動的話，總有一天我完全忙不過來的場面是可以想像的。

或許是我偷懶吧，我個人只想專注在農務上。關於村子的經營，差不多也該是丟給芙勞跟拉絲蒂處理的時候了。

然而，我沒辦法馬上那麼做，只能先盡量讓現狀變得對我輕鬆一點。

「所以對策就是導入貨幣嗎？」

莉亞似乎暫時能理解了。

「我認為只要給物品標上價格，那一些小額的交易，大家就可以自己進行了。不過，一下子導入貨幣勢必會讓大家很不習慣，也可以預見村民苦於物價大幅波動的後果。」

經濟就像一頭巨獸，我可不認為生手可以一下子就妥善掌控。

「那您打算怎麼做？」

「必須分階段實行。第一階段是這個。」

我拿出用石頭加工成的稍大硬幣給大家看。

硬幣的一面雕刻大樹的圖案，另一面則雕刻了在神社裡供奉的農業神明大人。

「村長，這是什麼？」
莉亞拿起硬幣仔細觀察，再傳給旁邊的人。
「我想把這個當作貨幣的前身……名為獎勵牌。」
「所以它不是硬幣囉？」
「沒錯。」
「對啊，這是我親手打造的，每一年，我都會發給所有村民各幾枚。」
「啊，我懂了。這個獎勵牌可以拿去交換物品，或是換取某種服務對吧。」
與其說是貨幣，不如更接近使用券一類的東西吧。
「對村子有貢獻的人就會頒發這個，在比賽或遊戲獲勝的人也能得到。」
聽了我的話，參加會議者都發出驚愕之聲。
「我覺得可以先習慣這種東西，以後再慢慢過渡到貨幣階段。不過，之後的路途還很遙遠，不知道會怎麼樣就是了？」
眾人商議的結果。
「總之，先試辦個一年吧。」
莉亞的這個意見，獲得多數人贊成。我也在心底暗自擺出勝利的手勢
「話說回來……這個獎勵牌，假使每個村民都要拿到幾枚，就需要相當多的數量了……」

我想村裡應該沒有壞人，但被偽造還是會很麻煩。因此製造這玩意必須非常精細才行。

幸好，能把石頭加工成這樣的人只有擁有「萬能農具」的我而已，我只好全部自己做了。

這件事只有一開始最辛苦。沒錯，萬事起頭難。我這麼說給自己聽，並默默地努力生產獎勵牌。

嘿嘿，要是敢偽造就放馬過來吧。我除了在獎勵牌側面編上號碼外，還加入了隱藏的圖案。這麼一來又更加費工了。

露為拚死生產獎勵牌的我送上了茶並這麼問道。

「那個，會議都沒討論到關於男性不足的問題，這樣真的好嗎？」

「啊。」

我忘得一乾二淨了。

閒話　半人蛇族的戰鬥

我名叫裘妮雅，是半人蛇族的族長。

維持一族的生存，以及代代保有的領地就是我的工作。

說是領地，其實就是一座地下迷宮。

迷宮是從幾時出現的，又是為了什麼目的才成立，沒人知道。
然而，打從我出生很久以前半人蛇族就跟迷宮共存了。

這座迷宮裡，棲息著大小、種類不一的許多怪獸。
此外，在這些生物中我們一族堪稱是無敵的，或許就是因為這麼想才會太過驕傲吧？

有侵入者闖進我們迷宮的報告，打斷了我的用餐。
不過，那個時候我並不慌張。
侵入者雖然罕見，但以前並非從沒發生過。此外，那些侵入者在對我們造成影響前，就先被棲息在迷宮裡的怪物與怪獸排除了。
我原本以為這次也會一樣。
一族的同胞都跟我有相同的想法。本來這種報告是連提都不用提的。
不過，我還是接獲報告了。
對我報告的人，是戰士長絲涅雅。
看到她的笑容，我立刻就明白她腦中在想些什麼了。
「老大，要不要陪那些傢伙玩一下？」

我就知道。
充滿戰鬥慾是沒什麼不好，但我希望她更沉穩一點。不然幾十年以後，我要怎麼放心把族長的位置傳給她呢。
要是她想做什麼危險的事，我會立刻阻止她，然而嘆了口氣後我還是下達許可了。因為就算我說不准，她也會擅自採取行動吧。
「儘快打倒入侵者，然後回來向我報告。」
「遵命。」
現在回想起來，這可能是我的失策吧。
我們應該要偷偷躲在迷宮的角落裡，靜待這場風暴平息才對。
接到第二次報告時，我不禁懷疑自己的耳朵。
「不好意思，可以再說一遍嗎？」
「是的，戰士長負傷了，目前正在接受治療。」
…………
絲涅雅是憑實力取得戰士長地位的猛將。
也就是說，她是本族最英勇善戰的人。就連我跟她認真打起來，恐怕都很難取勝。
這樣的她受傷了？我很擔心，不會有問題吧？不，比起擔心這個，還有其他更需要我擔心的事。

她是打贏負傷，還是打輸才負傷的？

「敵方呢？」

我強忍內心的不安這麼問道。

「還完好如初。目前正從迷宮的入口附近朝西南方挺進中。」

是打輸負傷的啊……

聽了這報告令我感到暈眩。迷宮竟出現了能打贏絲涅雅的入侵者……

「沒有多少給對方製造一些傷害嗎？」

「沒有，是被單方面修理了。」

真想拔腿就跑。不過，我不能這麼做。而且在迷宮裡根本無路可逃。

「對不起，我應該先問這個才對。入侵者究竟是何方神聖？」

「是地獄狼。」

「……絲涅雅會敗在地獄狼的手下嗎？」

有地獄狼誤闖迷宮實在算我們倒楣，不過會誤闖迷宮的地獄狼通常都不強才對。

雖說沒有必勝的把握，但絲涅雅也不至於被單方面修理吧……

「正確的數量不清楚，不過是由二十隻以上組成的狼群。」

…………

糟了，地獄狼群根本就是天災啊。

「通知所有人，躲進迷宮的最深處。」

迷宮最深處有我們一族長年築起的防禦陣地。

在此之前都沒派上用場過，我還有點小看它，這時只好在心中謝罪了。真對不起，還有謝謝。

假使是固守那裡，面對地獄狼群的進攻，應該能撐住才是。

從那之後又過了一個月。

我們還在死撐死守。雖說有許多人受傷，幸好並沒有出現陣亡者。

那群地獄狼，面對利用地形高低差建構的防禦陣地，好像也很難進攻。

剩下的，就是祈禱在我們糧食吃完前牠們自動放棄離去了。雖說這只是祈禱，但我猜想地獄狼也差不多該放棄了吧。

地獄狼很聰明，如果覺得我們太硬啃不下去，應該會識相離開才對。

最糟糕的情況，就是地獄狼在這迷宮裡定居下來。然而只有一頭、兩頭也就罷了，牠們要維持二十隻以上的族群還是去迷宮外面比較有資源吧。

正如我的預測，地獄狼撤退了。
沒有一隻留下來，全都出去了。
我們終於勝利了。雖說損害情形很慘……但並不到致命的程度。
同伴們一齊為此感到喜悅，終於撐過那個地獄了。

結果地獄馬上再度降臨。
本來以為只是地獄狼群又回來，這次牠們竟然能飛了。不，更正確地說牠們是在空中移動。
這是之前沒出現過的行動。怎麼辦到的？就連牆壁牠們都能輕鬆爬上去。
無視我們的疑惑，地獄狼開始突破防禦陣地。
慘了，慘了，慘了。
我們的活動範圍開始急速收縮，再這樣下去就要陷入滅亡的絕望了。
不過，我總感覺有哪裡怪怪的。
都已經攻打到這個程度了，我們卻沒有任何人陣亡。
雖然想自戀地說這是因為我們半人蛇族很強，但考量絲涅雅被單方面修理的事就知道絕不是實力造成的。

是運氣好嗎？不，是對手刻意放水。地獄狼竟然會放我們一馬？為什麼？即使我腦中有這樣的疑問，對方還是死纏爛打，直到我們喪失戰意為止。

是的，毫無鬥志了，沒辦法繼續戰鬥。

畢竟，地獄狼這次明顯是把我們耍著玩。

目的是在等待我們自動投降。

更何況，在地獄狼的背上，還搭著惡魔蜘蛛。說是惡魔蜘蛛其實還是幼體……但這也是能跟地獄狼相提並論的難纏怪物了。

那些怪物用絲線吊起地獄狼的身體，幫助後者在空中移動或攀登牆壁。

真佩服牠們啊。

另外，都已經這麼強了還互相幫忙簡直是作弊。

啊……能不能用我的命換得其他族人的存活呢？

我們投降後，地獄狼把我們帶去迷宮外。

本來以為不會走多遠卻移動了相當長的距離。

到底要去哪啊？我對此感到憂心忡忡，結果目的地是一個村子。

這是哪裡？

話說，這裡還有其他地獄狼喔？

也有其他惡魔蜘蛛的孩子……

原本消沉的心靈感覺被粉碎了。

可能是村子的代表吧，我們遇到了地獄狼跟惡魔蜘蛛的主人。

是個對魔族很友善的人類，真是太好了。

最糟糕的結果，或許是只取我一個人的性命吧。

我明明做好了各種覺悟，最後卻被釋放了。

還送上土產給我們帶走。

…………

當、當然，對方也對我們有所要求。

那就是穿上衣服遮掩胸部。

因為我們一直過著裸露胸部的生活，才會被他們攻打嗎？
雖然覺得這很愚蠢，但搞不好有我們不知道的幕後因素吧。
我會對一族，不，子孫代代傳達這個規矩，那就是要穿衣服擋住自己的胸部。

是說，送我們的那些土產真好吃，根本會讓人上癮。
明明搬了不少的量回來，卻轉眼之間就被吃光了。

還想要更多。

這樣或許會讓人覺得很貪心，但還是向那位村長拜託看看吧。
當然，世間講究的是禮尚往來。
我們也不會忘記要拿交換的物品過去。
倘若對方需要勞動力，我願意努力配合。
因此，請給我們農作物，沒錯，我最喜歡茄子了。
烤茄子真是人間第一美味啊。

我們半人蛇族決定服膺「大樹村」的領導。

Farming life in another world.

Chapter, 2

Presented by
Kinosuke Naito
Illustration by
Yasumo

〔第二章〕

悠閒的日常

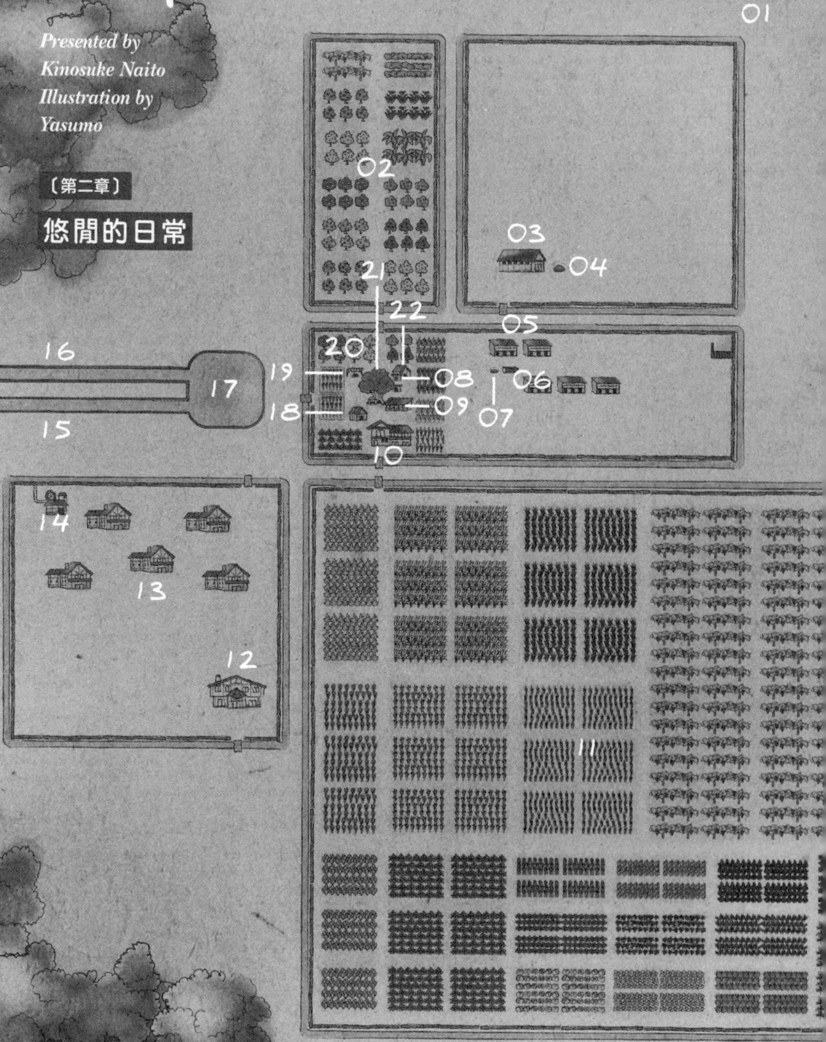

01.大樹村　02.果園　03.牛棚　04.牛用水井　05.狗屋　06.犬用飲水處　07.犬用水井
08.廁所　09.雞舍　10.家　11.新田地　12.旅舍　13.居民的家　14.澡堂
15.排水道　16.進水道　17.蓄水池　18.女僕宿舍　19.水井　20.田地　21.大樹　22.狗屋

1 春天與獎勵牌

春天來了。

透過小型飛龍通信，我獲知各地的情報。

好林村那裡，一樣是要我們提供穀物類。夏沙多市鎮的麥可先生，則提出了想採購的農作物清單。位於魔王城附近的比傑爾，除了送來新年恭賀外，還加上了優莉想要的物品列表。我跟芙勞及文官少女組商量後，決定把農作物出售。

儘管我們也向麥可先生委託購入幾項需要的物品花了點錢，但還是有盈餘。下次，跟大家討論該怎麼使用這些資金好了。

我決定開闢新田。今年向我們下訂單的人太多了，需要擴充耕種面積。

首先是醬油、味噌用的大豆田。接下來是去年德斯致贈的珍稀樹種與植物，也開闢一塊土地培育。

為了跟麥可先生交易，非得要增加收穫量不可。即使我有「萬能農具」，但我一個人單獨進行的作業量還是有極限的。

把目前的十六乘三十二塊田，向東擴大到二十四乘三十二塊。至於原本四乘四塊的藥草田，也往東移動並擴大為四乘八塊。果樹區亦從八乘八塊，朝北邊擴充為八乘十二塊。

跟起初相比，現在的規模真是超級巨大。我想要栽培更多種農作物。

把獎勵牌分配給村民。

一人可拿到三枚。小黑牠們也有，但不可能每隻都比照辦理，所以就給牠們全族共三十枚。座布團那邊也比照辦理，整個族群拿到三十枚。

作為管理職加給，每一種族的代表可各分到十枚。

地獄狼族的代表是小黑。

惡魔蜘蛛族的代表是座布團。

吸血鬼代表是露。

天使族代表是蒂雅。

高等精靈代表是莉亞。

鬼人族代表是安。

蜥蜴人族代表是達尬。

獸人族代表是賽娜。

矮人族代表是多諾邦。

魔族暨文官少女組代表是芙勞。

龍族代表是拉絲蒂。

山精靈代表是芽。

其他種族，還有蜜蜂、史萊姆，以及拉絲蒂的惡魔族傭人，不過蜜蜂已透過座布團表達婉謝，而跟史萊姆對話的嘗試失敗了。至於拉絲蒂的兩名傭人則表示，有全體居民的三枚就夠了。

最後，身為村長的我則獲得百枚。這一百枚，並非隨我自由使用，而是要給其他人的追加報酬跟活動獎品。

畢竟都是我親手製作並配發下去的，就算不放在我手邊也沒關係，但我為了避免濫用才決定暫時留著。這也是為了維持獎勵牌的價值。

總之，今年一年先用這一百枚看看情況。希望這獎勵牌能發揮期待中的功能才好。

村人之間可以自由交易獎勵牌，但如果遺失了也不會補發。

竊盜、恐嚇，或利用上下關係的立場剝削下屬這些行為都會受罰。是說，就算沒有獎勵牌這種東西，上述行為還是要懲罰就是了。

「懲罰的方式呢？」

一名高等精靈這麼對我問道。

處罰的內容喔……我沒有想過。唔～嗯，鞭打或關進牢房會不會太嚴厲了啊？

「從村子放逐出去不就好了？」

這太輕了吧？

「……的確是很嚴厲的處罰呢。雖然我覺得沒人敢犯，但還是為了避免觸法提醒周圍所有人吧。」

「麻煩各位了。」

獎勵牌能兌換的物品清單公布了。

基本上，每種都需要一枚獎牌。

- 想要的家具一件
- 想要的遊樂器具一套
- 想要的道具一種
- 倉庫裡的武器一件
- 倉庫裡的防具一套
- 倉庫裡的珠寶飾品一件
- 想要的設備

‧酒（中木桶裝）
‧蜂蜜（一小瓶）
‧想擴充的農作物田地（願望實現時才支付獎牌）
‧對居住區的改善需求（願望實現時才支付獎牌）
‧其他要求（先聽取希望內容為何）

清單寫得還滿長的，不過最受歡迎的依然是酒。

「獎勵牌一枚，就能換到一個中木桶的酒嗎？」

矮人立刻確認這點。

「是啊。」

「任何一種酒都可以嗎？」

「只要是屬於兌換獎品用的份，無論哪種酒都沒關係。」

從此以後，村人就有飲酒的自由了。

順帶一提，中木桶的容量大約是四公升。要是換算成一餐的飲用量，應該可供八個人享用吧。這到底算多還是算少要看情況，畢竟村子舉行宴會的時候，大家可是隨便喝呢。

其次受歡迎的獎品則是家具跟遊樂器具。

到目前為止，因為大家採行共同生活，無論是好是壞每個人都是平等的。舉例來說，就算有人想睡牢固的床而不是塞了鋪床草的墊子，也不可能幫村裡所有人都實現這個願望。

不過，只要活用獎勵牌，大家就能我行我素地過生活了。這是很大的差別。

包括棚架、床、桌、椅等家具，還有西洋棋跟黑白棋等玩具都是大家兌換的目標。

獎勵牌很快就遭遇問題了。

首先，村民有大半都拿去換酒。本來以為他們早就忍不住想痛飲一番，結果都帶回各自的家裡或房間儲存起來了。

喜歡的時候就能喝是不錯，但一下子就把三枚都拿去換酒也太那個了吧。

一瞬間，我還想過乾脆不要獎勵牌改用酒當貨幣算了，不過因為酒很難帶在身上搬運，最後遭否決了。

畢竟，獎勵牌還沒被村民們完全信賴才會發生這種現象。這種事就只能靠實際的作為解決了。

其次，用西洋棋、將棋、圍棋、迷你保齡球、高爾夫、麻將等遊戲賭博的情形開始了。

我並沒有禁止賭博，但嚴禁獎勵牌的借貸行為。我不想看到有村民因負債累累而墮落。

另外，就算要賭，也希望大家賭的籌碼小一點。那樣才能玩比較久嘛。

家具、遊樂器具的兌換數量比我想像中還多。

這部分的問題，是出在製作過程上。家具的話只要木材數量足夠就行了，遊樂器具卻需要我親自精心打造。

倘若不用「萬能農具」作業，就會花上超多時間。而且我也不能為了幾位村民想要遊樂器具，就占據我太多時間。

我雖然可以拚命製作，但當初導入獎勵牌就是為了節省我的時間，現在不是本末倒置了嗎？

下一次，我會先把遊樂器具準備好再開始兌換。像現在這樣接受訂單生產絕對不行。

其他方面也產生了形形色色的問題。

最教我吃驚的，就是清單中的最後一項「其他要求（必須先聽取內容）」，竟然有獸人族的女孩說要跟我生孩子。

之後，趁機一起提出這樣要求的人更是絡繹不絕。不不不，這怎麼行呢，我當然要拒絕。對於生下的孩子來說，自己是用獎勵牌換來的未免太可憐了吧。

更何況，除了賽娜以外不對任何獸人族少女出手，是我內心的最後一道堡壘啊。拜託饒了我吧。

勉強用其他條件說服她們，例如和我一起行動一天或是吃我親手做的料理等等，這麼一來我不是更忙了？

好詭異啊，這什麼獎勵牌。

果然出現一堆難題，沒辦法如我所預期那麼順利。

不過，至少先努力一年看看。總之，來規劃某個會用到獎勵牌當獎品的活動好了。既然是頭一遭……辦場運動會應該不錯吧。

閒話　某位高等精靈

村長親手雕刻的獎勵牌發下來了。

每個人都有三枚。

雖說能兌換各式各樣的物品，但這種東西不應該換掉而是要好好保存才對吧。

交換什麼的想都別想！放在房間裝飾才對！不，最好是拿來膜拜！

畢竟村長是賜予我們安居之地的偉人！雖然是人類，但又不是一個單純的人類！那位大人就是神！

他統率我們完全束手無策的地獄狼跟惡魔蜘蛛，也是讓吸血鬼、天使族都拜倒的神！啊，請饒恕不知道該怎麼讚頌村長的我吧。

至少，讓我獻上我的肉體。可以的話最好還生個孩子吧。

啊，不行不行不行。我不能有這種不敬的想法！我只能被動期待神明大人的恩澤而已！

……可惡，今天也有這麼多對手啊。身為擁有同樣信仰的人不應該互毆才對，但總可以恐嚇對方吧。嘎啊——！

結果被恐嚇回來了，好恐怖。不過，我才不會認輸呢。

翌日，我被莉亞警告了。

她要我不要把獎勵牌收起來，應該盡量拿去使用。

我嚇了一跳。她究竟是在想什麼啊？跟我有一樣疑惑的人，主動詢問莉亞。

根據莉亞的回答，這是沒讓村長參加的會前會討論結果。

會前會，也可稱為機密會議，是為了避免在村長面前上演醜陋的爭執才召開的，似乎不必特意號召大家也會聚集起來進行。

我也很想參加，但為此我得先把莉亞幹掉才行。以我現在的實力而言太嚴苛了。嗯唔，我不會放棄的，繼續努力吧。

離題了。

莉亞的意思是若不好好活用獎勵牌，村長會很難過。竟然還有這種事。

不過，大家想好好保留的心態她也能理解，所以提議用掉其中兩枚，把剩下的一枚留在手邊也行。

真沒辦法啊，就拿兩枚去交換吧。儘管我心底很不想交換，但既然非換不可，我其實也有想要的物品。

那就是棉被。我想要用跟村長一樣的寢具。然而若一下子就興沖沖地拿去兌換，可能會讓人以為我對獎勵牌不重視，所以還是先看看風向吧。

…………

矮人們竟然一口氣就拿三枚去換酒。嚇死我了，我的嘴巴都合不攏了。

我早就知道矮人對酒很熱愛，就某種角度而言也算是敬佩他們。不過，一下子就全部換酒也太扯……

我臉上的表情一定很詫異吧。這時有個矮人跑來偷偷告訴我一件事。

原來，矮人代表多諾邦把自己的領導加給分給每位矮人各一枚保管，還說每個人原本的三枚可以隨便怎麼使用。

村長也知道矮人對酒的喜愛，倘若所有矮人都只拿兩枚出來換酒，多諾邦擔心村長可能會因此產生疑慮。

原來如此，多諾邦真了不起。莉亞要是也把她多拿的十枚分給大家……算了我想太多。高等精靈的數量很多，就算莉亞願意把十枚拿出來分也是不夠的。我雖然很嫉妒，但也沒辦法只好放棄了。

把心情調適一下，拿兩枚去交換吧。拜矮人們大方出手之賜，現在大家兌換起來都沒壓力了。既然這樣我也事不宜遲！

我瀏覽清單，同時表現出猶豫不決的氣息……

「那好吧，我要換一套棉……」

話還沒說完，我又嚥回肚子裡了。那是因為我聽到了無法置之不理的台詞。

「若是西洋棋或圍棋，村長會做一組新的給我嗎？」

「家具類也是村長親自製作的嗎？」

…………好，我改變主意了。

放棄棉被雖然可惜，但能把村長親手製作的物品拿來自己用，我就不覺得付出獎勵牌有什麼好遺憾了。

我的房間多了三樣寶物。

第一是獎勵牌，再來是西洋棋盤跟棋子，最後則是一組大棚架。

棚架雖然很普通，卻是我跟村長一起製作出來的。

獎勵牌目前只限定今年有，明年的方針還未確定，但拜託明年也一定要有啊。

真誇張，獸人族的那些小妮子，竟然想拿獎勵牌去換村長的種……我怎麼都沒想到這點呢。

很遺憾這種願望全都被拒絕了，但我千萬不可以再如此大意，以後一定要密切關注她們的動向。

那麼，今天輪到我去村長的宅邸了。呼呼呼，我要好好加油。

2 村民募集計畫與運動會計畫

有人拿獎勵牌想換新的遊樂器具，我剛好想到了立體井字棋並試著製作。

在木板上排列並插入三乘三共九根木棒，再做出中間開孔、可穿過木棒的球就行了。

稍微玩了一下，發現只要搶下正中央的第二格那個位置就可獲得壓倒性的優勢，於是加以改良，又試做了四乘四的版本。這種遊戲還真深奧啊。

遊戲常激烈到明明已經完成一排了，本人卻完全沒察覺的情況。順帶一提，我定下了連成一排後本人沒宣言就不算贏的規定。

這樣會使遊戲產生因疏忽而意外大逆轉的結果。

我一時興起又試做了五乘五的版本，但這個反而失敗。因為太花時間了，沒辦法讓人輕鬆享受。

「獎勵牌？又做了奇怪的東西啊。」

德萊姆與拉絲蒂一邊玩立體井字棋一邊愉快地交談著。

自從哈克蓮來到村子後，感覺德萊姆拜訪的次數減少很多。是因為半人蛇貨運大為活躍，他容易拿到想要的物品所以才減少來訪嗎？

哈克蓮像是為了要確認這點般插入這對父女的對話。

「我說德萊姆，難不成，你是對姊姊避而不見嗎？」

「哈哈哈，姊姊您又在開玩笑了。」

「那就好～對了，我去你家那邊玩你不反對吧？」

「咦？啊，當、當然好囉。不過現在家裡有點亂七八糟，等我整理好，會主動邀請您蒞臨舍下一趟的。」

「我開玩笑的，你不必那麼緊張。」

「啊、啊哈哈哈……」

「對了拉絲蒂，關於種族代表多拿到的獎勵牌用途，我可以提議一下嗎？」

「嗯，其實我也沒什麼好主意，妳的提議是？」

「可不可以用來確保人類或魔族啊？」

「姊姊？您想要活祭品的話，我覺得最好還是不要啦。」

「拜託，德萊姆，你以為姊姊我會想要那種東西喔～氣死我了～」

「請原諒我的失禮。」

「老實說村長他啊……」

「募集人類跟魔族？」

在種族代表聚集的會議上有人如此提案。

各種族都拿出相當數量的獎勵牌來提出這個意見。他們的意圖是為了解決我在前些時候提過的問題。

・村裡的男性太少。

・如果不培養我以外的農業人員，當我出什麼狀況時，村子就會瓦解。

為了解決這兩點所提出的方案，就是招募人類或魔族來村子。

原來如此，雖說我覺得這主意還不錯……

「你們想募集大約多少人呢？」

「當然是越多越好。」

「這麼想是不錯，但村子人口突然暴增不會有問題嗎？」

到目前為止村子都還保有能逐漸收納人口的彈性。而且，人數是緩慢增加上去後才不知不覺形成現在的村子。急劇的人口增加，勢必會發生很多問題。

老實說，當文官少女組那十人來的時候，我就猜測會出問題了。幸好，有芙勞巧妙地把那些人組織起來才沒有遭遇困難。

然而，若要說到以後也不會出亂子，沒人敢保證這點。

雖然不知道要透過誰的關係把人帶來，但大批人馬來到村子鐵定會產生麻煩吧。

「對於人口暴增問題我也考慮過了，那就是在別的地點設置新村。」

「這是什麼意思？」

「就如同剛才所說的，在別的地點建立新村子，把募集過來的人類跟魔族派去那裡務農。」

「……原來如此。」

要是聚在一起會出問題，那不如一開始就分開吧。

…………

這點子不壞。不，應該說是妙極了才對。

「我知道了。」

這只是在會議上討論的提案，還不算已經決定了。最終決定權在我這個村長手上。

當然，下了決定後也要由我負責。

雖然我不想逃避責任，但比起當村長我更想當個悠閒的農夫啊。

因此，我過去曾一度提議以投票表決來決定事情，卻被大家投票表決反對了。結果只有我一個人贊成這件事而已。

再加上大家又說服我，處於嚴苛的環境下還是需要有一名強而有力的領導者統合大家。就連芙勞也站在說服我的那方，我想拿她是地方官的理由把決定權讓出去大概也沒指望了，因此，本次提案是否執行也是由我決定。

「建立新村，並對外召募村民吧。」

另外，我把大家提交的獎勵牌還回去。我發獎勵牌不是為了直接投訴用的，像這種事直接找我談就可以了。

雖然下了建立新村招募村民的決定，但我什麼事也沒做。其實是沒事可做，至少目前還沒有。

選擇建新村的場所，是由數名高等精靈與小黑牠們負責。

我一開始覺得直接在河畔應該不錯，但其他人說服我離河川太近一旦氾濫就糟了，也沒必要太過刺激森林裡棲息的怪物。既然如此就交給你們決定吧。

至於募集村民方面，由芙勞、拉絲蒂、哈克蓮她們，去找德萊姆、比傑爾、麥可先生交換意見。

就算想把人叫過來，也得經過許多繁雜的手續，還得跟當地原本的居民交涉才行，可說是非常麻煩。真不好意思，我要丟給妳們去辦了。雖說這樣我很省事……但幫不上忙還是有點寂寞。

真沒辦法，很久以前我就想過要辦場可以獲得獎勵牌的活動好比運動會，我就在這個部分努力吧。

運動會的籌辦委員會成員，是我跟文官少女組。露、蒂雅跟鬼人族都忙著照顧小孩，所以只讓她們當顧問。

其他成員還可以找芙蘿拉加入，但因為她正在改善醬油跟味噌的風味，就不勉強她了。運動會雖然要緊，但醬油跟味噌也很重要。

為了決定運動會的比賽項目而做了許多調查。原本只是調查而已……卻再度確認了各種族間的差距。

若是在平地奔跑的速度，鬼人族具壓倒性的優勢。矮人族則慢到讓人懷疑他們有沒有認真跑的程度。假使是障礙賽跑，那高等精靈最為敏捷，不過山精靈跟獸人族也緊追在後。矮人族會直接把障礙物粉碎再通過所以也不算慢了。

當然種族之內還是有個人的差異，不過在那之前光是種族差距就太巨大了，我判斷無法做公平的競爭。當初我本來打算以種族分隊，看來這樣是行不通的。

況且，以種族分隊的話，某些競賽小黑牠們跟座布團牠們就無法參加，而拉絲蒂跟哈克蓮也有太強的問題。至於體型方面，獸人族整體來說又比其他種族年幼，這也是一個難點。

再檢討一下吧。

乖乖分成紅白兩隊比賽或許是最好的方式吧，但應該怎麼分？各種族都平均拆分，然後分別加入紅白兩隊是不是比較好呢。

這個世界並沒有稱為運動會的競賽名稱，但好像也有類似的活動。

我所設想的運動會，是跟前一個世界我熟悉的普通運動會相仿。

包括賽跑、障礙賽、扔球入高籃、滾大球比賽、倒桿比賽、騎馬打仗等運動會常出現的項目，中間也可穿插啦啦隊比賽之類，我原本只是輕率地這麼計畫著。

但我聽到文官少女組她們討論自己所知的類似活動時……武術大會、魔法大會、狩獵大會、超長距離送貨、模擬戰鬥這類詞彙在我心中浮現雛形了。

武術大會正如其名。

「有指定武器的比賽，也有自由選擇武器的比賽，自由選擇武器的比賽很受歡迎喔。」

至於魔法大會就像是，武術大會中允許使用魔法的感覺。

「樸素的魔法有時也意外有效，可以讓大家觀摩。」

狩獵大會則是找合適的森林為場地，比賽打到的獵物種類與大小……

「這個比較不像認真分出勝負，真要說起來社交的氣氛比較強烈。不過，偶爾也會有那種不懂得看場合的參賽者啦。」

超長距離送貨，是從某地搬運指定的貨物到另一地的比賽。運輸的方法不限，想怎麼搬或用什麼道具都ＯＫ。比賽的規則是先把東西送到終點就算贏了。

「這種比賽是為了找出最佳的運送方法，所以還滿常舉辦的。」

「然而，雖然表面上是禁止一切妨礙對手的行為，但並沒有人負責監視，所以什麼事都可能發生的。」

模擬戰鬥，就是模擬戰鬥的意思。

「是演練戰爭喔，會有很多人為此受傷。」

「出現死人也不稀奇就是了。」

聽完她們的發言，我決定暫時凍結運動會，還是想其他方案吧。

文官少女組雖然對我提議的競賽項目表現得很有興趣，但種族差距太大是個嚴重的困擾。雖說每個種族都有自己的性格存在，但製造出不必要的優劣關係或引發摩擦的話就糟糕了。

我舉辦運動會的目的是娛樂。也就是說……我想起前一個世界住院時在病房看到的偶像節目內容。

不，是那個節目的下一個節目才對。主持人會前往世界各地挑戰各種體驗的節目，當中的一個單元就叫全球祭典。

我該舉辦的就像那種祭典，而非學校的運動會，我現在想通這點了。

3 祭典籌辦委員會與樂器

運動會籌辦委員會解散，並設立新的祭典籌辦委員會。成員還是我跟文官少女組。

「大家盛裝打扮並在外面慢慢走著？而且沒有目的地嗎？」

「大家拿番茄砸人？浪費食物實在是有點不好……村長也這麼認為吧。」

「跑給牛追？我不懂這樣做的意義……」

「追逐滾下坡道的食物？呃……」

我口頭說明這些祭典的內容後，終於明白她們根本無法理解。好吧，這也很正常。嗯，不能怪她們。

祭典這種東西，是極度圈內人的活動，從不是那個圈子的外人看來只會覺得那些傢伙在胡搞瞎搞什麼啊。

若不是這樣，也不會特地做成電視節目了吧。何況我剛才說明的那些都屬於奇特的祭典，所有人都強制參加的才叫普通祭典，好比前一個世界的盂蘭盆舞就屬後者這種。

然而，那些是我個人的常識，現在應該要辦就連文官少女組也覺得很普通的祭典才對。

「祭典嗎……有慶賀新年的祭典，還有收穫祭。」

「那些祭典上會做什麼呢？」

「這個嘛……」

結果，出現了跟運動會相同的失敗。祭典用口頭說明是無法讓外人理解的。就算大吃大喝的部分可以理解，慶祝用的活動有什麼意義我還是想不通。

假使文官少女組說的祭典是這個世界的傳統，那完全交給她們辦也沒問題，但看來好像不是如此。

「我成長的那個地方，飄飄會跑到市鎮中心，去襲擊有錢人家呢。」

「飄飄只會挖洞吧，襲擊的是姆姆才對。」

「咦？姆姆是食物吧？食物怎麼會襲擊人？」

「夜襲啊。」

這個世界的祭典會因地域性而產生微妙，或者該說巨大的差異。好吧，以前的世界也差不多啦。

比起那個更要緊的問題是……

「能整合統一嗎？」

「應該滿難的。」

祭典籌辦委員會的未來一片黑暗。結果又暫時凍結了。

村裡有很多人會唱歌。不管是在飯後、工作中，或是工作之間的空檔，歌聲都非常熱鬧。

而且，大家都很會唱。唱得棒極了。關於唱歌我是一點自信都沒有，儘管並不會嫉妒他們但還是自嘆不如。不過，村裡雖然有歌曲卻沒有什麼樂器。

樂器這種東西是生活餘裕的人才會擁有的。因此，村裡存在的少數樂器，也只是具備實用性的鐘罷了。

單純享受音樂用的器具並不存在。我雖然早就知道這件事，但在思考運動會或祭典的背景音樂時，又重新確認了這點。

因此，我開始製作樂器。

首先是笛子。

……………

完全不會響。光是開孔還不夠嗎？話說回來，笛子上頭有幾個孔啊？我忘了。

豎琴。

應該要有幾根弦？

至於木琴……竟然發出了死板板的木頭撞擊聲。我印象中應該是很清脆的聲音才對啊……應該要調整琴槌的木材種類或長度嗎？

煩死了，還是做吉他吧。

……要做自己連碰都沒碰過的樂器果然是不可能的。

我只是先做出形狀，文官少女組的其中一人就說是魯特琴。我想起魯特琴是奇幻故事中常出現類似吉他的樂器，乾脆就做魯特琴好了。

嗯，無論怎麼彈，都無法發出美麗的音色。

一直失敗啊。

總之，只要有聲音就好還是先做太鼓吧。

…………

我找出大小適中的圓木並挖空內部，弄成中空狀，再於兩側張開布料……不過用布實在太草率了，還是換成獸皮吧。皮革是從座布團囤積在大樹上的庫存中，幫我找出的一塊高級貨。

可能正因如此，敲出的聲音才很棒。

呼呼呼，總算完成一件正常音色的樂器。很～好很好，繼續朝這個方向努力吧。

我把「萬能農具」拿在手上，專心一意地對著一塊木頭。不知為何最後弄出了木魚。儘管很懊悔，但這是到目前為止音色最棒的樂器。

哈哈哈，我的才能果然有極限。

還是去找村民幫忙吧。對樂器很熟的人……其實根本不需要特別想，當我打算製作樂器時，周圍就莫名聚集起高等精靈、山精靈，以及文官少女組。

我一邊聽取她們的意見，一邊努力製作樂器。更正確地說，是我遵照她們的指示拚命生產樂器。

各種大小的笛子。比起豎笛，橫笛似乎更受歡迎。

豎琴、魯特琴、類似吉他的樂器。還有類似三味線的樂器、類似古箏的樂器。樂器名會隨著樂器的形狀或弦的數量而變動，弦樂器類的名稱真是記也記不完。

木琴、鐵琴、太鼓，加上沙鈴。我並沒有花太多腦筋在細節的部分，只是遵照她們的指示對材料加工。其他人會幫我進行組裝，將所有音階調出來。原來如此，光是在普通的壺或木桶上加上一片皮革，就可以變成音色截然不同的太鼓了。

她們一說我才發現，之前卻完全沒想到。既然都已經考慮過木琴了，怎麼沒想到還能做鐵琴呢……真懊悔。由於很不甘心，我又絞盡腦汁做出了類似鈴鼓、響板，以及三角鐵的樂器。

很遺憾，這個世界好像都存在類似我做的那些樂器了，幸好沒有人抱怨為什麼都沒有嶄新的樂器出現。

我詳細問過，明白這裡也有類似鋼琴的樂器存在，但因為機關太複雜只好放棄自行製作了。下次，我跟麥可先生討論看看能不能用買的吧。我是不會彈啦，但這裡應該有人會彈吧。

嗯，那些之後再說吧，總之樂器終於誕生了。

有了樂器以後，下一步就是演奏。

協助我製作樂器的高等精靈、山精靈及文官少女組，在演奏方面也很優秀。

高等精靈負責管樂器，山精靈負責打擊樂器，文官少女組則負責弦樂器。她們有各自擅長的領域真是太好了。

要指導那些完全沒碰過樂器的人，她們也沒問題。我本來想把樂器直接發下去，但數量有限，只好當作村子公用的財產由我統一管理、借出。

雖然要用借的，但我也不會一天到晚收回，所以不成問題。

村民積極地接觸樂器並接受指導，使得村裡的樂聲不絕於耳。這真是太好了。

…………

持續了差不多三天。

「再怎麼說，連大半夜都有音樂聲也太亂來了吧？」

村裡要演奏樂器，只能在規定的時間之內。日落以後基本上就禁止了。

但也不是全面禁止，晚餐時間還有宴會就ＯＫ。任何事，我都希望大家適度享受就好。

順帶一提，阿爾弗雷德跟蒂潔爾的房間施加了隔音魔法，所以很安靜。

我會慢了半拍才發現晚上的音樂聲也是這個原因。

4 矮人的生態與新的客人

矮人他們給人一種經常痛飲的印象，但事實並不然。

只有跟釀酒相關的工作，他們才會熱心參與。只要跟酒相關，就算是農務他們也毫無怨言地投入。

相反地他們對於收成期簡直比我還囉唆，這也算他們的優點吧。

我原本以為，他們在釀酒過程中一定經常偷喝，但除了嚐嚐味道如何外他們完全不會做這種事。

根據他們所言：

「喝醉的狀態下工作，是不可能釀出好酒的。」

原來如此。

釀酒工作需要生火，所以有時需要熬夜輪班看守，即使是這種狀況下，他們也是連小酌都不會。

「看管火的人喝酒是絕對不能原諒的。」

這句話太對了。火災可是很恐怖的。

不過他們會在吃飯的時候喝酒。

「唔嗯，今天的酒不行啊。」

「是啊，香味都揮發掉了。這種酒只會燒喉嚨而已。」

「說起香味，我找到一種會發出很香味道的樹木喔。要不要用那個製作酒桶看看？」

「比起用木桶，採取村長說的那個方法如何？」
「就是在使農作物乾燥時順便加上香味那個嗎？」
「只是先把原料的農作物燻過後再釀酒罷了，應該不困難吧。」
「的確。不過，自己之前都沒想出這樣的方法還真是有點不甘心啊。」
「哈哈哈。」

平常吃飯他們雖然會喝酒，但感覺起來試喝、品酒、研究發表的意味比較濃厚。
嗯，這是因為我對村民喝酒有設限，村民們只有宴會時才能飲酒。
但一直限制下去感覺也不太好，我正打算當大家懂得節制後就要解除限制了……結果現在的狀況也沒什麼不好就繼續維持下去吧。
而且目前有用獎勵牌兌換酒的方法了，我想還不至於會讓村民們的不滿爆發吧。
總之，矮人跟我的印象不同，並沒有隨時都爛醉如泥。
他們是很熱心的，只要是跟釀酒有關的事。
…………

「呃～我說多諾邦。」

「怎麼啦村長？」
「你們人數又增加了嗎？」
「唔嗯，是今天早上來的。本來想馬上去向你打招呼，但他們說想先看釀酒作業的現場。」

現在，矮人增加到十五人了。
「房間應該不夠睡了吧，需要蓋新的嗎？」
「真要蓋不如先蓋棟乾燥室吧。還有，我們也想要新的蒸餾器。另外就是設置蒸餾器的小屋啊。」
「有必要的話一定會蓋，不過還是先搞定睡覺的地方吧？」
「不，拜託先蓋乾燥室，睡覺的地方有地板就夠了。」
他們是很熱心的，只要是跟釀酒有關的事。

有客人來了，是個奇怪的傢伙。
奇怪的點之一，是座布團與格蘭瑪莉亞她們，以及小黑牠們都沒發現這傢伙進來村子。
不過，關於這部分新來的矮人情況也類似就是了……
奇怪的點之二，明明是偷溜進來的，座布團或小黑牠們卻都沒有主動襲擊。
感覺比較像是想出手，但無法出手。
奇怪的點之三，等我發現他時，他已經在設置於大樹的神像前五體投地……不對，他應該是在跪拜吧。

就算我們都已經發現這名訪客並把他包圍起來，他還是繼續參拜的動作。

隨後這位客人的真正身分一下就揭穿了。

「始祖大人？」

他是露的爺爺。

「我聽說露露西生下孩子了。原本以為只是謠傳什麼的……結果是真的啊。」

「是的，以前我也沒想過自己會生孩子。」

「就是說啊。儘管很稀奇但孩子畢竟是寶貝，妳要好好養育他。」

「知道了，非常感謝您。」

始祖乍看下是個年輕的大哥哥。

雖然穿著看似很體面的貴族般服裝，但有一部分故意弄得很邋遢。這種邋遢不會給人懶散的感覺，相反地會讓人理解這是一種時髦的穿法。

正因如此他不會散發出一種讓人難以接近的氣息，反過來卻表現得很平易近人。

透過露的介紹，我才知道這位始祖大人已經活了四千年左右了。

四千年。

不過眼前的人物並不會給人一種大長者的沉重感，就我看起來就像住在附近的熟識大哥哥一樣。
「哈哈哈，想長命百歲的要訣，就是偶爾要把記憶消除掉啊。」
大概是感覺出我的疑惑，始祖搶先為我說明道。
「除了姓名跟家族成員這些重要的事不會忘，其他的事我都忘得一乾二淨了。一開始這麼做會感到不安，但只要做過一次就習慣了。上次消除記憶大約是兩百年以前吧，所以我還覺得自己很年輕呢。」
「吸血鬼連消除記憶都辦得到嗎？」
「不是吸血鬼的緣故，而是魔法喔。龍族也有一部分會這麼做吧。因為活太久了會產生許多倦怠感。啊，我不是說德斯，是比他輩分更高的龍喔。」
「您跟德斯認識嗎？」
「你們的事我就是從德斯那聽來的啊。啊對了對了，很抱歉我沒先打過招呼就直接進入村子。我本來打算看看情況就默默離開的，結果卻被有趣的氣息釣了出來。」
「氣息？」
「就是這個。這尊雕像——創造神大人。」
「創造神？是指哪一尊啊？」
在大樹神社中，我親手雕的神像有兩尊。
一尊，是把我傳送到這個世界時碰過的神明大人。另一尊，則是把「萬能農具」賞賜給我的農業神大人。

始祖毫不遲疑地指著把我傳送到這個世界的神明。

「這邊這尊。真了不起啊，竟然能如此完美呈現創造神大人的模樣。真是讓人大感敬佩啊。」

「……您有見過祂嗎？」

「只在出生時見過一次。祂說我的體質有點奇特，要我努力過生活。」

「體質有點奇特是指吸血鬼嗎？」

「應該是吧。由於這種體質，我也算歷經艱辛，獲得了許多人的幫助，還嘗試過許多不同的事，只可惜那些記憶都消除了，哈哈哈。」

始祖若無其事地笑道，接著才用嚴肅的表情看向這裡。

「不過無論我怎麼做，都不會忘記創造神大人，也不可能遺忘。但我已經不記得祂的長相了。到底是年輕人，還是老年人？眼珠的顏色是？頭髮的顏色是？髮長是？我也幾度挑戰過塑造出神像，卻無法像這尊神像那麼完美。」

始祖看著神像的眼神，讓人感受到一股熱情。

「不過這不能送給您。」

「的確很遺憾，不過我可以理解。既然如此，我希望你能另外幫我雕刻一尊。錢我一定會付的，能不能拜託你呢？」

「啊……」

我有點苦惱，只好望向四周。

已經有不少村民聚集過來了……露跟芙蘿拉都表現出千拜託萬拜託的樣子。至於蒂雅和格蘭瑪莉亞她們，則以「這也沒辦法吧」的表情催促我。拉絲蒂與哈克蓮露出不知我會如何回應的期待臉龐。最後關於芙勞及文官少女組……大概是不想跟始祖扯上關係，決定擺出視而不見的態度。逃避現實可是不行的喔。

其他村民們，大致也不脫這四種行動模式。其中數量最多的，就是以莫可奈何的表情催促我吧。

「我會試著雕看看……不過能否令您滿意我不敢保證喔。畢竟我又不是雕刻師。」

實際上，雕刻的人雖然是我，但倒不如說是拜「萬能農具」之賜。

「好啊，我完全沒意見。那就麻煩你囉。」

「我知道了。請您先稍待，啊，不知道您想要的雕像大小是？跟人類差不多大可以嗎？」

「那樣就可以了。」

「瞭解，那我馬上動手雕刻吧。」

去森林挑一株合適的樹木砍下來。

把「萬能農具」化為鑿子，懷抱感恩的心情動手雕刻。我雕啊雕啊雕啊。然後將「萬能農具」化為雕刻刀，進行微調。最後大功告成。

感覺好像比大樹神社的雕像多了兩分美男子的外表……不過這種氣質應該沒錯吧。

「這樣可以嗎？」

眼見始祖在新的神像面前跪拜起來，答案就不必再多問了。

那之後，舉辦歡迎始祖的宴會。

在宴會當中，始祖抱起阿爾弗雷德，露出滿臉的笑容。他本人應該是想要疼愛一下孫子吧，但他太年輕了乍看下像是在抱自己的兒子。

雖然我覺得這種畫面很感人，但又因為那是我的兒子而感到有點嫉妒。

露過來安慰有這種想法的我。唔，這就是家人啊。

在宴會中，我跟始祖聊了許多不同的話題，只明白這位始祖大人真是了不起。

5 教堂與鋼琴

在某國的中央神殿——

「喔，是宗主大人。歡迎您回來。」

「真是久違了啊。」

「是的。距離上次見面已經五十年了。」

「對了，現在是你擔任神殿長嗎？」

「是的，三十年前左右被選上的。」
「因為你很虔誠啊，我覺得是妥當的人選。」
「感謝您的器重。」
「這幾年有什麼改變嗎？」
「都沒有，這裡還是一如往常。」
「是嗎？那很教人開心，不過今天就會有變化了。」
「請問是什麼變化呢？」
「希望能在本殿供奉一尊我帶來的雕像。」
「……新的雕像嗎？」
「沒錯，我想放在最主要的位置。」
「若要放在主位，就代表要把茲爾克的創造神像移走囉？」
「麻煩你了……呵呵呵，別露出不滿的表情嘛。」
「恕我失禮。」
「我明白你的不滿。不過你只要看看我帶來的神像就會改觀了。」
「……真的有那麼好嗎？」
「如果沒有，我會刻意來這裡一趟嗎？」
「確實如此。那麼我去準備供奉的作業。」

幾天後，大陸上最古老又最有權威的神殿舉辦了盛大的祭典。

祭典的目的不明。然而，祭典的規模是史上最大。有謠傳說凡是進入本殿參拜的人全都淚流滿面。

「應該要將那位雕刻師封聖才對吧。」

「抱歉，不能那麼做。他本人似乎很討厭引人注目的樣子。我們替他封聖了，反而會帶給他困擾吧。」

「嗯唔，那真是遺憾。」

「不過，我們暗中支援他的話就不會有問題。」

「的確，真不愧是宗主大人。」

「那就這樣吧。傳達給各分部，此外，絕對不能與之為敵。」

「遵命。」

「村長，您突然打了個大噴嚏應該沒問題吧？」

「是、是啊，我自己也嚇了一跳。」

自從神明大人賞賜給我「健康的肉體」後，這還是我第一次打噴嚏。

不過，打噴嚏也是一種生理現象，就算有健康的肉體也會打才對。

「比起那個，村長，我們快把鋼琴裝起來吧。」
「對喔。」
始祖回去後，就把一架鋼琴送來我們這裡。儘管不是拿錢來支付雕刻神像的費用，但應該類似吧。
老實說關於雕刻的費用，我本來想等完成神像後再考慮。然而，看了刻好的神像後總覺得拿去賣錢就像在賣神明大人一樣，所以還是拒絕收錢了。
就我而言事情到此為止，但始祖那邊並不這麼認為。
無論如何他都想付錢……不，說用回禮替代也可以，於是就以阿爾弗雷德跟蒂潔爾的誕生賀禮作為名義讓事情告一段落了。
而他送的誕生賀禮，就是鋼琴。
我很單純地感到欣喜，芙勞跟文官少女組卻一臉快抽筋的表情。聽說鋼琴在這裡是高級品，是這個緣故嗎？
總之，既然是送給我們的就要好好使用。至於架設的場所，經過眾人討論的結果，決定放在旅舍的餐廳了。
「那架鋼琴，是古拉佐爾師傅生產的吧。據說全世界只有三台而已……」
「是啊，我檢查過刻印了，是真品。」
「是那種本來該放在大教堂或神殿裡的嗎？」

「應該是只有重要儀式才會拿來使用的那種規格。」

「……假、假裝沒看到刻印，直接拿來彈好嗎？」

「贊、贊成。這種機會可是很難得的……不，應該說普通人一輩子都不會有這種機會才對。」

「知道這件事的，還有誰？」

「能確定的有芙勞蕾姆小姐。另外要說的話……露小姐跟蒂雅小姐就算知道也不奇怪。拉絲蒂小姐跟哈克蓮小姐不確定，搞不好山精靈或長老矮人們知道這件事也說不定。」

「知道的人很多啊。」

「是啊，所以說……」

「趁有機會彈的時候快點彈吧。」

新送來的鋼琴很受歡迎，有許多人都上去彈過了。

不過，琴藝好的人只有一小部分，大多數人都只是上去試著發出聲音罷了……

「還要一台鋼琴？」

「是、是練習用的，拜託。就算是破破爛爛的鋼琴也無所謂。」

「為了維持我們精神上的安穩，麻煩您了。拿那架名貴鋼琴練習實在有點不妥……」

幾個有相同志願的人湊了獎勵牌過來提議，但因為這是有正當理由的事不需要獎勵牌，我又還了回去。

因為獎勵牌而營造出更容易發言的環境了，現在卻變成沒拿獎勵牌過來就不敢說話，真傷腦筋啊，我得想個辦法解決才行。

總之，透過麥可先生我們又購入了一架鋼琴。

雖是中古品，但價格並不便宜。娛樂品還真是昂貴啊。

順道一提，始祖的鋼琴是由絲依蓮的老公馬克斯貝爾加克運來的。

聽說他出生時受了始祖多方的照顧，所以只要是始祖拜託就無法拒絕的樣子。我送了些農作物當土產給他帶回去。

拉絲蒂跟哈克蓮，正朝北方的迷宮前進。

她們的目的是打倒棲息於迷宮的大蛇——血腥蝮蛇，並取得牠的肉。

同行者，是跟上回規模差不多的調查隊。本來只要拉絲蒂跟哈克蓮兩人去戰力應該就夠了，但想到在當地協助過我們的巨人族，還是帶些熟面孔去比較不會發生危險。

如果能避免產生不必要的爭執就好了，畢竟拉絲蒂跟哈克蓮都是性格很火爆的年輕人。

……

本來想送一個能攔住她們的人一起去，但我們這邊實在沒有這種人選只好放棄了。取而代之地，我私底下交代同行的高等精靈，一旦她們兩人引發什麼問題就立刻回來報告。

並沒有任何問題——我想聽到這樣的報告。

6 建造新村

建立新村的場所決定了。

是在橫越「大樹村」西邊的河川後再稍微往南的位置。兩邊的直線距離……大約十公里左右吧？由於河川是從北方向西南方流，所以新村比較接近河川。

「選這裡的理由是？」

「首先，從兩者的上下關係看，不能選上游，選下游是必然的結果。」

咦？我對莉亞的答案有點不解。

「上下關係？」

「是的。」

「呃……有這個必要嗎？」

「有。」

她以毫不遲疑的清澄眼眸對我說道。是嗎？有必要嗎？既然有必要……嗯，好吧，我沒意見。

「所以才選下游……那為何還要隔著一條河？」

「假使新村發生叛亂，河川可以當作屏障。」

…………

「叛亂？」

「是的，不能不去思考這樣的可能性。」

「不考慮這個問題不行嗎？」

「不行。」

是、是嗎？不行嗎…………我還是不要繼續追問下去了。

「選定的地點附近並沒有大型怪物或怪獸，靠座布團的孩子們以及小黑的子孫們也有能力防衛。」

「原、原來如此。」

說到這個，我原本以為小黑牠們會自動控制生育數量，結果今年又開始拚命增產了。

難不成，是為了新村的警衛工作才增加數量的？還是說，牠們預見到新村成立後必須增加狩獵量？

也可能兩者皆是也說不定。

如此一來，伴侶多的正行自然會露出那種疲憊的眼神。我同情牠，也非常能感同身受啊。

把思緒拉回新村之上。

「我已經知道建設預定地了。那麼，我先過去開闢森林好嗎？」
「關於這點，在那之前有其他作業想先麻煩您。」
「嗯？」
「搭橋。」
「橋？啊……是跨越河川用的橋吧。」
「是的。考量到今後搬運建材的問題，有橋會方便許多。」
「這麼說也有道理……不過之前是怎麼避開河川的？」
「不，其實還是有能橫渡的地點。而小黑牠們，也有辦法直接跳過去。」
「是嗎？」
「因為想把水道直接當道路使用，如果可以，希望能在水道附近架橋。」
「我知道了，告訴我怎麼做吧。」
「好的，那就麻煩您了。」

第一批的新村建設隊。
代表是我。
建設要員是高等精靈，包含莉亞在內的八名。

施工要員是蜥蜴人五名。

護衛是小黑的子孫們十隻。

定期聯絡員是庫德兒。

河川寬度約五公尺，水深則有一至三公尺左右，要看地點而定。河畔並沒有沙，而是岩石地。河面比我現在站的地方還要低約一公尺左右。稍微向北走一點，就會有類似瀑布的場所，高度大概七公尺。水道就是從這座瀑布的高處引水下來的。

橋建在從瀑布稍微往下游一點的地方。

我想像中的橋是吊橋，莉亞她們預計要搭的橋卻不是那樣。

找一根比河川寬度還長的巨大木頭架上去，兩端固定起來不讓木頭滑動。為了方便步行，將木材的上方削平。削掉以後的平面寬度約一公尺。

由於使用「萬能農具」，一轉眼就蓋好了。

「像這樣就好了嗎？」

「是的，不過請再多搭幾座橋，可以麻煩您嗎？」

「瞭解。」

河川上架了五座橋，以距離而言都在肉眼可見的範圍內。

「全部合在一起弄成一座大橋不是比較好嗎？」

「如果搭建大橋，大型怪獸跟怪物不就也可以通過了嘛。」

「啊，對喔。」

這部分如果不小心一點是不行的。

「能把橋兩頭的森林稍微開墾一下嗎？這樣一來有怪物或怪獸接近就比較容易發現。」

「瞭解。」

我用「萬能農具」砍樹，並耕過地面。因為只有泥土看起來很殺風景，就試著在上頭種了草皮。

這麼一來關於橋的作業就結束了。接下來應該是村子了吧，結果我錯了。

「那麼，村長，請往這個方向。」

我朝新村的預定建設地，開始闢建道路。

嗯，的確需要先蓋道路。將樹砍倒後，我用「萬能農具」的鋤頭將樹墩的部分化為泥土。道路寬度約五公尺。

「我們先去四周警戒並狩獵一下。」

「知道了。如果我開路的方向歪掉了請提醒我。」

「好的。」

我默默地開闢道路直到太陽西斜為止。因為已經很習慣使用「萬能農具」了，開闢道路的速度也比以前快很多，但就算這樣還是花了好幾天。

「這裡就是預定建設地嗎？」

「是的。」

地點的好壞我分不出來。雖然看不出來，既然莉亞她們說這裡好，我就相信她們所說的。

「村長，就是這棵樹。」

「嗯？」

莉亞帶我去的地方，有一棵大樹。這棵樹就類似位於「大樹村」正中央的那棵。

「我想以這棵樹為新村的中心。」

「原來如此，我懂了。」

我把那棵樹的周圍耕過一遍。

什麼地方要蓋什麼建築都是莉亞她們規劃的，所以首先我將大樹以外的土地都整理成建築用空地。這種時候，唯一要注意的是腦中不可以想多餘的事。

一旦我胡思亂想，土地就會長出農作物。如果以我的性格就會直接把那邊當作農田了，這對做了許多計畫的莉亞她們很不好意思。

因此我要腦袋放空，在什麼也不想的狀態下揮動「萬能農具」。

經過數天的作業，以巨大樹木為中心清理出相當廣大的建築用空地。

接著，要挖掘水井。

在此之前，新村建設地要用水都得靠水桶搬運過來，現在托水井的福就輕鬆多了。

再來是廁所。

嗯，廁所很重要。備妥擦屁股用的草，也設置洗手用的桶子。下次，記得要把史萊姆也帶來。

大樹、水井，跟廁所，還有先前開闢森林時獲得的大量木材。

由於正式的建築工程還沒展開的樣子，我先在大樹旁建立神社。

為了供奉把我送來這個世界的神明大人，以及賞賜我「萬能農具」的神明大人這兩位。

由於有高等精靈們幫忙，神社一下子就完工了。

我雕刻要供奉進去的兩尊神像。嗯，這次刻得還滿帥的。

跟「大樹村」一樣，我也雕了以小黑跟小雪為造型、類似石獅子的裝飾品擺上去。此外多少出於好玩，我又順手雕了跟實物一樣大的座布團雕像……不過這要放哪？

比較適合的地方就是放在神社的上方，但把東西放在神明大人的頭頂上方總覺得很不敬。

正當我困擾時，座布團的孩子們過來把雕像搬去大樹上面。是要放在那裡喔。

「我沒意見啦，不過要好好固定避免掉下來喔。」

還有，我現在才注意到，在大樹上已經有幾十隻座布團的孩子先行抵達了。

作為新村的設施，水井、廁所跟神社都完成了。

接下來要建造的，就是能充當集會所的大型建築物。那種房子只要能遮蔽雨水，就可以減少許多問題了。

我雖然很想幫忙，但我有其他工作要做。

那就是建造水道。

儘管已挖好水井，但考量到田地還是需要有水道。我建了跟道路平行的進水道，但排水道要往別的方向蓋出去，這是依據莉亞她們的指示。

我按照她們指定的方向做出排水用的水道。

幾天後，我蓋到河川了。跟過去相比，我切實感覺到自己的作業速度要快上許多。

「蓄水池挖在這裡可以嗎？」

「是的，麻煩您。」

總覺得蓋的順序反過來了，但我還是挖出能蓄水的池子，並與排水用的水道相連。當然，也設置了淨化排水用的史萊姆池。

剩下的，就是把水引入的進水道了，不過關於這部分我好像不必施工也沒關係。

我本來搞不懂為什麼，原來是想讓新加入的村民們親自動手。倘若一切都幫他們打理好了會被視為是理所當然，這恐怕不是一件好事。

是這樣嗎？唔～嗯，好吧，我也不能獨占建設村子的樂趣，用這個角度想我就能接受了。

那麼，當我正在盤算接下來的工作時，我的部分好像都結束了。

「這樣好嗎？」

「是的，非常感謝。剩下的其他人都有辦法處理。」

在此之前的作業已經輪班過好幾次，目前在現場的有高等精靈八名與蜥蜴人五名。

另外還有負責護衛的小黑子孫十頭，與不知何時抵達的座布團孩子數十隻。

嗯，沒問題吧。

「我知道了。那麼，剩下的交給你們。」

我請過來定期聯絡的庫德兒把我抱著，直接飛回「大樹村」。

雖說就算在新村工作的時候，日落前我還是會回來所以並不感到懷念。

由於有「萬能農具」，我就算要熬夜工作也不會累，這只是我聽從大家要我晚上好好休息的結果罷了。

不過，要是真的替我著想，晚上就該讓我多睡一下吧。

回到村子還是做著跟以前一樣的工作。

把已經可收成的農作物採收下來，再耕種新田地。為了新村，我覺得多準備一下種子跟幼苗比較好，所以比平常更努力。

前往北方迷宮的調查隊返回了。

同時，拉絲蒂跟哈克蓮也以龍的姿態，開始抱著被打倒的血腥蝮蛇進行輸送。

「打了幾條啊？」

好像有十七條的樣子。巨大的血腥蝮蛇很占位置真教人無奈。

「蛇肉放著不會腐敗嗎？」

考量她們去討伐的日程，這些從打倒後也已經過了好多天吧。

然而，肉看起來還是新鮮的狀態。

「血腥蝮蛇的肉，不是因難以腐敗而聞名嗎？」

「因為生命力很強不會輕易腐壞的～就算只有頭，身體的部分也能重新長出來呢～」

拉絲蒂跟哈克蓮這麼對我說道，但我不明就裡，只能回一句「喔」。

「所有蛇都消滅了嗎？」

「小隻的放過了所以沒有全部打死。這麼一來，以後每年都……可能有點勉強，但至少幾年就可以去狩獵一次了。」

「呃……留下活口的話，友好的巨人族不會有困擾嗎？」

「如果不留幾條，巨人族就沒東西可吃了喔～」
「……他們吃血腥蝮蛇喔？」
「他們只吃小隻的血腥蝮蛇。」
「…………」
是每次都故意吃剩一些，所以等蛇長大以後才會氣得到處搗亂嗎？
我還是不要去想那個畫面好了。
「總之啊……北方迷宮的調查這樣就算完成囉？」
我向加入調查隊的一名高等精靈問道。
「是的。我們從友好的巨人族那裡獲得了迷宮內部的詳細地圖，內部的危險勢力也幾乎都鎮壓住了。血腥蝮蛇裡大隻的也全都變成那樣被我們帶回來……」
原來如此。
「還有其他報告事項嗎？」
聽了我的問題，高等精靈的臉部開始抽搐。這位就是出發前我下達過密令的那個高等精靈。
「拉絲蒂跟哈克蓮，在那邊有沒有引發問題啊？」
「迷、迷宮的一部分被她們弄到倒塌、崩壞了……幸好巨人族的朋友們都好心地表示不要緊、不必介意。」

「也就是說？」

「雖、雖說沒造成問題，但建議送給巨人族一些賠禮比較好。」

嗯，下次還是別讓拉絲蒂跟哈克蓮去好了。

「……之後，我再送巨人族一些農作物吧。」

「感謝您。」

不過事情一碼歸一碼……

對參加調查隊的村民們，每位贈送一枚獎勵牌。嗯，這麼使用才是最好的方式吧。

原本想給同行的半人蛇族農作物，但她們好像對獎勵牌這種東西非常感興趣，說明過使用規定後就給她們全族共五枚。

也再三提醒她們，這玩意在村子外是毫無價值的。

為了慶祝調查隊返回，當天舉行宴會。

宴席上有一大堆使用血腥蝮蛇肉製作的料理，當晚簡直累死人了。

翌日，拉絲蒂把血腥蝮蛇肉送去德萊姆的巢穴當禮物，哈克蓮則送去絲依蓮、賽琪蓮的巢穴那邊。

乍看下，這幅景象就像一隻龍抓著一條巨大的蛇飛行……感覺超壯觀的。

第一晚的宴會跟送出去當禮物讓蛇肉稍微減少了，但還剩下這麼多血腥蝮蛇該怎麼辦啊？

其中一整條給小黑牠們……是說宴會時已經吃過了，現在還吃得下嗎？

沒問題？不過，希望能幫忙烤一下？知道了。

另外一整條給座布團牠們……這邊生吃就可以了嗎？

以座布團為首，牠的孩子們全都圍上了血腥蝮蛇的屍體。

數量超過我的想像，讓我稍微嚇了一跳。

…………

一轉眼就只剩下骨頭。結果變成骷髏的頭骨裡，有一大顆美麗的石頭。這好像是怪物或怪獸都會有的魔石。

這麼說來，以前打到的巨大野豬也是有魔石的，但一直以來都被小黑牠們喀哩喀哩地啃光了。這玩意能吃嗎？我心裡產生疑問，結果座布團也喀哩喀哩吃起來。看來應該能吃吧，只是聽那種聲音就覺得牙齒好痛，我自己還是免了。

總之，原本以為會很難處理的血腥蝮蛇幾天內就消化掉了。

我本來想把骨頭耕掉，但有人說要拿進倉庫儲存。那有什麼用處嗎……結果似乎被當作某種財寶看待了。真的有人想要那種骨頭喔？這個世界也有這種怪人啊。

閒話　某位山精靈的反叛

我們是被稱為山精靈的種族。在山岳上我們是無敵的。真要說有什麼對手，就只有同族的山精靈而已。

但很悔恨的是，我們這一族跟同為山精靈的另一族起爭執，導致我們失去居住地，被迫出外流浪。

然而幸運的是，我們很快就找到了新的定居地。而且，這個地方比以前的場所要好太多了。想必是我們一族之長——芽大人非常注意禮節，對外關係處理得很好才能有這樣的結果。真不愧是芽大人，我也該更注重禮儀才是。此外，我也很尊敬她。

不過，沒錯，重點是這個不過！我對現在的芽大人相當不滿。

那是出於，她對這個新天地的主人——村長所採取的態度，簡直就像情竇初開的少女一樣嘛。

這樣不行。不，我不是說她不能談戀愛。

畢竟芽大人正處於青春年華。不，我都覺得她這個年齡有點晚開竅……咳咳咳。

總之，我反對的並非戀愛，而是跟那個男的！

那個男的不行！他已跟無數女性發生關係，簡直毫無節操可言！

的確，當我聽到這個村子起初是他一人建立起來的，我也覺得他很厲害，很值得尊敬。

將有名的吸血鬼跟天使族收為部下這點也不錯。然而，還是不行，他太風流了！

我並非否定他的存在。我也承認他是這個居住地的主人。不過，我不同意他變成芽大人的對象！絕對不允許！

只可惜，不管我對芽大人說什麼，她都不會聽吧。

對村長說也沒用。要是用說的就能阻止，他就不會對那麼多女性出手了。

既然如此…………我該怎麼辦？

要怎麼做，才能阻止芽大人跟村長發生關係呢？

我對自己的智慧並沒有自信。以前每次遇到困難，都是請可靠的芽大人幫忙。現在我不能找芽大人商量了……根本無計可施。

這個居住地所有有腦袋的人，都受過村長的寵幸。

屬於文官少女組的魔族女性應該沒問題……但我去拜託她們時感受到了她們蔑視的眼光，只好放棄。像這種時候直覺就很重要，在山上好幾次面臨危險都是直覺幫了我的忙。

既然如此，就只剩下座布團跟小黑了……但要跟牠們溝通很困難。況且，我還有點怕牠們。

…………

看來只好獨自進行了。絞盡缺乏智慧的腦汁，我的大腦，現在正是你活躍的時候啊！

按照現狀，芽大人對村長抱持好感（我主觀判斷）。

而村長並沒有主動接近芽大人（也許只是我不知道而已）。

也就是說，只要讓芽大人放棄村長就ＯＫ了。

她會放棄嗎？以她的年齡也快到極限了……咳咳咳。

芽大人是位了不起的女性，她一定能找到好對象沒錯，所以我得請她放棄，務必要讓她打消這個念頭。

至於方法……讓她看到村長的醜態，芽大人或許就會抽身了吧？

嗯，肯定是那樣沒錯。既然這樣就簡單了，我來找出村長的惡行吧！

我有那種念頭已經是五天前的事了。

本來以為會有一大堆缺點的村長，其實就是個極為普通的農夫。不，或許該說他是個認真工作的農夫比較正確。

唯一的惡行，就是他的夜生活……不過那也只是我個人討厭而已，一夫多妻的家庭並不稀奇。

嗯唔，難道芽大人的眼光是正確的？不行不行，我還不能放棄。

儘管我企圖找出村長的缺陷，但也只限於我的自由時間而已。
也就是說，我只能在有限的時間內注意村長。除此之外的時間，他搞不好會做什麼壞事也說不定。
明天乾脆把我的工作時間全部錯開好了。

今天的村長，待在家裡做某種精細的工作。是有人拜託他嗎？
他把木頭切成小塊，並從座布團那拿來絲線，又從倉庫裡不知找出了什麼。
到底是在做什麼啊？難不成，這跟村長的惡行有關，很好。
不行，我不能操之過急，要仔細觀察村長的舉動才對。
…………
根本看不懂。
村長不時會做出一些我無法理解的行為，但從沒有像今天這麼難懂的。他究竟是在搞什麼花樣……
…………
我可以確定他是在做某種裝置……而在我的知識中最接近的物品就是……
「陷阱？」
我不由得發出聲音。
「哈哈哈，這不是陷阱啦。」
村長也發現我的存在了。監視失敗真丟臉，不過，我不會讓村長看出這點的。

「呃，那這個是什麼？」

「啊……這邊再像這樣調整一下……這麼一來就大功告成了。」

「這樣就完成了？」

「是啊。」

村長這麼說道，便將並排的小木板推倒。

那些小木板一直撞倒並排的其他同樣小木板……最後推動了一開始就設置好的球，球滾出去後撞到了綁在繩子上的某物，接著又連鎖引發其他機關。

「喔喔喔喔喔！好厲害！是連鎖的陷阱耶！」

「哈哈哈，這不是陷阱啦……嗯，感覺可能很像。可惜，到這裡就停住了。」

根據村長的說明，球應該要在杯子上來回滾動才對，但這部分好像沒有成功。

「要是這裡成功呢？」

「那這邊的機關就會啟動，帶動這裡……最後變這樣。」

「喔喔喔！」

山精靈擅長以陷阱獲取獵物。

所以我到底想說什麼呢……那就是我超喜歡這種玩意的！

那天，我跟村長玩到忘了時間。儘管陷阱還是沒能成功連鎖到最後，但我依然感到很滿足。

真想永遠保留這個大作。不過，無情的鬼人族女僕卻說要收拾乾淨，真是不懂藝術的粗人。

妳看，給我仔細看。這裡要像這樣，那邊要像那樣……啊，好啦，我開始收拾就是了。

她對我露出超恐怖的表情。可惡，簡直就是鬼嘛……哎呀？鬼人族顯現出那種臉色應該算正常的吧？

幾天後——

儘管覺得沒用，但我還是試著率直地對村長說了。

「希望您盡量避免對芽大人出手好嗎？」

「那是當然的！為了這件事妳的幫助是不可或缺的！聽好囉，妳要盡量讓她沒辦法跟我單獨相處！如果可以，妳就隨時陪在芽的身邊吧！」

「咦？啊，好的。」

村長的臉就好像被敵軍包圍的士兵終於盼到援軍抵達一樣。

「倘若氣氛太浪漫，我允許妳進行破壞！拜託了！絕對要幫我的忙！我只能仰賴妳了！」

這種強烈的口氣並沒有虛偽的成分。難道過去是我誤解了嗎？

不不不，想必是村長覺得自己跟芽大人不適合吧。一定是那樣沒錯。

總之，我在村長的許可下，著手妨礙芽大人跟村長的關係進展！

…………哎呀？芽大人該不會恨我吧？

8 村長的一天　從早上到中午

我的早晨開始得較晚，要等太陽完全升起後才起床。

簡單做個類似收音機體操的運動後，我會先巡視家裡。無論如何，這都是一家之長該做的工作，所以我盡可能每天早晚各做一次。

當我沒辦法進行的時候，就會按照不知道是什麼時候決定的家中排序代理。

這個排序好像是露、蒂雅、芙蘿拉、安、哈克蓮。

阿爾弗雷德和蒂潔爾還太小了沒辦法加進來，但我真的不知道這個排序是怎麼來的。

雖說我不明白為什麼，但到目前為止也沒人想告訴我，我還是保持不知道好了。這是我的想法。

早上在家巡視，是以跟家裡工作的人打招呼為主。鬼人族的女僕們，早就開始活動了，她們要生火、準備早餐並著手清掃。

由於她們還得準備小黑牠們的食物，想必相當辛苦，不過她們依然毫無怨言地持續努力，我非常感謝。

此外，她們必須比我更早起床進行作業，所以我會要求自己不能太過早起。

其實我並沒有要求這一點，但她們總是堅持比我更早起床，我已經放棄阻止她們了。

據說她們認為不可以比身為一家之長的我更晚起，這恐怕是一種我難以理解的女僕精神吧。
因此，我有時提早醒了也不會下床，或者該說不能下床。
我的早晨比較晚開始也是為了她們著想，絕對不是因為我懶惰的緣故。

言歸正傳。
早上跟她們碰面時，我若有聯絡事項，也會順便交換一下。

「昨晚，有酒史萊姆入侵糧食倉庫，把一桶料理用的酒喝光了。」
「是為了對付酒史萊姆而分裝小桶的那種嗎？」
「是的。不知該說是一切按照我們的預期發展而開心，還是要為了我們讓牠入侵的疏忽感到可嘆、煩惱呢。」
「防止牠入侵已經算是半放棄了，就當作是如預期發展，高興一點吧。還有其他事嗎？」
「沒有特別的事了。今天的早餐主菜是用白蘿蔔、菠菜、高麗菜煮的湯，再加上燒炙過的殺人兔肉。」
「我知道了，妳快去忙吧。」

我的早餐要等巡完家裡才吃。

所謂的巡視，要逛過除了私人房間與倉庫的宅邸其他部分，所以該看的地方也不算太多。

在各個主要地點跟鬼人族女僕們打招呼，聽取報告後一下就結束了。

早餐。

家裡的早餐是在飯廳用的，會分三批進行。

第一批有我、露、蒂雅、芙蘿拉、哈克蓮。至於阿爾弗雷德和蒂潔爾，吃的東西與進餐時間都跟我們不同，所以沒有在一起。

畢竟，我沒吃完其他人也沒辦法吃，所以我會很快解決掉早餐。露和蒂雅等下也得去餵阿爾弗雷德跟蒂潔爾，動作同樣很快。

第二批是鬼人族的女僕們。

我原本說大家可以一起吃，但由於飯廳的空間大小與出菜限制，加上她們要先去照顧阿爾弗雷德跟蒂潔爾，所以最後還是分開用餐了。

在露跟蒂雅吃早飯的時候，總要有人去看著小孩啊。

第三批是給來不及在第一跟第二批吃的人，或者是一大早就來家裡的訪客。

主要成員是比我還晚起床、經常錯過第一批的芙蘿拉、哈克蓮。另外就是以格蘭瑪莉亞、庫德兒、可羅涅她們為主。
格蘭瑪莉亞她們一開始是跟蜥蜴人一起生活，但因為雙方作息時間不同現在已經搬去其他房子了。
另外我知道格蘭瑪莉亞她們並沒有處理家務的能力。
打掃洗衣都是由蜥蜴人過去她們家裡幫忙，至於吃飯，因為工作時間的問題主要都是跑來我家吃。
名義上，她們是來進行前一天的巡邏報告。

「沒什麼特別的問題嗎？」
「是的。傍晚左右有大約三隻殺人兔靠近村子，但都被小黑牠們排除了。」
「好吧。不過話說回來，那種兔子都不會減少啊。」
「是的。不過因為兔肉很美味，再抱怨這種事似乎有點太奢侈了。」
「的確。」

與其說兔子的數量減少，不如說一直有增加的趨勢吧。

等吃完早餐，我會離開家裡。
跟小黑、小雪、座布團打過招呼，並去神社參拜。那之後，則是去巡視田地。
陪伴的人有小黑、小雪，或是牠們的子孫。看到有必要耕的田地我會直接動手耕，假使水太少就進行澆灌。一邊檢查農作物的狀態，同時驅除害蟲。
關於那些害蟲，有時是靠座布團的孩子們吃掉，或者靠小黑的子孫們通知我，所以向來都沒造成嚴重的蟲害。
我一旦發現害蟲就會用「萬能農具」的澆水器排除。關於農作物的狀態……到目前為止都沒有發生過問題，想必因為是用「萬能農具」耕出來的吧。
在新村要展開農業時，我擔心這個部分。有沒有什麼魔法可以幫忙呢？下次我去找露或蒂雅商量好了。
啊，或許也可以問芙勞、拉絲蒂、哈克蓮。
田地在不知不覺中越來越擴大，要巡視也變得相當累人。
不過，只要看到農作物有好好成長我就會感到安心。
午餐。
我通常吃得很飽。
不過這一餐並沒有聚集在一起吃，大家可以各自拿鬼人族女僕準備的餐點自由享用，也沒有規定要在哪裡解決。
雖然沒有規定，但我通常是在家裡飯廳或設置於中庭的桌子享用。

關於午餐，我有前一個世界的記憶的關係並不值得大驚小怪，這邊這個世界卻認為不正常。
就算是露跟蒂雅，也對午餐的存在感到驚訝，幸好她們很快就適應了。
至於小黑牠們，並不吃午餐。應該說小黑牠們想吃的時候就會拚命吃，一旦不能吃的時候就算十天不吃飯也沒關係的樣子。
大約撐十天是我擔心的極限了，搞不好牠們還能更久不吃飯。
高等精靈們不要說午餐了，對早餐都感到很困惑。應該說，她們來這個村子之前一天吃不吃得到一餐都頗可疑。
我還記得當初知道這件事時，眼淚都忍不住掉下來了。妳們在我這裡可以盡量多吃一點。
對午餐毫無疑惑的，大概就只有矮人而已。呃，或許他們疑惑的方向都是在酒也說不定。
不時會造訪村子的德萊姆、比傑爾他們，一開始也對午餐感到困惑，現在都習慣了。至於曾暫住這裡的優莉，回去以後沒問題吧？希望不要對周遭帶來困擾就好……
等等，她是公主吧？有那種身分就不必擔心了。
總而言之，吃午餐的習慣也被村民們接受了。
另外我的午餐時間也會變成跟村民討論、聽取報告的場合。我吃午餐的地點之所以盡量固定，正是為了這個理由。

「村長，新村預定蓋的建築大半都完工了，剩下的就是細部內裝，關於這部分我覺得可以讓之後搬去住的村民自行處理。」

「母山羊的肚子漸漸變大，應該快要生寶寶了。我想在飼料內加點營養的東西，應該沒問題吧？」

「關於村子的西南邊，因為居住區跟森林太近了，有人希望能稍微再開闢出去一點。」

「預估秋季的收穫量，這樣下去很可能得蓋新的倉庫。不然就要早點把東西賣給麥可先生了。」

今天跟我一起吃午餐的，有高等精靈、蜥蜴人、鬼人族女僕，還有文官少女組各一人。

我聽取他們分別的發言，在判斷有必要的時候下達指示。由於導入了獎勵牌的機制，這部分的事務感覺稍微變輕鬆了。

在不久前露跟蒂雅也會陪我開午餐會議，但現在她們得照顧阿爾弗雷德和蒂潔爾，怕有小孩在會讓其他人難以發言，所以就分開吃了。

或許是我太過保護阿爾弗雷德和蒂潔爾也說不定，該反省了。

「村長，跟山羊很類似，懷孕的地獄犬也會變得比較粗暴，請盡量不要讓阿爾弗雷德少爺跟蒂潔爾小姐靠近。」

「知道了，我會注意的。唔，有露跟蒂雅看著應該沒問題才是。」

「啊……照料孩子的工作，應該是由母親做才對，但交給熟練的鬼人族幫忙也是一種方式喔。」

「露跟蒂雅有什麼困難嗎？」
「不，不是那個意思……但有時候看起來覺得有點危險……」
「話不是這麼說啦，每個人的第一胎都是這種情況。像我在阿爾弗雷德剛出生時，光是抱他就覺得很緊張。」
「恕我失禮，那我就直言了吧。我認為抱著小孩飛行並不妥當。」
「……抱著小孩飛行？」
「是的，確實在飛，而且高度還頗高。站在底下，光看到就擔心是不是會摔下來。」
「我知道了，我會提醒她們。」
「那就麻煩您了。」

午餐就像這樣熱熱鬧鬧地吃完了。

9 村長的一天　從中午到晚上

吃完午餐後我的行動大致可分三種。

第一種，跟早上一樣去巡田。這麼做，是因為早上有些田來不及逛完，也可順便觀察村子的情況……不，或者該說是散步吧？

我率領著小黑牠們，在村子裡裡外外逛過一圈。

主要是檢查道路有無狀況、割除雜草、重新耕過荒蕪的地面使其生長草皮，以及修剪一下為了遮蔽視線所種的植物。

我像是打雜的？或者類似管理員的工作？唔，我對這種工作並沒有不滿啦。

第二種，依據村民的請求，製作某項物品。

這主要包括調度建材、製作小東西。若要說到比較奇特的請求就是研究料理了吧。就算沒人拜託我也會主動做的，就是遊樂器具一類了。

拜「萬能農具」之賜，幾乎是生手的我也能勉強達到要求。不對，都做了那麼多年了我也該從生手畢業了吧？

我再度感激起神明大人。

此外，最後一種。

是戰鬥訓練。

農夫有必要進行戰鬥訓練嗎？先把這個疑問擱到一旁，是村民們都強烈建議我才這麼做的。

當然，我不是一個人進行。格蘭瑪莉亞跟蜥蜴人、高等精靈和鬼人族，此外還有文官少女組也會參加。

雖然不是所有人都會參與，而是只要求有空的人盡量能來，但人數也挺多的。參加的人感覺都很有活力是我的錯覺嗎？難道大家都喜歡戰鬥？還是說，是為了減肥才來的？哎呀，我又開始胡思亂想了。

首先，複習武器的握法、如何擺架勢、使用方式。接著，複習防具的穿著法、如何擺架勢、使用方式。再來則是一個人空揮。等熱身到某個程度後，才會找另一個同伴進行一對一練習。最後登場的是多對多的練習。

雖說武器都用布包裹起來避免受傷，但被打到還是會痛。我就好幾次被修理得很慘。

拿「萬能農具」雖然能對付大多數敵人，但考量到緊急狀態，還是要學會使用普通武器比較好。

然而，身為村長我再度體認到，在大家需要拿起武器或被迫使用武器前，就應該設法解決事態。何況，動武並不適合我。

順帶一提，「萬能農具」可以變成槍、斧跟鐮刀，但並不能變成劍。小刀明明就可以，普通的劍卻不行。所以為什麼能變成槍啊？

我重新檢視「萬能農具」的槍。

無論怎麼看都是普通的槍，毫無任何裝飾，只是把槍頭固定在長木棒前方罷了。至於給人的第一印象，會覺得像是貧窮戰士所持的武器。

唔～嗯，這模樣一點也不像能打下飛龍。不過，它確實幹掉飛龍了……希望以後再也沒有用它的機會。

等太陽開始下山，我就會結束工作回家。

村子並沒有街燈一類的裝置，等太陽完全落下後就會變得一片漆黑。

幸好夜空有星斗跟兩個月亮顯得十分美麗，從地面上的幾棟建築物中也會流洩出微弱光暈。

晚上要出去走路時我都會拿提燈，不過或許有街燈會比較好？

街燈……將火把固定起來可以嗎？問題出在燃料。一天的消耗量就算少每天累積起來也很驚人。

倘若不使用魔法恐怕辦不到，我要好好研究一下。

晚餐在家裡的飯廳吃。

成員比早餐跟中餐時都要多。除了芙蘿拉跟哈克蓮一定會在，芙勞與拉絲蒂也會參加。此外，視情況莉亞、達尬、芽等人也可能到場。

在大家完全入席到上菜為止的時間，會讓芙勞跟拉絲蒂進行當天的報告。

無論如何，她們分別是村子的地方官跟外交人員，而我則是村長。

好吧，芙勞姑且不說，拉絲蒂其實很少有事情可以報告，我覺得她單純就是來吃晚飯而已。

而莉亞、達尬、芽他們假使出席就是有事要報告了。

好消息也就算了，假使是壞消息真希望他們不要在晚飯前告訴我。不過等吃完再說的話，危機感會減弱。

現在這樣應該才是正確做法。

晚餐的菜色還算多。

對我而言雖是普通的一餐，但以這個世界一般村長的日常飲食來說算是超級豪華的菜色跟分量了。

其他村子的村長，到底是吃什麼啊？光想到就覺得恐怖，還是不要想了。

關於食物我盡量採取公平分配，所以村子其他家裡也是吃著同等程度的晚餐。

這都是拜「萬能農具」之賜。不可以忘記感激之情，要好好享用食物。

在料理之中，我發現一道陌生的菜色。

「安，這道料理是？」

「是今天料理輪值的新開發菜色。」

「自信呢？」

「大約兩成吧。」

「我以前好像有說過，如果可以，等自信超過五成以後再端上來比較好吧？」

「不能浪費食材。」

「……的確。」

我很努力，說服自己享用這頓飯。

吃完飯後，可以悠閒一下。

主要是陪阿爾弗雷德跟蒂潔爾玩，疼愛他們。

阿爾弗雷德已經開始學說話了，所以我會教他說話。

「每天都要加油。」

「每天，加油？」

我的兒子是天才。哎呀，我的女兒，妳以後一定也會長成美女。

我對溺愛子女的時光樂在其中。

玩了一會後我將阿爾弗雷德跟蒂潔爾交給鬼人族女僕照顧，並前往浴室。

浴室獨立在宅邸外，是我專用的澡堂。

儘管也有人提議在家中設置浴室，但因為村子已經有我專用的泡澡場所了，我便予以婉拒。

我習慣在飯後洗澡，其他人也如此配合我。

雖然我希望大家不必管我想來就來，但其他人好像覺得很多人一起泡比較好。

…………

我專用的浴場空間並不算多大……每次洗澡都變得很熱鬧。

如果在宅邸裡建新浴室，可能就會變得很寬敞，這也是我婉拒的其中一個因素。

等洗完澡，應該就是放鬆的時間了。

然而並沒有，我的四周開始飄出緊張感。

我很清楚為什麼。這都是我缺乏定力惹的禍。對她們出手是我不對，但既然都已經出手了，就該負起責任到最後。

而且說老實話，做這種事我自己也頗開心的不是嗎，哈哈哈哈哈。

我的自由時間只有從浴室走回家的短暫路程而已。還是別想太多了，這是我保護心理健康的訣竅。

把「健康的肉體」賜給我的神明大人，很感謝您。我覺得有這種能力真是太好了。

早晨，睜開雙眼。

在家裡時，我睡醒以後沒有何時睡著的印象。好像不知不覺就入睡了吧。

…………

透過太陽的高度確認時間，知道現在還不是下床的時候。

儘管明白這點，我還是下床了。

在門口附近，有某位鬼人族女僕準備好的熱水跟毛巾。熱水還滿燙的，大概是才剛放下來不久吧。

我一邊感謝，一邊擦洗身體。之後，再穿上她們準備好的衣服，做類似收音機體操的輕鬆運動。

等回過神已經到了可以下床的時間，又是新的一天開始了。

「今天也要加油。」

閒話　某位鬼人族的一天　早晨

清晨，在日出前我就睜開眼了。

這是固定的習慣了。無論什麼時間就寢，起床的時間都一樣算是好事嗎？這樣至少不會因睡過頭而挨罵，我覺得應該算好事吧。

洗好臉，梳洗一番後，來確認今天的值班表跟聯絡事項。

從我們加入這個村子就導入值班表跟聯絡事項的機制，對記性不好的我來說非常有幫助。

輪值項目分為「家」、「清掃」、「料理」、「村」、「村長」、「阿爾弗雷德少爺」、「蒂潔爾小姐」、「休息」八種。

如果輪值到「家」，在村長家中除了清掃與料理以外的事全都要做。

也有人稱呼這叫萬能輪值，是最辛苦的一項輪值工作。尤其是有客人來的時候會超級忙。此外，這項輪值還得出兩個人去負責夜晚的巡邏才行。

在村長家中的「清掃」輪值。

負責範圍是徹底把這棟房子打掃乾淨。由於也包含洗衣在內，在冬天很不受大家歡迎的輪值工作。

在村長家中的「料理」輪值。

也有人提出應該由廚藝好的人專職負責，但目前並沒有實施。希望輪我負責的時候不要被別人嫌煮菜難吃。

輪值到「村」的時候要去村長家以外的地方，負責指導別人料理跟打掃。

高等精靈跟蜥蜴人一教就會，矮人卻很不受教。

或者該說矮人根本就不想學這些。釀酒的場所他們明明就會打掃乾淨，所以並非辦不到。倘若上頭允許，我真想痛毆矮人一次。

「村長」輪值是負責照顧村長的生活起居。

這是最教人開心，也最嚴苛的輪值工作。由於一旦稍微疏忽，村長就會自動把所有事做好，所以必須具備搶先他一步行動的技術。

為了不讓村長婉拒我們的幫忙，一定要積極努力才行。

「阿爾弗雷德少爺」這項輪值是負責照料阿爾弗雷德少爺。

此工作的責任非常重大，是很要緊的輪值項目。不過，因為有機會讓阿爾弗雷德少爺記住自己的名字，所以相當受歡迎。

「蒂潔爾小姐」這項輪值是要照料蒂潔爾小姐。

這也是責任非常重大且要緊的輪值工作。大家都被提醒過，負責的人要先檢視自己的身體狀況，如果有不舒服就要向上頭報告並請人代班。

「休息」就是一般的休息。

這是村長提議才加入的輪值項目，然而我們只要一閒著就會無法保持冷靜，輪到這個簡直就跟拷問一樣。

目前只要是輪到休息的人，都會主動地偷偷幫忙其他人。

有兩個人的名字不會出現在值班表上面。

一是擔任我們代表的女僕長安大人，另一個則是專職負責照顧獸人族的拉姆莉亞斯。

對於被賦予專職工作的拉姆莉亞斯我有點羨慕。

我今天的輪值是「村長」。

要繃緊神經了。

畢竟，輪值的只有我一人。本來應該要兩個人負責的，但另一位被拉去補齊阿爾弗雷德少爺跟蒂潔爾小姐那邊的人手。

這也沒辦法。假使自己處於安大人的立場也會這麼做。

當然，這麼說並不代表我輕視「村長」輪值，而是我被上頭期待能做好兩人份的工作。

呼呼呼，就讓我好好表現一番，回應這樣的期待吧。

雖然我幹勁十足……但一個人負責村長輪值有個缺點。

那就是廁所。因為我的目光不能離開村長，所以沒空上廁所。不，嚴格地說只有趁村長去上廁所時抽空去上。

考慮到最糟糕的情況，我認真檢討是不是要包尿布。

…………

自尊心還是贏了，我才不包尿布。

取而代之地，我準備好幾個竹筒。請不要去猜我會如何使用。

知道自己的輪值後，我再度檢查聯絡事項。
要是有什麼緊急聯絡事項會寫在上面。
今天好像沒什麼要緊的事。

雖然我很想馬上上工，但不能如此焦躁。
首先要去玄關門廳集合。
開早會。
在女僕長安大人登場前，我們會整齊站成一排。
等她來了才整隊是不行的。她來之前就排好隊伍才是重點。
雖然很辛苦，但等待的時間並不長。
安大人很快就來了，輕聲向大家招呼。

「大家早。」

我們也回禮，低下頭向她鞠躬。

這時不能發出聲音，因為可能還有人在睡覺。

身為鬼人族的我們聚在一塊有朝氣地打招呼，聲音還是頗響亮的。以前各個房間都有施加完全隔音的魔法，但晚上演奏樂器的事件讓村長產生危機感，現在隔音就沒以前那麼嚴格了。

因此，只要我們說話聲大到某種程度就會傳出去。在這種場合只能盡量不出聲。

默默聽取安大人的傳達事項，這是早會的規定。

「昨晚，有酒史萊姆入侵糧食倉庫。雖然事先用分裝成小桶的料理用酒當誘餌，但負責『料理』輪值的人還是要重新檢查一遍是否有其他損害。」

「『家』的輪值人員，我已經說過好幾次禁止熬夜。妳們要好好分配守夜的時間，並事先睡飽一點。倘若辦不到，以後就要單獨把『守夜』輪值分出來了。」

看來，是晚上值班的人不小心睡著了，才會讓酒史萊姆輕易入侵。

雖然我很同情對方，但守夜的人只需要抱持清醒不需要做其他事。

說這不算工作有點過分了，但的確是很無聊的工作。

因此，白天很容易就會去找其他事做，一不小心就錯過了先睡飽的時間。

或許就如安大人所說的，遲早會需要設立「守夜」輪值也說不定呢。

「阿爾弗雷德少爺沒有任何問題，但蒂潔爾小姐昨晚有點發燒。今天輪值蒂潔爾小姐的人，請務必注意一下。」

聽了安大人的話，今天負責「蒂潔爾小姐」的輪值者臉上閃過緊張的神色。

這並非因為工作需要更加注意而感到膽怯，反而是由於獲得這種高難度的工作而內心喜悅。我真羨慕她們。

安大人的宣達結束後，這回換她默默地低下頭，我們也以低頭鞠躬的方式回應她，早會便到此結束了。

我站到「村長」輪值的固定位置上。

那就是村長房間的門邊。如果站在正面，門一開就會被撞到。過去失敗一次就夠了。

同樣地，輪值「清掃」的五人，也站在我的背後待命。

只要提高注意力，就會發現房間裡已有村長活動的氣息。村長正往門邊靠近，然後門被打開了，我清楚看見村長的臉後，低下頭。

「您早。」

能第一個跟村長打招呼，是身為「村長」輪值的特權。

「早啊。」

村長也對我打招呼，接著又向位於我背後的「清掃」輪值人員打招呼。

真是位好主人。

村長就這樣直接走出房間，開始在家中巡視。

這是身為一家之長理所當然的行為，我必須在他後面幾步之遙跟隨著。同時，「清掃」輪值也會進入村長房間，開始進行打掃。

不能讓主人看見我們打掃的模樣。經常保持自身的清潔美麗是女僕理所當然的尊嚴所在。

因此，房間的打掃，也得在村長吃完早餐前全部結束。

畢竟吃過早餐後，村長有可能回到自己的房間。

我一邊在心中為她們加油打氣，一邊注意不要跟丟村長的腳步了。

今天又開啟了絲毫不可鬆懈的一日。

閒話　某位鬼人族的一天　早上到中午到晚上

村長巡視家中，在每個重要地點和人們打招呼並聽取報告。

我並非要偷懶打混，但直到早餐以前我都沒有特別的工作要做。就算沒有也不能輕忽大意就是了。

村長巡視家裡時，我要把他比較關心的地方記下來，事後才能向安大人報告。

即使我不明白村長比較關切的理由，但安大人或許知道也說不定。

這對記憶力不好的我頗為嚴苛，但這種時候也只能加油了。

村長一旦前往飯廳，早餐就會立刻端上桌。

這是因為由我將村長所在的位置，透過各個重要地點傳達給其他人的結果。

我對此感到滿意並進入飯廳旁的廚房，在廚房的小桌上急忙吃起早餐。

由於用餐時間是由「料理」輪值人員為村長服務，我也得趁這段時間趕快吃完自己的早飯才行。

「村長」輪值要是補滿兩個人就可以輪流照顧村長跟吃飯了，我感到有點懊悔。不過即使懊悔，自己不吃早餐可能會昏倒，所以還是要好好吃飯。

嗯，今天的早餐也很美味。

村長吃完早餐後，會去田裡巡視。

我則在家目送村長出門，然後急忙出去追蹤村長。以前還可以光明正大跟村長同行，但他說這樣會害他無法放鬆下來，所以現在只能偷偷跟在他後面了。

小黑跟小雪會位於距離他最近的位置，所以安全上應該沒問題，但我還是想陪在村長的身邊。

雖說想偷偷跟蹤村長，但這種時候的距離非常難掌握。

並非會被村長發現或沒發現的問題，而是已經有人先占據位置了。

包括小黑的子孫兩到三頭，以及座布團的孩子們……為數眾多。此外，高等精靈的其中一名，也會潛伏在村長的周圍。

大家的目的都相同，就是當村長的護衛。

目前正是這樣的人數，不過以前可是更多。

根據祕密的會前會討論結果，大家限制了數量才有現在的成果。小黑跟座布團也願意幫忙真是太好了。

總之，大家敬愛村長的心情都是一樣的。以不妨礙其他人為前題，一定要好好守護村長才行。

小黑子孫的其中一頭，給我們發出信號。

座布團的孩子看見後，也用一條腿指著村子的某個方向。那是代表，似乎有大型怪物或怪獸正從那個方向接近。

我為了小心起見，移動到村長身邊。

「村長，田地的情況如何呢？」

這是為了緊急之時，可以挺身守護村長。

不過，在村長看到敵人前，應該就會被小黑牠們或高等精靈她們打倒了吧。

然而我不會大意。

「開始冒出一點害蟲了。不好意思，可以幫我忙嗎？」

「是的，請交給我吧。」

直到午餐時間，我都一直跟村長在田裡工作。

接近村子的巨大怪物或怪獸，是一種被稱作守門野豬的大型豬隻。

這次是被小黑的女婿烏諾打倒的。

午餐我跟村長一起吃。

本來女僕應該要避免跟主人一起用餐才對，但拒絕村長的邀約這種事更必須盡量避免。

都被邀請了我也沒辦法。

不，我可沒有把這個當作「村長」輪值的特權喔。證據就是我有好好盡到我的職務。

「關於村子的西南邊，因為居住區跟森林太近了，有人希望能稍微再開闢出去一點。」

就算是記憶力不好的我，對重要的談話內容也不會搞錯。

從輪值「村」那邊的人聽說，因為西南邊離森林很近，所以有許多蟲子會飛進來。

飛進來的蟲子都被座布團的孩子們捕食了並沒有造成危害，但累積在蜘蛛網上的蟲子之多，害獸人族的小孩們都被嚇哭了。

我見識過一次，那真的會變成某種心理創傷。

嗯，我也希望能迅速解決這件事。雖說我們可以接受座布團牠們，對其他蟲子卻很害怕這點頗詭異就是了……

午餐也非常好吃。

吃完午餐後，村長今天好像要進行戰鬥訓練。

若是要製作物品，我有時幫得上忙有時卻無能為力，所以今天遇到戰鬥訓練真的很感激。

我身為鬼人族，戰鬥能力也算不賴。

我的武器是劍，防具則是盾，屬於相當標準的劍士類型。
來吧，村長，跟我一塊訓練！
我儘管心裡這麼想，來礙事的人卻很多。
戰鬥訓練可是少數能跟村長接觸的機會，所以非常受歡迎。
身為女僕已經能時常伴隨村長了，因此像這種時候，安大人命令我們要稍微退讓。
這是在村子裡圓滑度日的手段。我雖然明白這種處世之道，但還是很悔恨。
嗚嗚嗚，人家也想跟村長來場模擬戰鬥啦。
真沒辦法，我只好挑文官少女組的其中一名當對手。對方好像也很不甘願的樣子，這一定是錯覺錯覺。
來，開打吧。
「請多多指教了。」
「遇到鬼人族當對手怎麼可能贏嘛！討厭啦啊啊啊——！」
就我看來她已經很努力了。
太陽開始下山後村長返家，這一天說長不長說短也不短。
不不不，接下來才是重頭戲。
晚餐。

我跟早餐一樣，待在廚房的小桌子吃。

「噗噗！」

強烈的怪味襲向我口中。我沒把這玩意噴出來已經值得誇獎了。

「這是什麼鬼東西？」

「新開發的菜單……但不怎麼順利就是了。」

「這個，根本是失敗作吧？」

「只要本人不承認，就不算失敗了啊。」

「喔呵，那麼妳自己只吃這個，應該不會感到不滿吧？」

「我試吃時已經吃飽了。」

可惡。

沒打聽好今天的料理輪值這麼不會煮菜，我真是太大意了。

早餐、中餐都沒問題是巧合嗎？還是說，早上跟中午有安大人盯著才沒事。

「除了那盤菜以外，其他都跟平常一樣請放心。」

「如果可以，我希望每盤菜都能跟平常一樣啊。」

在飯廳吃飯的村長應該沒問題吧？以村長的性格，八成會勉強吃下去。

我自己可沒辦法。除了那道失敗的料理，其他我都好好享用了。

…………

晚餐後就是悠閒的時光。

村長正享受與阿爾弗雷德少爺跟蒂潔爾小姐的親子團聚。

真是美妙的光景。要是這當中也有我的孩子就好了……我開始妄想了，趕快把這種念頭揮開。

現在還在工作中，千萬不可以鬆懈。

我把村長交給「家」的輪值者照顧，先去準備村長的入浴用具。同時也包括我自己要用的。

我的幹勁都快滿出來了，但暫時還能忍住。還不是時候，呼呼呼。

村長跟家人的團聚結束後就會前去洗澡，所以必須馬上將入浴用品交給他。

本來應該由女僕幫他拿，但村長說這點東西自己拿就好了，不願交給我們。好吧，這一點東西還在容許範圍內。

我跟在村長背後走著，前往浴室。

並非要去平常我使用的女性浴室，而是村長專用的那間。

這是為了要幫村長擦背。這也算「村長」輪值的特權之一。浴室裡的競爭者雖然很多，但這項工作大家都會讓給輪值女僕。

我自然是欣然接受了，幫村長擦背、沖水。

但前面他就不讓我們幫忙洗了。

以前村長連背也不肯讓我們洗，直到鬼人族女僕一致懇求才換來現在的成果。我們每天著實努力有了這樣的回報，真教人感到開心，一切付出都沒有白費。

村長的背，很普通。就是普通男性的肉體。

跟鬼人族的男性相比，說他瘦弱也不為過。

然而，在他瘦弱的背上卻承擔了重責大任。我也很想助他一臂之力。

洗完澡出來後，緊張感會一口氣上升。

因為村長從浴室出來的情報，會一下子擴散開來。

對村長保密的會議已經把順序決定好了，但理所當然會有失控的人闖進來。最近對獸人族的女孩尤其要提高警覺。

用銅牆鐵壁的防禦，將村長安全送回房間。這是我的使命，也是「村長」輪值的目的。

於是，我今天的工作就到此為止了。等村長回到房間後我就可以自由行動，呼呼呼。

從浴室走回村長家的這段路，感覺真漫長啊。

翌日早晨。

一如往常我在日出前醒來。

趕緊梳洗一番並整理儀容。

把熱水跟毛巾準備好，自顧自跟還在睡覺的村長打過招呼後，便往聯絡事項的地點移動。

就算不看今天的值班表我也曉得。

只要當過「村長」輪值，隔天的項目就是「休息」。但我還是會確認一下。

確認過聯絡事項有什麼內容後，等待早會開始。

今天一整天都可以休息。反過來說，就是做什麼都可以的日子。

這代表如果硬要工作也沒人反對。雖然我還沒想好要幫什麼忙，但首先去幫忙清掃村長的房間，應該不錯。

有東西忘在那裡可是會很丟人的呢。

今天一整天，我也要加油。

閒話　來誘惑的芽

我名叫希蒂爾朵，是山精靈。

也是一族之長芽大人的左右手。
本來預定是要由我接任族長的，但因我的性格比起領導者更適合當輔佐者所以我才辭退。最後變成把工作推給芽大人了，幸好以結果而論還算不錯。

我從很小的時候就跟芽大人一塊長大，也有一段時期是以朋友的身分一起玩耍。
以年齡來說我似乎比她稍長……不過，這種小事不需要太過在意。
山精靈是長壽的一族，差個十年、二十年都算小誤差。

在經歷了一些事情後，我們這族成了「大樹村」的一分子。
這應該算是天大的好運吧。
有美味的食物、好喝的酒、溫暖的床舖，以及充滿成就感的工作。我們在村子裡過著充實的日子，一族能享受如此豐饒的生活搞不好還是頭一遭吧。
我很感謝接納了我們的村長。
為了村長以及村子，要我做什麼都在所不惜。就算命我去砍殺敵人我也會一馬當先，假使命令我不准睡覺負責警衛，我也能撐十天左右。若是命令我晚上侍寢，儘管很害臊我也做好了獻上身體的覺悟。
嗯，村長的人看起來並不壞，為了一族的將來著想，跟村長有更緊密的連結是很重要的。
不過，這個村子好像沒有敵對的勢力，要當警衛又有比我們更強大的地獄狼負責了。

以我們的立場，似乎只有努力工作或晚上陪睡才能回報村長的恩情了……

工作方面沒有問題。

幸好我們這個種族手天生就很靈巧，對「大樹村」應當能帶來貢獻才是。

問題是出在晚上侍寢。

若村長能主動要求就再好不過了，可惜村長周圍的女性身影實在太密集，他想必很難有機會對我們開口吧。

即使如此，身為淑女主動要求這種事也覺得怪怪的。

啊，不，我不是在批評其他種族的人喔。「大樹村」是以村長為中心運作的，我可以理解任何人都想跟村長保持更密切的關係。

因此我也得更加努力才行。光保持等待的心態是沒用的。

努力吸引村長的目光，讓他主動對我開口。這就是我的盤算。

儘管我有這個計畫，卻不能搶在一族之長的芽大人前面。

把一族的排序搞亂萬萬不可，不過話雖如此……

我抱頭苦思，同時望向芽大人。

芽大人目前，正搬起一塊大岩石。

她到底在做什麼呢？雖然我不想知道，還是姑且問一下吧。

「芽大人，您在做什麼呢？」
「鍛鍊身體。」
「……根據上次的全族會議，芽大人應該要努力讓村長主動提出要求對吧。」
「正因如此，我才要像這樣鍛鍊身體。」
我深呼吸一口氣。因為我很想對她大吼，只好用這個方法先讓自己冷靜。
「總之，芽大人，請先放下那塊岩石吧。」
「…………嗯？好吧。」
「非常感謝。那麼，我再問一遍，您剛才在做什麼呢？」
「咦？不是說了在鍛鍊身體嗎？」
「為什麼？」
「當然是為了增強肌肉啊。」
…………
芽大人從小就很呆……抱歉，我是說思考能力差……對不起，反正她就是個笨蛋。
不過，我沒料到她會蠢成這樣。
「為什麼讓村長主動出聲要求，必須要鍛鍊身上的肌肉呢？」
「妳問為什麼就怪了。用肌肉才能魅惑男性啊，這是從以前就流傳的道理吧？」
啊～原來如此。小時候我也聽過這種話，所以不能否定她，只是……

「芽大人，重視傳統固然很重要，但請看清楚現實吧。」

「現實？」

「是的，現實。肌肉的確很要緊，那是為了能在確保男性之後好好守下來，並不讓其他女性靠近，此外還能強迫進行反抗的男性。」

「對吧。」

「可惜，目前您處於的階段還在確保男性以前。這種時候練肌肉會帶來反效果的。」

「笨蛋，為了確保男性當然需要肌肉囉。」

「那是指物理狀態的確保啦！在這個村子使用暴力只會樹立更多敵人而已！還有，您想對村長恩將仇報嗎！」

啊，糟糕，我對她大吼大叫了。冷靜，一定要保持冷靜才行。

「芽大人，我知道了。正所謂百聞不如一見。」

我跟芽大人，來到村長的宅邸前等待。

村長應該很快就會經過這裡了。

我細心收集關於村長的各種情報，當然不是為了用在這種場合，不過現在也沒辦法了。

過了一會村長就現身了。

我跟芽大人輕輕低頭致意。本來應該要趴在地上行禮才對，但這段日子的生活教會我不該那麼做。

那麼，芽大人，請吧。

「看我的。」

等村長更靠近我們時，芽大人抱起一顆巨大的岩石，猛然舉高起來。

「芽大人，您現在明白了嗎？」

「唔嗯。」

芽大人抱住雙膝，顯得很失落的樣子。

雖然她很可憐，但這也是莫可奈何的。

看到舉高岩石的芽大人，村長發出輕微的慘叫。考量雙方的距離，可以確定慘叫並非出於害怕自己被攻擊，而是明顯來自芽大人的蠻力。村長完全感受不到芽大人身為女性的魅力。

是的，這種結果真是顯而易見。

位於村長周圍的其他女性，也有力氣比芽大人更大的，但她們都不會刻意誇示自己那方面的長處。

反過來還會裝弱……顯得自己楚楚可憐。這才是村長喜愛的類型吧。

在收拾獵物以前，首先必須觀察獵物。這是基本中的基本啊。

明知如此，卻死守著傳統鍛鍊什麼肌肉……

「真對不起，希蒂爾朵。」

「您沒有必要道歉。之後請繼續努力吧。倘若村長一直不對您開口要求，我們後面的人也不敢行動。」

「我明白了。呃，關於那個……」

「怎麼了嗎？」

「除了鍛鍊身體以外，我應該做什麼？」

…………

未來的路恐怕還很漫長。

「總之穿露一點。胸部嘛……不必太期待好了。還是重視下半身吧，把裙子改得更短，另外，您要好好學習。我覺得比起蠻力，村長更希望女性有腦袋。」

「不是說好不提胸部的嗎！」

「等跟村長生下孩子再抱怨這些事吧！您不可以再練肌肉了，只要維持身材不變形就好。如果太大意，肚子可是會冒出游泳圈喔。」

我們雖是長壽的一族，但希望在壽命耗盡前能設法讓村長對我們產生興趣啊。

異世界悠閒農家

Farming life in another world.

Chapter, 3

Presented by
Kinosuke Naito
Illustration by
Yasumo

〔第三章〕

武鬥會

01.大樹村　02.果園　03.牛棚　04.牛用水井　05.狗屋　06.犬用飲水處　07.犬用水井
08.廁所　09.雞舍　10.家　11.藥草田　12.新田地　13.旅舍　14.居民的家　15.澡堂　16.高爾夫球
17.排水道　18.進水道　19.蓄水池　20.女僕宿舍　21.水井　22.田地　23.大樹　24.狗屋

1 祭典的準備

新村的建設進行得很順利。

至於不順利的事情，反而是祭典籌辦委員會。

「總之，隨便選一個地方的祭典完全照抄應該是最好的選擇了。」

「把不同的祭典混在一起，應該沒有人會覺得開心吧。」

這是在祭典籌辦委員會內部，不時上演全武行後經過漫長的討論得出的結果。

於是大家直接寫下各地祭典的名稱，做成籤用抽的。

要是早點採用這個方法就好了。

我好像經常做這種白工。

「武鬥會？」

我抽到的籤上頭是這麼寫的。

…………

武鬥會也算祭典嗎？是誰寫的啊？而且真要說起來，怎麼會選到這個？是不是應該重抽一遍？

我內心的感想很複雜，但籤是用昂貴的紙做的。就是為了強調抽一次決勝負的決心，不管抽到什麼大家不可以抱怨。

因此，祭典的內容就這麼決定了。

是武鬥會。

從全村都知道要辦武鬥會後，我感覺整個氣氛明顯不同。不，應該說氣氛真的是為之一新沒錯。

在屋外練習武術的人增加了，大家都顯得很有活力。

同時，露、蒂雅、芙蘿拉使用治癒魔法的次數也上升了。

芙勞與文官少女組會在一大早集合，開始進行類似慢跑的運動。

蜥蜴人當中有好幾個，會進入森林幫忙狩獵。

格蘭瑪莉亞她們的飛行速度，我目測也比以前要快上兩成。

至於矮人們則是搬著裝滿水的酒桶，開始鍛鍊身體。

到此為止還可以。上述情況都在可容許的範圍內。

然而……

「我想稍微回老家鍛鍊一下呢。」

當哈克蓮這麼表示時，我立刻制止她。

妳也想參加啊？我沒有勇氣開口問，只好直接把裁判的工作塞給她。

她好像很不滿的樣子，不過完全不懂武術的我，使用「強者當裁判就是幫了我一個大忙」這種理由說服她，她才答應。

下一個冒出來的問題是……

「我要稍微回老家鍛鍊一下。」

拉絲蒂說了跟哈克蓮一模一樣的話，想必她也打算參加吧。

裁判已經交給哈克蓮負責了，那拉絲蒂怎麼辦……我一點主意都沒有。

雖然想不出好點子，但沒人規定裁判不可以指派兩名吧。

「我也想戰鬥。」

這招沒用。
快動腦，想想辦法啊。
…………………………………………………………對了！
「拉絲蒂，妳有跟哈克蓮戰鬥過嗎？」
「當然有。不過，從來沒贏過就是了。」
「是用龍的模樣打嗎？」
「對啊。」
「那妳們有用過人類的外觀較量看看嗎？」
「應該沒有吧？」
「這樣啊。那我希望，妳跟哈克蓮以人類的模樣進行一場示範賽。哈克蓮應該也沒意見吧？」
「示範賽？」
「是啊，算是讓大家觀摩學習怎麼戰鬥。畢竟妳們都是能參加示範賽的高手了，就沒有必要在正式賽跟其他弱者計較吧。」
我用高手這個詞煽動她們。

「高手嗎……我沒問題！不過，拉絲蒂不知道有沒有意見～」

「高手啊……我也可以。既然對手是哈克蓮姊姊，勢必能接下我的攻擊了。」

很感謝妳們二位。

「好極了。那示範賽就拜託拉絲蒂跟哈克蓮囉，對了，裁判的工作也務必要麻煩妳們。」

「好～啦。」

「我明白了。」

非常好。我在心底暗自擺出勝利姿勢，享受順利解決難題的成就感。

那麼接下來……

「已經好久沒有痛毆妳了，我的手臂都在抱怨了。」

「真的是久違了，希望妳的戰技不要退步了才好。」

露跟蒂雅已經開始用嘴巴打前哨戰了。

因武鬥會而充滿鬥志是沒什麼不好，但希望她們不要一邊抱著阿爾弗雷德跟蒂潔爾一邊吵架啊。

為了避免她們真的在武鬥會前動手，我得提醒一下。

武鬥會決定分成一般組、戰士組、騎士組這三個組別進行。

一般組，就是所謂一般人參加的部門。是給那些不以戰鬥為長的人，好比芙勞、文官少女組、獸人族參加。

戰士組，則是給戰士參加的部門。雖稱不上是戰鬥或戰爭，但給會進森林狩獵的人參加。主要參加者有高等精靈、鬼人族、蜥蜴人、矮人、山精靈。

騎士組，則是比戰士組更高階的部門。只有經由村長權限選出來的人才具備參加資格。

參加者為露、蒂雅、格蘭瑪莉亞、庫德兒、可羅涅、高等精靈的莉亞、鬼人族的安、蜥蜴人的達尬、惡魔族的布兒佳與史蒂芬諾。

其實我不清楚惡魔族雙人組實力如何，但能負責照料龍族自身的戰力應該不弱，此外又有他人的推薦跟兩人的毛遂自薦就分到這個部門了。

騎士組還有另外兩名參賽者。

一名是在小黑牠們自行舉辦會外賽中脫穎而出的烏諾。因為這個時期很多母狼都懷孕了，會外賽似乎只限公狼參加。所以烏諾是公狼中最強的嗎？難道小黑也輸給牠？還是說小黑一開始就沒打算參加？

另外一名，是從座布團的孩子當中以選拔方式挑出來的，大約有半個榻榻米大的蜘蛛。

因為成長的關係變得如此巨大，不過牠好像是當初潛入半人蛇族南方迷宮的其中一名勇士。

沒有名字在比賽的時候會有點麻煩，趁這個機會為牠命名吧。

「跟座布團比起來顯得圓滾滾的……就叫枕頭吧。」

我根本沒有命名的才能，我自己也很清楚。不過，既然牠本人很開心那就沒問題了吧。

裁判為哈克蓮、拉絲蒂。

自動表明不參加的，好像就只有芙蘿拉了。

「妳不參加沒關係嗎？」

「總要有一人專心使用治癒魔法吧，不然遇到緊急狀況就糟了。」

「……真不好意思。」

「我會用其他機會扳回一城的。比起那個，村長也不參加嗎？」

「我要是參加，大家都不敢使出全力了。」

「啊哈哈，的確沒錯。」

我身為村長，應該要在武鬥會的籌辦上竭盡心力。

而我所謂的竭盡心力。

目前正用於剷平居住區南方的森林上。我要在這裡建立武鬥會的場地。

起初是打算在居住區裡舉辦的，但因為大家太過賣力了讓我有點害怕才臨時重新選址。

戰鬥場地，是二十公尺見方的四方形舞台。高度比周圍的地面高出五十公分左右，舞台的地板夯實成不會太硬也不會太軟，必須邊耕作邊調整。

如果可以，我希望大家盡量不要受傷。

考量到從舞台摔出去的可能，舞台周圍弄得極度柔軟。

我把舞台的其中一邊，設為出賽者的等待場所，另外三邊則以觀眾席圍繞。雖然觀眾直接坐在地面上也行，但這樣太遠的人就會被前面擋住了。

此外武鬥會預計要耗費一整天，所以必須提供餐點。為了方便大家吃飯，觀眾席還是要有點設計比較好，為此我額外施工。

椅子若是一把一把製作太浪費工時了，這部分我稍微偷懶，找一棵大木材橫躺下來，把頂端的皮削去直接變成一把長椅。距離舞台越遠所選用的木材直徑也越大，這可以製造出階梯狀的觀眾席。

當然我沒有忘記在椅子之間留下走道的空間，感覺還挺像樣的。嗯，會場完成了。

剩下的就是在稍遠處建立料理區。當然飲食區也是需要的。

嗯唔，把圓木直接環狀切片成簡易的桌子跟椅子，大家應該能接受吧。

啊，廁所也不能忽略。這個要盡量多蓋幾間，倘若上廁所要等很久就麻煩了。當然也不能忘了要放入史萊姆。

經過上述作業，不知不覺間還頗具規模的會場就誕生了。

那麼，祭典終於要開幕了。

在我的預定計畫之外。

德萊姆、德萊姆的夫人、德斯、萊美蓮都來觀戰了。他們散發的氣息像在期待女兒的才藝發表會。

比傑爾跟優莉則帶了一位陌生的中年帥哥來觀戰。他們是來幫芙勞和文官少女組加油的吧。

露的爺爺也就是始祖大人，不知何時出現在觀眾席上。他正跟德斯，還有那位陌生的中年帥哥親切地聊天。這幾個人想必都認識吧。

乍看下，那位中年帥哥的氣勢好像比其他兩位稍弱。

南方迷宮也來了六名半人蛇族，希望能參賽武鬥會。她們報名了戰士組跟騎士組，我也同意了。

從好林村，不知何時請德萊姆幫忙載來這裡的格魯夫加上其他三人也跑來參加。

我聽說他們以前曾被龍嚇到，結果現在都很習慣了嘛。

……嗯，都看龍運送農作物那麼多次也該習慣了。

好林村的人全都想報名戰士組，我接受了。

因為沒有要求大家對武鬥會的事保密，可能是趁各種聯絡管道洩漏出去的。
當初是不是應該保密才好啊？不，祭典就是要熱鬧一點。
雖然來了很多預料外的訪客，但祭典還是按原定計畫開幕了。

2 武鬥會 一般組

在武鬥會舉辦過程中，村子完全處於放假狀態。
即使如此，還是有免不了的工作。
村子整體的警備，有小黑的子孫們跟座布團的孩子們一塊努力。
要是祭典進行到一半有怪物襲擊就掃興了。我一邊感謝牠們，一邊送上牠們愛吃的食物。
另外也需要有人幫武鬥會的參賽者準備料理。
而我個人的需求，則是要有人幫忙照料阿爾弗雷德跟蒂潔爾才行。
現場還有德斯及始祖等來賓，不知道他們會不會參賽，文官少女組及鬼人族女僕儘管辛苦但還是希望她們多擔待一下。
當然，我也要加油才行。

無論是幫忙武鬥會的運作，協助準備料理，或者接待來賓。
「村長，我來替您介紹，這位是我的父親。」
優莉馬上就介紹那位陌生的中年帥哥給我認識。若是優莉的父親，那不就是……
「魔王？」
「唔嗯。寡人乃加爾加魯德魔王國的魔王是也，呼哈哈哈哈哈哈哈哈哈。」
喔，真有魔王的氣勢。
「父親大人，請不要裝模作樣。」
「我是優莉的爸爸，請多指教。」
「啊，好的，我才要請你多指教。」
態度猛然轉變的魔王害我有點嚇到，透過之後的對話我才重新確定他是魔王。
就談話的感覺，跟普通的父親沒什麼兩樣。
始祖大人估量著我跟魔王的寒暄快結束了，便湊過來打招呼。
「哎，村長，我臨時過來拜訪真不好意思啊。」
「哪裡哪裡。」
「從以前我就很喜歡祭典，今天我會好好享受一下的。」
跟始祖在之後的閒聊中，發現他委婉暗示希望我能跟露再生一個孩子。

接著始祖之後而來的人是德斯。

「希望哈克蓮沒有給你帶來困擾才好。」

「哈哈哈，她的表現就跟平常一樣。」

聽了我的回答，德斯露出似乎很滿足的微笑。

來賓不約而同都帶了些可以吃的伴手禮過來，麥可先生也寫了封信表示很遺憾無法前來觀戰，並連同一些海產當賀禮送來。

參加祭典所帶的土產基本上都是食物，這點我要記起來。

接著，我一邊感謝大家的好意，一邊跟這些陌生的食材交手。

「村長，料理雖然重要，但比賽再不開始觀眾恐怕要暴動囉。」

糟糕糟糕，我一下子太專心做菜了。

「那麼，第一屆『大樹村』武鬥會正式開始！」

以我宣布開幕為信號，所有人都以巨大的歡呼聲回應。

這種聲浪所帶來的震動，害我有點被嚇到。

「那麼，現在開始一般組的比賽。」

一般組的司儀是格蘭瑪莉亞。雖然也有人提議由我主持，但被我婉拒了。

因為我還有協助準備料理這項重要任務。結果我才這麼想，就被領到舞台附近的特別觀眾區就座。

這個座位，是我當初想到德斯他們可能會來，所以需要將觀眾席的一部分改造成類似貴賓席的區域時，文官少女組的其中之一建議我增設的。結果這是要當作村長席喔。

因此，身為村長，我就得在這裡全程觀看比賽了。

至於幫忙料理的工作，不知為何改由始祖跟德萊姆的夫人接手。只見他們熟練地削著馬鈴薯跟胡蘿蔔皮，我感到很過意不去。

我決定不要想那麼多了，專心看一般組的比賽。

一般組基本上是以抽籤進行對戰，而且基本上不會讓選手連續出場。

至於規則，則是只要讓對手引發失敗條件就算勝利。

失敗條件有好幾種。

頭帶被取下或切斷、主動宣告棄權、倒地後十秒內爬不起來、踩到舞台以外的地面算出界喪失資格，或是由裁判認定無法繼續戰鬥。就是這五種。

因此主要的勝利方法，我猜應該是搶走對手的頭帶，或是設法把對手逼出舞台。

最早，由其他人所想的規則就只有讓對手無法戰鬥或主動棄權這兩種而已，我覺得太野蠻了，多追加幾種規則才能讓比賽不那麼激烈。

此外，作為比賽最大的前提限制，就是武器最多只能帶兩件。而且比賽開始前要讓對手檢查過，並強制規定纏上布以減輕武器的傷害才行。

防具可自由選擇，魔法也自由使用。

還有，這是祭典不是要大家殺個你死我活，一旦讓對手死亡就會立刻失去資格，還要另外追加嚴厲的懲罰。

至於嚴厲懲罰是什麼內容，我並沒有詳加解釋。

雖然我覺得村裡沒有這種人，但假使有選手知道懲罰內容後覺得這種程度可以忍受而胡亂殺人，事情就麻煩了。

就我的常識判斷，應該不會有人出手重到把對方殺死才對……但在比賽白熱化之際，因太過興奮或殺紅眼的意外還是有的。

這部分我絕不能大意。

希望裁判也能發揮預期的功用。

裁判哈克蓮登上舞台後，由格蘭瑪莉亞宣布第一場比賽的兩位對戰者。

第一場比賽，是由獸人族少女，對決文官少女組其中之一。

雙方平常都是穿裙子，今天卻換上了長褲。這是我建議的服裝。
獸人族少女雙手各拿一把比一般短劍還要稍短的短劍，文官少女則裝備普通的劍與盾。

「開始！」

哈克蓮的喊聲一出舞台上就展開戰鬥，四周圍繞的村民與外地觀眾都因興奮而情緒高漲起來。
加油方式隨個人喜好，不過我事先有規定不可以辱罵對手，所以目前聽到的都是單純為支持對象加油的喝采聲。
結果這場比賽一轉眼就結束了。
首先獸人族少女壓低身體重心展開突擊，而文官少女正打算以盾牌防禦時，獸人族少女冷不防朝右前方翻滾移動。
文官少女是右手拿劍的，所以那種滾動會跑到遠離對方攻擊範圍的側面死角。不過，雖然遠離了右手的劍，左手的盾卻近在眼前。
那之後，我還在猜戰局會怎麼發展，結果獸人族少女把腳伸向文官少女盾牌下的腿，想要勾住後絆倒對手。
文官少女的腿被勾住了，整個人有點失去重心但沒有因此被絆倒。
反過來她還用盾牌痛毆獸人族少女伸來的腳，精準命中。只見獸人族少女拖著受傷的腳再度朝右前方翻滾，看來是想徹底採用遠離劍的策略。

文官少女見狀，也乾脆將身體大幅向右轉，對正在翻滾的獸人族少女以迎面痛擊的方式揮出劍，這就是所謂的先聲奪人吧。

獸人族少女並不認輸，揮出自己雙手的兩把短劍。

緊接著就有頭帶飛上空中。

看來是剛剛還在翻滾的獸人族少女，身體跟頭處於較低的高度，頭帶才會被文官少女的劍打飛。

獸人族少女揮出的兩把短劍也嵌入文官少女的側腹部，但由於武器纏上布減輕了傷害，所以對手並沒有倒地。

「勝負已分！停止比賽！」

哈克蓮結束比賽，宣布將對手的頭帶擊落的文官少女獲勝。

會場立刻響起歡呼聲。

「剛剛那招真的很果斷。雖說只有短短一瞬間，但還是把背部暴露在對手面前。」

格蘭瑪莉亞為剛才的戰鬥進行講解，並傳達雙方今後該注意的點。

嗯，這工作果然不適合我。

我有我該做的事。

獲勝的文官少女來到我面前。

我褒獎她，並將要送給勝利者的一枚獎勵牌頒發出去。

文官少女滿面笑容地接過獎勵牌後，突然因痛苦而彎下身子，芙蘿拉趕緊替她使用治癒魔法。

原來先前被獸人族少女的兩把短劍打中側腹部，還是造成了相當可觀的傷害。

呃，既然痛就不要忍耐啊，先去接受治療再來領獎吧。

就像這樣一般組的賽事順利進行著。

幸好，並沒有出現受重傷的選手。

至於受輕傷的人們嘛……我就不提了。

3 武鬥會　戰士組

一般組最精彩的賽事，應該是芙勞對獸人族賽娜的那場吧。

這一組大多數的比賽都在一分鐘以內結束，這兩人的戰鬥卻持續了五分鐘左右。

芙勞使用單手劍與魔法，至於賽娜竟然徒手上場。
以整場比賽來說，賽娜始終想利用拋投技對付對手，而芙勞則一邊避免被對方逮著一邊試圖摘掉對手的頭帶。
最終，兩人糾纏在一塊雙雙摔落舞台，以兩敗俱傷結束這場比賽。
兩敗俱傷是無法獲得獎勵牌的，但因為是場精彩的比賽我還是口頭獎勵她們。
是說，賽娜竟然是拋投技的角色……我以前都沒發現。
此外，坐在觀眾席的比傑爾、優莉、魔王都很熱情地加油。
「真可惜啊。」
「就差一點點而已。」
「比傑爾的女兒不是也挺有實力的嗎？結果，那個年輕的獸人族少女，竟然能相持到這種地步……
唔嗯——」
一般組結束後，戰士組緊接著登場。
這組的賽程是採取勝者繼續留在舞台上，接受下一場對手挑戰的方式。
能在場上連勝最久的人就獲得優勝。
起初我想採取單敗淘汰賽，但因參加人數太多只好放棄了。就算一場比賽只花一分鐘左右，再加上選手上下場的節奏也很流暢，完全比完還是得花超多的時間。

要是一開始準備好幾座舞台，現在就沒問題了……這部分就當作下一次的課題吧。

不過，明年不知道還會不會舉辦武鬥會啊。

戰士組的參賽者，有高等精靈、鬼人組、蜥蜴人、矮人、山精靈，加上好林村的獸人族與南方迷宮的半人蛇族。

採用挑戰賽的方式搞不好才是正確選擇，不過這種賽制下會對上什麼對手也很吃運氣就是了。

從戰士組開賽後，原本在幫忙料理的始祖跟德萊姆夫人就回到觀眾席就座了。

這一組的比賽規則，跟一般組幾乎一樣。

不過，除了頭上的頭帶，雙手跟雙腳也都纏上布。

半人蛇族是以尾巴代替雙腳，至於蜥蜴人則纏在雙腿與尾巴兩者上。

因此，包含頭帶在內的布只要有兩處被拿掉就算輸了。

跟一般組最不一樣的是輸掉後還可以再挑戰。

只要負責治癒魔法的芙蘿拉許可，選手就能重新回去排隊。

另外，至少也要等所有參賽者都上場過一輪，而我這邊預定的時間也用完後，這一組的比賽才會停止。

裁判由哈克蓮換成了拉絲蒂。
司儀則由格蘭瑪莉亞交接給芙勞。
格蘭瑪莉亞本人也要在之後的騎士組出賽。至於芙勞在比賽中沒有受傷真是太好了。不，其實該說是拜芙蘿拉的治癒魔法之賜吧。
哎呀，比傑爾、優莉、魔王要是能暫時別幫主持的司儀加油就好了。

比賽一場一場進行著。
當敗者從舞台上離開後，下一位挑戰者很快就會接著上場。
由於是幾乎沒辦法中途休息的連續戰鬥，能保持連勝的人非常少。
贏了一場後，馬上又輸掉下去的選手占了大多數。
在這當中，最為奮戰不懈的人是矮人多諾邦、山精靈的芽，以及好林村的格魯夫。
另外就是南方迷宮的半人蛇族。
半人蛇族有四人參加戰士組，但每一個都很強。在近距離她們會用劍攻擊，遠距離則使用魔法。此外當變成肉搏戰時，她們用尾巴捲起對手的攻擊也很有效果。一旦被尾巴纏上了，很少有人還能脫困。
裁判拉絲蒂通常都會在這時結束比賽，我覺得是很正確的判斷。
到目前為止，能耐住半人蛇族尾巴糾纏的人就只有矮人多諾邦。
他不只能挺住被尾巴包裹的壓力，還能把眼前尾巴上的布扯下來，在那之前他已先弄掉對手手臂上的布了，因此他取得這場的勝利。

其他選手，看到尾巴過來都是能躲就躲。

看樣子，戰士組的關鍵角色會是半人蛇族啊。

所有人都上過一輪後，山精靈的芽跟好林村的格魯夫同樣以四連勝並列領先。

山精靈的芽，無論以誰為對手都堅持中距離的戰法，並透過單手劍跟魔法攻擊穩穩摘下勝利。

中止她連勝的，是一名強行衝過去肉搏戰的高等精靈，雙方在一陣混戰後芽摔落了場外。

至於好林村的格魯夫，算是運氣好都沒跟半人蛇對到，但我身旁的鬼人族女僕則解釋他的戰力其實也不差。

他會以力量跟速度玩弄對手，並鎖定對方的弱點進攻。這次摘下兩塊布就獲勝的規則其實對他很有利。

格魯夫輸給的對手是蜥蜴人。

不習慣跟生有尾巴的種族戰鬥，可能是格魯夫敗北的主因。假使讓他跟蜥蜴人多打幾場，或許他就不會輕易輸掉了。

「沒有那種實力，就無法穿越森林來到我們村子。不過，他這回是請龍族載他一程就是了。」

鬼人族女僕這麼說道。原來如此啊。

離戰士組結束的時間只剩下一點點了。
再這樣下去就得讓這兩人並列優勝了。
我心裡這麼認為，其他參賽者也看出了現場的氣氛吧。
因此大家紛紛放棄排隊，舞台上只剩下芽跟格魯夫還站著。
現在雙方非得分出勝負不可了。

「麻煩你當我的對手了。」
「我是為了優勝而來的，別恨我啊。」
在拉絲蒂宣布開賽的喊聲下，一場激戰揭開序幕。
芽在平常的服裝上外加護臂跟護脛，持單手劍。
因為她能使用魔法，所以採取保持一定距離的戰鬥策略。
至於格魯夫則穿著跟上回來村子一樣那套感覺用了很久的皮甲，宛如一名經驗豐富的戰士。他也持單手劍。
格魯夫似乎也會使用魔法，但這方面應該比不上芽。
因此他選擇打對自己比較有利的肉搏戰而積極向對手挺進。
就看雙方誰能爭取對自己有利的戰鬥距離便能取勝了。
就我看來比賽就像兩位厲害無比的戰士在表演劍舞，哪一方占上風我根本無法分辨。

突然有個巨大的聲響爆發開來，只見芽的單手劍被打飛到空中。
是芽輸了嗎？
當我這麼想的瞬間，芽先前抓著武器的那隻手揪住了格魯夫的手腕，把他拉向自己。
這麼一來，格魯夫反而刺不到芽了。格魯夫霎時想改用劍柄攻擊卻晚了一步。
他被揪住的手腕直接被芽整個人帶過去，然後就被後者來了個過肩摔。
「這、這不算什麼！」
格魯夫的身體在空中轉了三圈左右，但馬上就調整好姿勢以雙腿著地。
看起來毫髮無傷。
不過，格魯夫所站的位置已經在舞台外了。

「勝負已分！勝者是芽！」

在拉絲蒂的宣布下，戰士組的優勝者出爐了。

與一般組不同，戰士組的優勝者能獲得七枚獎勵牌。
「非常感謝您。」

另外，矮人多諾邦、四名半人蛇族，以及格魯夫都因表現優異而分別獲頒三枚獎勵牌。

「村長，這個獎勵牌是？」

格魯夫表情有點困惑地詢問我，我則拿兌換清單給他看並加以說明。

「獎勵牌可以換這上面列出的物品，因為帶回好林村毫無價值可言，你就在回家以前換掉吧。」

「原來如此。呃，那我要把一枚留作紀念，剩下的兩枚嘛……真的有好多東西喔，我稍微考慮一下好了。」

我同意了。

最後，除了優勝者芽與上述表現優異的參賽者，其餘人只要有在戰士組取得至少一勝都可獲頒獎勵牌一枚。

這麼一來，戰士組也比完了。

這組同樣沒有出現受重傷的人真是太好了。

接下來要先稍事休息，然後騎士組的賽事才會開始。

不過，在那之前先好好地吃飯吧。

應該說是在一般組的比賽開始時，就有東西可以吃了。

提供料理的地點有好幾處，採取想吃什麼就自己拿的自助式……不過這感覺比較像祭典裡的小吃攤吧？

基本上，大家都可以免費吃到飽。

距離舞台稍遠處設有飲食區卻沒什麼人去，大家都想把食物帶回觀眾席享用。

酒類也有供應，但武鬥會的參賽者不建議上場前飲酒，所以對這些人是禁止的。

不過，我還是事先提醒了那些不會參賽的人，可不能一直痛飲到大半夜啊。

讓德斯他們自行取餐總覺得不太禮貌，於是我拜託沒參加武鬥會的鬼人族女僕跟文官少女組幫忙服務他們。

結果，他們還是自己搶著去拿了。

料理的種類會不會準備太多了啊。不過，既然是祭典，熱鬧一點也無妨。

我正盡情享用今天的料理。

由於露跟蒂雅還要參加騎士組，已經先吃完飯去進行調整了。妳們要加油啊。

至於我，則是跟阿爾弗雷德、蒂潔爾，還有幫忙照料他們的鬼人族女僕們一起，享受祭典的熱鬧氣氛。

4 武鬥會　騎士組　第一輪　之一

重頭戲來了，武鬥會的騎士組。

首先介紹出賽者。

・露（吸血鬼）
・蒂雅（天使族）
・格蘭瑪莉亞（天使族）
・庫德兒（天使族）
・可羅涅（天使族）
・莉亞（高等精靈）
・安（鬼人族）
・達尬（蜥蜴人）
・布兒佳（惡魔族）
・史蒂芬諾（惡魔族）
・烏諾（地獄狼）
・枕頭（座布團的孩子）

・裘妮雅（半人蛇）
・絲涅雅（半人蛇）

所有人在舞台上齊聚一堂。
裘妮雅跟絲涅雅，是南方迷宮的統治者與戰士長。
當初她們也有被座布團跟小黑的後代們抓來這個村子。
至於另外一位那次也有來的半人蛇族，這回好像負責留守吧。

騎士組是採取單淘汰賽的賽制。
只要讓對手無法戰鬥，或是宣布棄權就算獲勝了。
之前那兩組的搶頭帶跟出界規則都取消了，戰況勢必會相當激烈。
出界的規則之所以取消，是因為這對會飛的選手太有利。
相對地，倘若選手跑去離舞台太遠的地方，裁判可以自行判決這一場的勝負。
武器自由使用，且沒有進行降低傷害的處理。這是大家認定這一組的參賽者，都懂什麼叫點到為止且能手下留情的結果。
我一開始反對這麼做，但大家說服我在武器纏布什麼的反而會帶來危險性，真的是這樣嗎？

一場比賽最多打十五分鐘左右。之所以沒辦法精準計時是因為只能採用我隨手做出的沙漏之故。

假使十五分鐘還無法分出高下，就必須要由我來判決勝負了。

我只能祈禱自己沒有出馬的機會。

另外，如果可以，我也要祈禱不會有參賽者受傷。

裁判從拉絲蒂又換回哈克蓮。

主持人則繼續由芙勞擔任。

齊聚於舞台上的參賽者，是以抽籤方式來決定單淘汰賽的對戰組合。

這十四人當中，有兩人可以省略第一輪。

那麼，抽籤結果如何呢？

BATTLE TOURNAMENT

大樹村　武鬥會　騎士組

史蒂芬諾（惡魔族）

蒂雅（天使族）

格蘭瑪莉亞（天使族）

露（吸血鬼）

安（鬼人族）

裘妮雅（半人蛇）

庫德兒（天使族）

莉亞（高等精靈）

布兒佳（惡魔族）

絲涅雅（半人蛇）

烏諾（地獄狼）

達尬（蜥蜴人）

枕頭（座布團的孩子）

可羅涅（天使族）

WIN

那麼，騎士組的第一場比賽是由蒂雅跟格蘭瑪莉亞對決。
一下子就上演了天使族內戰。格蘭瑪莉亞露出一臉絕望的表情，但還是希望她可以加油。
結果被秒殺。
蒂雅對格蘭瑪莉亞以壓倒性勝利收場。

第二場比賽是露跟安的戰鬥。
安在來這個村子以前，是在露跟芙蘿拉底下當女僕的，這種情況恐怕有點複雜吧。
會不會很難出手？

「真是千載難逢的機會呢。」
安的這句喃喃自語，我就當作沒聽到吧。
這場比賽用戰況陷入泥淖形容最合適不過了。
安想尋求超近距離的肉搏戰，露的戰法卻一直迴避這種情況。
她們彼此都是徒手格鬥，只聽到鈍重的打擊聲在舞台上響起，不過兩人都沒有倒下。
以受傷情況而言，安那邊好像比較嚴重……
「請妳好好收拾自己的房間吧！」
安的反擊並沒有減弱。

「我、我很努力整理了！」

露也反駁道。

「用過的東西，要擺回原本的地方！」

「很快就要再用了，所以才放在手邊。」

…………

安好像累積了不少怨言啊，我以後還是對她溫柔一點吧。

另外，自己的生活習慣也要好好檢討。嗯，就那麼做吧。

比賽快把時間用完，最後只好靠判決了吧——正當我這麼想時，在哈克蓮中止比賽時，安被打倒並昏迷，最後由露取得勝利。

「露露西，妳過來一下。我想跟妳聊聊妳的生活近況。」

勝利者露，開始跟始祖進行有點漫長的對話。加油吧。

第三戰，是半人蛇的裘妮雅對庫德兒。

會飛的庫德兒比較有利嗎？我個人是比較想為庫德兒加油啦……究竟結果會如何？

比賽一開始，就如我的猜想庫德兒飛到空中。

原本以為身為半人蛇族的裘妮雅只能陷入被動，沒想到她能用長尾巴當彈簧讓自己垂直跳起來！由於沒料到裘妮雅也能飛，對庫德兒來說簡直如同奇襲，身體也被尾巴纏住了。

「可惡，真棘手啊。」

然後雙方就直接掉下去了。我還以為勝負已定，但庫德兒也沒有認輸。

「這、這是什麼怪力？」

「是我每天訓練的成果。」

用臂力把裘妮雅的尾巴纏繞攻擊解開後，庫德兒直接抓住對方的尾巴甩動。這種全靠蠻力的戰鬥方式，讓我覺得有點可怕。

在這之後，裘妮雅的反擊都被庫德兒接下了，最終由庫德兒獲得勝利。

可能我偏袒認識的人吧，不過這種結果真是太好了。

第四場比賽。

是高等精靈莉亞與惡魔族的布兒佳對戰。

莉亞毫不猶豫就報名參加騎士組……難道她很有自信嗎？因為有他人推薦加上莉亞毛遂自薦，我最後同意了，只是現在開始不安起來。

仔細想想，我並不清楚莉亞的實力。既然會去森林裡狩獵，她要以弓來戰鬥嗎？會採取遠距離戰？

如果可以，我希望不要有人受傷。

至於布兒佳，是負責照料拉絲蒂生活起居的，我跟她算有幾次談話的機會。

只是雖然聊過……我依然不清楚她的戰力如何。

根據拉絲蒂跟哈克蓮所言，太弱的人是無法在龍族底下服侍的……

她今天的服裝還是平常那套管家服。

來到這裡以後，她曾換上女僕裝，也曾做村姑的打扮，結果最後還是吵著要順從自己的個性固定為管家服了。

既然是聽從自己的個性，為什麼史蒂芬諾也一樣穿管家服呢？

總而言之比賽開始了。

莉亞如我事先猜測，採用保持距離的弓箭攻擊。每次她才剛射出一箭，下一秒鐘第二箭就已經架好了，這種速度真是令我吃驚。

相對地布兒佳採用……分身？而且每個分身都做出完全不同的行動。

包括魔法攻擊、飛刀、短劍，此外還有打擊技。

我可以看出這些分身為了避免攻擊之間互相交疊妨礙，攻擊的重點都刻意錯開。

分身攻擊雖然壓倒性強大，但依然被莉亞用箭一一打掉了。

不管是魔法、飛刀、短箭，還有揮出打擊技的拳頭，全都被箭矢擊中。

除了全數打掉這些攻擊外，莉亞的箭還有餘裕，這回她精確鎖定布兒佳的身體。

每次有個身體被弓箭射中，那個分身就會消失。

最後，有枝箭插入了布兒佳的胸口，且那個身體並沒有消失。

當我理解本體被射中的同時也對眼前的光景感到心急如焚。
這樣會出人命啊！
我望向擔任裁判的哈克蓮，她卻沒有特別的反應。別鬧了啊。
正當我想大喊比賽中止時，被箭插入胸膛的布兒佳身體也消失了。

「啊哈哈，竟然沒有上當啊。」

不知何時，布兒佳佇立在舞台的一角。
她毫髮無傷。

「要是妳有因剛剛那招而疏忽大意，那我就輕鬆囉。」

對口中喋喋不休的布兒佳，莉亞毫不客氣地繼續放箭。然而，布兒佳還是輕易躲過了這些箭矢。
被閃避的箭矢，一飛出舞台就會突然失速墜落地面，這是防堵飛行道具的魔法效果。
為了使用弓的莉亞，哈克蓮在比賽前先對觀眾席施加這種魔法。

「託哈克蓮大人的福，大家不用擔心被箭射中，真是太好了。」

布兒佳感覺很從容，還對哈克蓮低頭致謝。不過她就算低著頭依然能閃掉箭。

莉亞射出的箭矢並非只有直線型可預測的那種，不知用了什麼技巧，她也會交互射出向左彎飛或向右彎飛的箭。

結果還是被布兒佳全數避開了。只見她臉上掛著笑容，這就是所謂的惡魔之笑吧。

布兒佳的身影咻一下消失，下一瞬間又出現在舉著弓的莉亞背後。這時莉亞也拋下弓箭，抽出腰際的短刀斬過去。布兒佳反仰上半身躲過這記短刀，一副就是要趁機反擊的樣子而在莉亞周圍放出八個分身。

八個布兒佳只是擺出預備架勢，並沒有攻擊，莉亞也沒有動作。

這時，莉亞主動宣布棄權。

「這麼多分身我真的來不及對付了，請妳減少一點吧。」

「啊哈哈，若是七個分身妳就有辦法嗎？」

「如果是七個，我還有一點機會。」

「就是說呀。所以我才放出八個，因為妳很難纏嘛。」

「多謝妳的誇獎……不過這場我是徹底輸了。」

比賽以布兒佳的勝利收場。

「布兒佳真的很強呢。」

我對身旁的鬼人族女僕這麼說道，結果她回答：「難道您以前不知道嗎？」

我以前的確不知道，沒想到布兒佳的強悍還算滿有名的。

我不知道的事情也太多了。

5 武鬥會　騎士組　第一輪　之二　與示範賽

武鬥會，騎士組。

下一場比賽，是半人蛇的絲涅雅對地獄狼的烏諾。

烏諾一登場，觀眾席的外圈就冒出了小黑牠們的身影，烏諾的伴侶小黑三也現身了。

可能是我的錯覺吧，烏諾的鬥志好像都快滿出來了。

相對地，絲涅雅則氣勢顯得很弱。

「放心吧。跟上次不同，現在是一對一。一對一的較量不會輸的。」

她好像在跟之前的心理創傷抗衡。

絲涅雅手持短槍，槍的前端分為三叉，就像海神所拿的武器一樣。

那麼戰況會如何呢？

裁判哈克蓮發出「開始」的號令後，烏諾的角就發出光輝，全身的毛也猛然倒豎起來，看起來身體的尺寸好像突然大了一圈。

喔，以前從沒看過這種模樣，感覺好強。

我雖然大吃一驚，但絲涅雅並沒有被嚇到。

是已經看習慣了嗎？

絲涅雅的尾巴像彈簧一樣收縮起來，積蓄彈力。這種動作是之前裘妮雅也表演過的尾巴跳躍法。

「唔啦啊啊啊——！」

緊接著，絲涅雅發出怪吼並舉起短槍跳向烏諾。

烏諾則奮力往旁邊跳開閃避。

沒想到絲涅雅竟在空中變換軌道，對試圖閃避的烏諾繼續追擊。

我本來在想空中要怎麼變換軌道，原來絲涅雅的尾巴末端並沒有離開地面。
看起來好像要跳，其實她只是伸長身體而已？
烏諾為了迎擊無法閃躲的這招而露出獠牙。
隨後，只見雙方交錯而過……不知何時絲涅雅的脖子已被對手咬住了，裁判立刻下達停止比賽的命令。

「到此為止！勝者是烏諾！」

這個宣布，讓觀戰的小黑牠們開始發出狼嚎。位於舞台上的烏諾，則顯得有點驕傲。

「嗚嗚，還是贏不了……」
「絲涅雅，妳已經很努力了。」
「裘妮雅大人。」
「明天還是繼續跟我一起從頭開始修行吧。」
「是的。」
脖子被咬住的絲涅雅似乎毫髮無傷。

烏諾是只有銜著嗎？不管怎麼說，她沒受傷就好。

第一輪最後一場比賽，是由達尬對上枕頭。

以體格來說達尬占壓倒性優勢，而枕頭只有半個榻榻米的大小。

不過，枕頭有八條腿，此外還能透過絲線攻擊。

達尬是拿劍與盾的正統劍士戰鬥風格，另外還有尾巴可出招。

老實說，我很怕達尬會把枕頭給打爆。

比賽開始了。

初期的發展是達尬以劍跟尾巴攻擊，而枕頭則採取輕快迴避的態勢。

枕頭並不出招，看起來像是在專心閃躲。照這樣下去，達尬的攻擊遲早會命中對手分出勝負的。對格鬥外行的我是如此認為，其他觀眾卻不然。

「好險啊！」

「動作要快！」

「就只差一點點而已！」

加油的氣氛比較像是達尬陷入了劣勢。

當我因不解而歪著腦袋時，舞台上突然有什麼閃了一下。
咦？啊……那是絲線。
枕頭吐出了無數絲線，有一部分已經纏上達尬的身體了。
剛好就在我意會到這件事的同時，達尬的身體被肉眼看得到的絲線纏住，逐漸無法動彈。
眼見達尬的行動越來越遲鈍，枕頭一鼓作氣跳上去，盤踞在達尬的腦袋上。

「到此為止！勝者是枕頭！」

勝負已決。
枕頭好強啊。
只見枕頭舉起一條腿，朝我這邊揮動，我也揮手向牠致意。
負責主持的芙勞，前去訪問這場的輸家達尬。
「舞台上沒有障礙物，你是不是應該不拘泥於手上的劍或尾巴直接衝過去肉搏戰呢？」
「肉搏戰嗎……」
達尬叫了一下枕頭。
「以我的速度，要逮住牠是很難的……」

達尬坐到爬近自己的枕頭旁邊，結果整個人被對方用坐姿直接以兩條腿舉起來了。
「就連比力氣我也不如。所以我要取得勝利，就只能那樣做了。」
「啊哈哈，剛才的問題真是失禮了。」
第一輪的比賽到此結束。
第二輪的晉級情況則如底下的賽程表：

BATTLE TOURNAMENT

大樹村　武鬥會　騎士組

不過，這裡要暫時讓大家休息一下。
這是為了讓種子選手和第一輪出戰選手之間的體力不要差太多。
而我準備的示範賽就是要在這個休息時間墊檔用的，由人類姿態的哈克蓮對戰人類姿態的拉絲蒂。
哈克蓮與拉絲蒂站到了舞台上。
兩人都不是穿平時的裙子，而是方便活動的長褲。拉絲蒂的褲子在臀部後方還經過修改以便讓尾巴伸出來。
雙方並沒有穿鎧甲，也沒有拿武器。長髮束在腦勺後，簡直像接下來要去慢跑的打扮一樣。

「一起加油吧～」
「我不會輸的。」

她們對比賽到底是很認真，還是沒放在心上啊……
啊……不過，想起剛來村子時所發生的事，我也有點擔心她們等下會不會出手過重。
拉絲蒂一旦發飆起來是很恐怖的。
至於哈克蓮……就算發飆也能維持基本的冷靜所以我比較不擔心。
啊，但她可能還是會因好玩而故意大鬧一番，真教人不安啊。

就算是示範賽，也需要有裁判。

因為之前當裁判的哈克蓮與拉絲蒂都上台比賽了，需要有人暫代一下。

事先我就去拜託過其他人了，但大家都因為缺乏自信而婉拒。

因此只好暫定由我擔任，但因為德萊姆跑來觀戰，於是我決定去拜託他來擔任裁判。雖說德萊姆一臉緊張的表情但還是答應了，只是不知為何最後變成德斯當裁判。

「我保證會公平判決。」

既然德斯都這麼說了，我也無法拒絕。

不，這是我求之不得的，那就請你多擔待了。

示範賽開始了。

一開賽的局勢，就讓我聯想起以前看過的漫畫。

舞台上的兩人動作飛快，我的眼睛根本跟不上。不，身體的位置是看得到，手腳卻不時消失，等再度出現才發現已經打到對手那邊了。明明是在遠處的視角，卻無法看清楚她們的動作……這樣的速度到底有多快啊？

舞台上突然掀起了強風。看樣子是德斯使用了魔法，在觀眾席周圍製造一層保護膜。

這是為了守護觀眾席上的人吧。非常感謝，由德斯當裁判真是太好了。

此外，提議這兩人打示範賽的我也該檢討一下。

如果可以，希望她們盡量減低對周邊的損害。

示範賽持續了五分鐘左右。

一開始還會在舞台上移動，而如今她們已停在舞台的中央對打。這樣比較容易看清楚，多謝了。

戰況是哈克蓮占上風，不過，拉絲蒂也不服輸地繼續反擊，好幾度都打出了精彩的攻勢。

拉絲蒂的攻擊中以短上勾拳的擊中率最高。

哈克蓮不擅於應付來自下方的攻擊嗎？難不成，她是被自己的胸部擋住了看不清楚……很有可能。

正當我在瞎猜時，拉絲蒂的短上勾拳再度擊中了哈克蓮的下頷。

這一記好像打得很用力，只見哈克蓮的臉大幅上仰。這是拉絲蒂的大好機會。

拉絲蒂應該也是這麼想的。

加重力道的下一擊打中了哈克蓮的身體，使哈克蓮的身體折成了弓形，而拉絲蒂又趁機對她的臉部追打。

現在想這個已經太遲，不過當初應該讓她們戴拳擊手套才對，我要反省一下。

猛攻！

拉絲蒂的連續攻擊，招招都命中哈克蓮。儘管是快速的連打，但每一拳都發出沉重的撞擊聲。

再這樣下去拉絲蒂要獲勝了？

不對。

就算一直被打，哈克蓮仍然向前跨出一步。

「咦？」

緊接著，她對準拉絲蒂的臉來了一記動作誇張的直拳。

哈克蓮的拳頭直擊拉絲蒂的臉龐，將對手狠狠打倒在地上。

巨大的聲響傳來，舞台地面也冒出了裂痕。

拉絲蒂一動也不動了。

「到此為止！示範賽，結束！」

她沒事吧？會不會死了？幸好我的不安立刻被解除。

只見拉絲蒂突然抖了抖，接著就像沒事一樣站起身。

「嗚嗚，還是打不贏……」

「我還不會那麼快讓妳追過去喔。」

兩人的對話非常和睦。

看起來明明打得很用力，卻好像一點傷害也沒留下的樣子。
被毆打過的臉以及身體其他部位……連瘀青都沒有。
這就是龍族嗎？對詫異的我，耳邊傳來擔任裁判的德斯的聲音。
「妳們兩個，一旦變成人類姿態就比較能控制力道了呢。」
「就是說啊～」
「啊哈哈。祖父大人，謝謝您。」
…………剛才那個叫控制力道？
倘若以龍的姿態戰鬥……我一邊決定不要再想下去，出言慰勞打過一架的兩人。
那麼，接下來要進入第二輪了。
啊，在第二輪開始前得把舞台先修好才行。我知道，得快點修復了。

6 武鬥會　騎士組　第二輪

第二輪的第一場。
是史蒂芬諾對蒂雅之戰。惡魔族與天使族的交手……難道這就是命運的安排嗎？

「上次妳把藥草讓給我，真是謝謝。」

「沒什麼。比起那個今天我會請妳見識一下我的魔法研究成果。」

看來兩人對於交手並沒有任何宿命感。

在第一輪中以壓倒之姿淘汰格蘭瑪莉亞的蒂雅，對上史蒂芬諾又會如何呢？

雖然我不清楚史蒂芬諾有多強，但假使跟布兒佳差不多，應該可以來場精彩的戰鬥吧。

裁判為哈克蓮。示範賽對她似乎沒留下任何影響。

「開始！」

如此宣布的同時，史蒂芬諾就開始詠唱咒語。

她自己的腳邊飛出了無數把漆黑的槍，全都鎖定了蒂雅。

蒂雅並沒有逃上天空，而是以優雅的迴轉朝側面移動躲開了那些漆黑的槍。

蒂雅隨即透過魔法反擊，只見史蒂芬諾的身體忽然燒了起來。

如此的景象，令我大吃一驚。這樣沒問題吧？

結果無視我的擔憂，從史蒂芬諾腳邊飛出的漆黑槍化為巨大斗篷，將正在燃燒的史蒂芬諾包裹起來，火焰也一起被遮蓋住了。

等包住火焰的斗篷解開，裡面空空如也。這是變魔術吧。
史蒂芬諾的身影，重新出現在蒂雅背後。
本來以為史蒂芬諾想貼上蒂雅打肉搏戰，結果前者渾身再度飛出漆黑的槍，貫穿了後者的身體。
「唔喔！」
我忍不住發出悲鳴。幸好，蒂雅沒事。
「以適性來說，我比較有利呢。」
原本貫穿蒂雅的漆黑槍頓時崩解消失。被刺過的部分連痕跡都沒留下。
相反地，史蒂芬諾的身體卻不知何時被三把白色的槍刺穿過去。
「果然不錯，我棄權好了。」
史蒂芬諾對蒂雅之戰，以蒂雅的勝利告終。
比賽結束後，我慌忙對史蒂芬諾關切道。
「史蒂芬諾，妳沒事吧？」
「哎呀，村長，感謝您的關心。這點小傷馬上就治好了。」
「老公，難道您就不擔心自己的愛妻嗎？」
「我雖然擔心，但這時候應要先擔心身上插著槍的史蒂芬諾吧。」
「沒問題的。凡是會造成致命傷的部位都避開了。」
蒂雅這麼說道，而剛才串在史蒂芬諾身上的白槍也煙消霧散了。

雖然有刺過的痕跡，但並沒有出血。此外，那些痕跡也一下就癒合了。

太好了。到了這時雖然有點遲了，我才為蒂雅的獲勝欣喜。

「下一場是……露對庫德兒。呼呼，我希望露小姐的武藝不要退化了才好。」

畢竟露在第一回合，可是陷入了泥淖般的苦戰。

第二輪的第二場，是露與庫德兒之戰。

露或許是跟始祖長談過的緣故，臉上充滿了鬥志。

相對地庫德兒卻一臉放棄的表情。

「庫德兒，千萬不能一開始就認輸啊！」

格蘭瑪莉亞在觀眾席上幫忙加油，但庫德兒的臉色並沒有因此變好。

「呃，露小姐就是那個露露西吧。我們三人一塊上都打不贏的蒂雅大人也只跟她打成平手而已。」

「我剛才也被蒂雅大人淘汰了！不要緊，任何事都有可能。」

「有可能……嗎？」

比賽開始。

結果正如庫德兒的預期，以露的壓倒性優勢收場。

第一輪露會打那麼辛苦，代表安其實很強嗎？還是說是籤運太差的問題？

第二輪第三場。

布兒佳與烏諾之戰。

這一場會怎麼發展我一點概念都沒有。從第一輪的情況判斷，烏諾不知道能不能分辨出布兒佳的分身。假使烏諾可以找出布兒佳的本尊在哪裡，或許就能分出勝負了。

啊，不過那個分身其實是殘影吧。難道布兒佳真的會分身？每個分身的動作看起來都不一樣……所以全部都是真的嗎？因為已經要比賽了我也不能跑去問個清楚。

比賽開始。

跟第一輪一樣，布兒佳使用分身對烏諾採取攻擊。

本來懷疑烏諾是否能避開，結果牠採取正面突擊，將布兒佳的分身一一消滅。

照這樣子看，烏諾是很認真在狩獵對手，假使牠遇到本尊會怎麼做呢？

布兒佳繼續製造出分身，迎擊對方。

我猜想這場要打很久了，沒料到比賽並沒有花多長的時間就結束了。

烏諾的攻勢被分身海戰術壓制後，裁判宣布比賽中止並由布兒佳獲得勝利。

「嗚嗚，我好像使用太多分身了。」

布兒佳雖然高舉雙手朝周圍慶賀自己的勝利，表情看起來卻相當疲憊。

輸掉的烏諾反而比較有活力，但還是拖著戰敗下垂的尾巴步下舞台了。
這時以小黑三為首的狼群出來迎接烏諾。
是在安慰牠嗎？只見烏諾的尾巴重新翹了起來。
嗯，我覺得烏諾已經很努力了，要是我恐怕連一秒鐘都撐不過去。

第二輪第四場。
枕頭對上可羅涅。
我還在猜雙方的優劣，比賽卻一下就結束了。
一開戰可羅涅就企圖飛上天空……結果飛不起來。
原來不知何時她的腳已被絲線纏住了，而且人還直接被拽回地上。
接著她又被枕頭的絲線迅速包了好幾層。
「這種戰法專門剋我！簡直是天敵嘛！」
比賽以枕頭獲勝收場。

這麼一來第二輪就比完了。
只剩下前四強的選手。
第三輪，也就是準決賽的對戰組合如底下的賽程表：

BATTLE TOURNAMENT

大樹村　武鬥會　騎士組

7 武鬥會　騎士組　第三輪（準決賽）與決賽

武鬥會，騎士組，第三輪第一場比賽。

是蒂雅對上露。

在來村子前她們原本就是勁敵，現在又變成同為我孩子母親的內戰。

雖然預期是很激烈的一戰，不過會怎麼發展難以想像。

雙方都著褲裝，沒有拿武器。

「像這樣對決還真是久違了呢。」

「對啊。因為有始祖大人在觀戰，我不會手下留情的。」

「請放心，打從一開始我就不期待那種事。我們彼此都要使出全力，好好享受這段時光。」

「呼呼，正合我意。」

雙方的戰意都很高昂。

在裁判哈克蓮的宣布下，比賽正式展開了。

一開始我以為雙方會飛到空中、拉開距離，沒想到兩人卻緩緩步向舞台中央進行對峙。

等腳步都停下來後兩人便開始互毆。

此外，就好像美國電影裡的場景，雙方你一拳我一拳地輪流打。

不過這種動作要是兩個男的也就罷了，兩位女性做還挺恐怖的。更何況，那兩人都是我老婆，簡直快把我嚇死了。

她們毆打的方式不是揮巴掌，而是使用握緊的拳頭。彼此都瞄準對方的臉蛋，擊出精準的勾拳。就算被對方打到了，也不會忘記咧嘴露出邪惡的笑容。

…………

這種事我可辦不到。今後，我一定要盡量避免夫妻吵架。

如此互毆的態勢持續了好一會後，雙方好像事先說好似的拉開距離。

「妳的拳還滿有力的，一點都沒退步。」

「彼此彼此。」

隨後上演的是魔法戰。

兩人都不需要詠唱咒語，只見火、水、風屬性的魔法突然在空中亂飛，撞成一團。

雖說有哈克蓮的魔法保護觀眾席，但座位距離舞台比較近的我還是很有臨場感。

此外，到底誰占上風我根本看不出來。

這樣的魔法戰打完後，兩人又飛上天空扭在一起。

好像是在格鬥的樣子又像是在用魔法互相攻擊彼此的樣子，還是只是單純的身體衝撞罷了……

我只明白一場看不出門道的激烈戰鬥正在眼前上演。

緊接著勝負的關鍵來了。

當雙方都從空中返回舞台時，蒂雅依舊站得直挺挺的，露卻站不穩單膝跪了下去。

「今天是我獲勝喔。」

勝者為蒂雅。

兩人雖然都很疲憊，不過沒有受嚴重的傷真是太好了。

我前去迎接兩人，並加以慰勉。

「老公，蒂雅欺負人家！」

「露小姐，妳好詐喔。」

第三輪第二場比賽。

是布兒佳對枕頭之戰。

結果戰況是一面倒。

布兒佳大概是在上一輪對烏諾消耗太多體力，這場分身的數量變得很少，也無法閃避枕頭的絲線。

「嗚嗚，明明只差決賽一點點了……」

枕頭獲得勝利。

這麼一來決賽的戲碼就確定了，是蒂雅對上枕頭。

不過在那之前，先討論了一下是否要打季軍戰。原本是由準決賽中落敗的兩位選手爭奪，以決定第三名是誰……

露還算可以，布兒佳簡直是累垮了。

芙蘿拉也不同意布兒佳出賽，因此季軍戰就取消了。好吧，其實也沒必要一定要比出季軍啦。

於是決賽直接登場。

現場氣氛卻沒有很熱烈。

嗯，我知道為什麼。

蒂雅對上枕頭的戰況，任何觀眾從之前可羅涅對枕頭那場就可猜出八成了。

「啊，果然是我的剋星。」

被絲線纏繞的蒂雅，說出跟部下類似的台詞後就認輸了。

武鬥會騎士組的冠軍是枕頭。

座布團之子——枕頭取得優勝了。只見枕頭舉起一條腿，回應周圍的歡呼，看起來好像很開心的樣子。

那麼，比賽結束後就是頒獎典禮了。

我頒給冠軍枕頭十枚獎勵牌。此外，還有祭典前就準備好的木雕優勝獎杯與木雕頭冠。

我怕頭冠會引發不好的聯想所以跟露她們事前討論過，結果在魔王國並不特別在意的樣子。

因此我才做了這頂頭冠……可惜原本是設計給人戴的，尺寸與枕頭根本不合。

正當我還在思索該怎麼辦時，接過頭冠的枕頭直接戴到了屁股上。

頭冠戴屁股上……因為還滿合的，ＯＫ啦。

枕頭對著觀眾席彷彿在炫耀自己的獎盃與頭冠，並舉起了一條腿揮動。

亞軍可獲得五枚獎勵牌。

至於其他選手，晉級第二輪者可獲得一枚，晉級第三輪者可獲得兩枚。等全部發完，頒獎典禮就結束了。

今後也希望大家能繼續加油努力。

武鬥會到此告終，不過之後還有一場徹夜舉行直到隔天早上的宴會。

既然都已準備好舞台了，想要較量的人可以自由上去對戰。

不過為了避免上去的人亂打受傷，還是有裁判在旁邊看著。

打得不過癮的高等精靈、山精靈，以及除了好林村格魯夫以外的獸人族都衝上舞台，想展示自己的身手。

不時，也有獸人族少女上台去，展開像是在練習對打的戰鬥。甚至露也想報仇，找蒂雅再單挑一場。

到了太陽下山，仰賴火把和魔法照明的戰鬥依然持續著。

至於在舞台旁邊……

「魔王啊，怎麼樣？要不要跟我比劃比劃？」

「哈哈哈哈哈，您真會開玩笑。」

對德斯的挑釁，魔王正努力設法拒絕，而另一邊的始祖也找比傑爾聊起了關於戰鬥的話題。

「要是不需詠唱的魔法能更加流行就好了啊。」

「沒經過詠唱咒語，魔法威力就會降低，還是按正確步驟來比較好吧？」

「在敵人面前悠哉地詠唱不是反而更危險嗎？」

「把魔法師放到沒空詠唱的位置上才是問題所在吧？」

這時優莉也插話了。

「我想學不用詠唱的魔法，可以教我嗎？」

「這樣喔？那我簡單說明一下好了。」

「請、請先等一下。這樣好嗎？您若是指導公主殿下，在立場上好像有點問題？」

「嗯？我的立場一點也不要緊，不要在意那種小事，放寬心吧。」

「真是太感謝了，我會努力學習的。」

德萊姆正跟夫人、拉絲蒂、萊美蓮、哈克蓮五人一塊享用餐點。

「祖母大人，我覺得自己該多練習幻化為人的技術了。」

「這樣很好。不過，拉絲蒂絲姆，妳沒有必要焦急。就連德萊姆他，要變得跟人類一模一樣也花了……」

「母親大人，請不要聊那個話題。比起那個，啊，呃……對了，賽琪蓮的婚事談得怎麼樣了？」

哈克蓮瞪了一眼想轉移話題的德萊姆。

「德萊姆，你在我面前談妹妹的婚事是什麼意思？」

「應、應該沒關係吧？姊姊在這裡就好像已經嫁人了不是嗎？」

「咦？啊，對、對啦，就是那麼回事。嗯，應該可以這麼說吧……」

看著這對姊弟的模樣，德萊姆夫人不禁喃喃自語：

「那個哈克蓮竟然也會害羞……簡直是不可思議的光景。」

「葛菈法倫，妳要是敢嘲笑我，我恐怕就要公布妳以前的糗事囉。」

「哎呀，那我也要把妳以前幹過的好事告訴村長喔？」

看起來吃飯的過程也很熱鬧。
已經恢復的布兒佳跟史蒂芬諾忙著服侍龍族，她們的身體應該都沒事了。
一邊避免妨礙兩位惡魔族工作，我一邊把追加的食物跟酒遞過去。
不過話說回來，關於德萊姆夫人的過去……我真是不太敢聽啊。

總而言之，感覺非常累人。
尤其是我精神上的疲勞，好像都把心力花在擔心選手受傷之上了。
明年，我絕對要換一種方式舉辦祭典。
我一邊想著這些，一邊度過祭典當晚。

閒話　某位魔王的喃喃自語　前篇

我是魔王，加爾加魯德魔王國的魔王。
我聽說女兒要和比傑爾一起出門，於是自作主張跟了過去，結果卻大吃一驚。
那裡有龍。
雖是人類的姿態，但那種獨特的魔力是無法隱藏的。更離譜的是，那是龍王德斯。

周圍還有其他龍在，都不是什麼弱者。
老實說吧，我以為自己要失禁了。幸好，我忍住了。我的下半身還真有擋頭。
好吧，事發突然，但既然我已經做好覺悟，至少上去跟對方打個招呼。

「是龍王德斯嗎，我想我們應該是初次見面？」
「原來是現任的魔王啊。嗯，我不想跟你有任何糾紛所以我們和平相處吧。」
「唔嗯，我也覺得以和為貴。」
非常順利，很好很好。
我真了不起耶。優莉，看到了嗎？剛才爸爸的英姿！

「噗噗！」
我為了尋找優莉而環顧四周，卻忍不住噴出嘴裡的飲料。
有個不該出現的傢伙出現了。在我附近的德斯應該也察覺到這點。
不過，真不愧是德斯。
跟我驚訝的程度不同，他只是露出苦笑而已。
我跟他的器量差距讓我有點懊惱……不過現在不是喪氣的時候了，因為那個不該出現的傢伙正走過來。

宗主維爾格萊夫。

是人類居住區域中堪稱勢力最大的宗教——科林教的教主！

他的外表永遠年輕，是不會衰老的活神仙。至於其真正身分，是僅有極少數人才知道的吸血鬼始祖。

這是當我就任魔王時，只有歷代魔王之間才會傳承的極機密事項之一。

「嗨，魔王，近來可好？」

「嗯，嗯嗯。」

「哈哈哈。你太緊張了啦～對喔，我們好像是第一次見面？抱歉抱歉。」

「是的，初次見面……那個，為什麼會知道我？」

「因為你很有名啊。常常在畫像上看到，就因為太常見到了，不自覺以為是認識的人呢。」

「是這樣嗎？呃，我感到很榮幸。」

「哈哈哈，你在說什麼啊，是我感到榮幸才對。哎～能遇見魔王真幸運啊。你不這麼覺得嗎，德斯？」

「的確沒錯。」

他直接叫龍王的名字德斯？這兩人認識嗎？

不，就算認識也不奇怪。畢竟他可是吸血鬼的始祖，佩服佩服。

他應該也見過前幾任的魔王吧？不行不行，我不能一直吃驚下去了。

無論如何我都是魔王，必須扛起一國的招牌。該主張的事情就要勇敢說出來。

「話說回來宗主殿下，您對近來福爾哈魯特王國的勇者行徑有何看法？」

「哈哈哈，你的問題還真犀利呢。雖然我想說跟我無關，但好像一定會被牽扯進去。好吧，那我就說了，那是福爾哈魯特王國的分部擅作主張，對我也造成了困擾。不過，加魯巴爾特王國的分部有在籌組討伐隊喔。話說回來，福爾哈魯特王國、加魯巴爾特王國，再加上加爾加魯德魔王國，這幾個名字不會太像了嗎？一國之名應該要多費點苦心取個特別一點的名字吧。」

「真、真抱歉，是從原本的地名取的……話說回來，組討伐隊？這樣真的好嗎？把這種情報洩漏給我？」

「沒關係沒關係。我剛才不是說過，這對我也很困擾啊。把奇蹟廉價賣出去對誰也沒有好處吧。對了，就算你打倒勇者，教會本部也不會採取行動，儘管放心好了。只是以立場我們還是會發出譴責文之類的，你可以無視。」

「……多謝您的情報。」

「德斯也是喔。如果勇者去你那邊亂來，你不必客氣。」

「已經來過一組人了。他們很沒禮貌，被我攆跑了。」
「攆跑了？德斯還真善良呢，明明可以狠狠修理一下他們的。」
「要是因此招恨我也很困擾的。」
「啊哈哈哈，的確。好吧，近期內我會設法解決的。」
交涉勉強算是有了結果，真是太好了。勇者這種傢伙有夠煩人，造成的損害也不是我可以無視的程度，希望能早點解決此事。
姑且先不管那個了……難不成，今天一整天我都得跟德斯、宗主殿下在一起嗎？
看這氣氛恐怕會如此…………
比傑爾，快來救我！
比傑爾正陪伴優莉，與村民們愉快地交談。
仔細看那村民不就是魔族嗎？
怪了……總覺得是很面熟的女孩……是哪個伯爵還侯爵的女兒嗎？是不是我記錯了。還是說只是長得很像的人？一定是那樣，本人是不可能做村姑打扮去幫忙做料理的。
啊，那個我就確定了，是比傑爾的女兒——芙勞蕾姆。
她擔任這村子的地方官，看樣子做得很不錯呢，那真是再好不過了。

不過，也因為芙勞蕾姆穿村姑的衣服，我才會以為旁邊的魔族女孩是我認識的人，真沒辦法。

我啊，該振作一點了。

該說是惡夢成真嗎？我被安排坐在德斯跟宗主殿下的旁邊。幸好救兵比傑爾跟優莉也坐在附近。

優莉正跟德斯旁邊的龍族輕鬆交談，她知道對方是誰嗎？我的胃好痛啊。

此外，比傑爾你為什麼要對我露出那副慈愛的表情？簡直就像在說，我正走上了你以前走過的道路一樣？

「我叫萊美蓮。」

「啊，是的，我是魔王加爾加魯德。」

現在我知道和優莉交談的龍是誰了。

南方的颱風龍，也是德斯的妻子。最近我接獲了上述的情報。

原來是那個萊美蓮小姐啊。

…………

不就是謠傳比德斯還要更凶暴的龍嗎！我快崩潰了！

還有比傑爾，不准再擺出那種憐憫的表情。

間話　某位魔王的喃喃自語　後篇

啊……魔王的身分究竟代表什麼意義，我苦思良久。

好吧，我就是加爾加魯德魔王國的魔王。嗯，一國之君，責任重大。

結果我蹺班跟著女兒出來玩，卻進入了超乎我常識的地方。

女兒啊，妳不應該來這種地方才對吧，哈哈哈。

「父王大人，您還好吧？」

「咦？啊，不，我沒事啦。抱歉，是平常太疲累了吧。」

女兒在擔心我，沒什麼比這個更教人開心的事了。

「魔王大人，我去拿了食物跟酒來，如果您累了，可以嘗嘗看這道清爽、比較好入口的菜。」

比傑爾真是個機靈的傢伙。

他推薦我這些好像很顧胃的食物。啊，真好吃。

「唔嗯，這種酒……味道很新奇呢。」

「沒錯。可能是新產品吧，我已經提出採購的要求了。」
「唔嗯，很好入口，希望你能弄來兩桶。」
「屬下會努力的。」

占據我附近座位的德斯跟宗主殿下，如今也開始享用酒菜，而且好像也有採購的打算。
死亡森林裡，竟然能端出這等品質的料理……更誇張的是，連南方海港市鎮運來的海產都有。
唔嗯，沒見識過、更沒嚐過的料理擺了滿桌，無論哪一盤都很美味。
「不能挖角這裡的廚師嗎？」
「我認為恐怕很困難。」
「借過去一陣子呢？」
「應該也很難。」
「父王大人，這部分的事我已經打聽過了，完全沒辦法實現呢。」
「呃，連魔王要求也不行嗎……」
嗯，看來希望渺茫。
「不然問問看能否賣調味料給我們好了。尤其是這盤料理使用的調味料特別讓我好奇。」
「啊，那叫味噌。若是味噌，我家已經有好幾甕了。」

「你家……為什麼沒進貢？」

「屬下認為必須先親身試毒。呃，畢竟它的味道太特殊了，哈哈哈哈哈。屬下會去問問能不能再買一些新的回去。喔，比賽好像要開始了。」

舞台上已經有裁判現身了。

嗯，那個裁判也是龍族吧。我還是不要深究好了。

坐在一旁的宗主殿下，不知為何跟某位龍族一起去幫忙料裡了。這麼一來席位上的壓力就會減輕不少，真是太感謝了。

接下來要展開的一般組，好像比傑爾的女兒芙勞蕾姆也要出賽，我來幫她好好加油吧。

「父王大人，出賽的人不只是芙勞蕾姆而已，還有好幾個魔族的人。也請您幫她們加油吧。」

…………

魔王我決定不要想太多，全力加油就好。

芙勞蕾姆很可惜以雙雙出界收場，但她的戰鬥過程並不差。

應該是對手不好吧。

從以前就聽說住在死亡森林附近的人都很強悍，沒想到年輕的獸人族女孩也能做出那樣的動作。

武鬥會接著進行。

戰士組、騎士組。

被介紹登場的選手就算我不想記住也不行。

有吸血公主（Vampire Princess）、殲滅天使、撲殺天使、狂宴的布兒佳、黑槍的史蒂芬諾、狂龍拉絲蒂絲姆，加上守門龍的姊姊。

鬼人族的安，有那種實力就算被取稱號也不奇怪。

此外就是高等精靈、蜥蜴人、長老矮人跟山妖精、半人蛇族。

地獄狼的數量簡直堆積如山，就連惡魔蜘蛛的孩子也如此之多……

這裡，恐怕比魔王城……不對，應該比全國的魔王軍更強吧。

雖說若是一對一，我還能勉強應付……有辦法嗎？就算能應付拉絲蒂絲姆，但那個守門龍的姊姊只會給我一種討厭的預感。

啊，德斯，我不會跟你較量的，你不要找我。我不要，我絕對不要啦。

「比傑爾。」

「怎麼了嗎？」

「給村長爵位攏絡他，此計如何？」

「恐怕是愚策。」

「果不其然。」

「是的。」

如果封爵有用，比傑爾早就建議我了吧。既然他沒這麼提議，就代表這招的用處不大。確實，想攏絡連龍王德斯跟宗主殿下也會造訪的村子，對魔王國來說負擔太重了。避免敵對，也不要做多餘的事，維持目前的關係才是正確選擇。

這個村子的首腦人物……沒錯，就只是個普通人類。第一次見到他，我還以為是在開玩笑，但判斷周圍的情況後我就笑不出來了。

根據比傑爾的報告，他應該是能將「鐵之森林」飛龍打倒的強者……不過乍看之下就只是個平凡的青年。

然而，一介平凡的青年是不會在「死亡森林」正中央建起村子的，也不可能聚集那麼強大的戰力，更不可能結識龍王德斯與宗主殿下。

嗯，慶幸的是，他對魔王國好像沒有壞印象，讓我大大鬆了口氣。

此外，可以很一般地跟他進行談話，感覺人品非常溫和。只要他繼續當這裡的首腦，至少這段期間就不會發生問題吧。

為了讓他長壽乾脆送他祕藥。這可以讓他活得更久。最好在我當魔王的任期內他都活著。只要努力一點，人類也可以活上四、五百年吧。

千萬不要只活個五十年就掛了。拜託，我給你跪了。

最壞最壞最壞的打算，就是考慮把優莉嫁過去……不過魔王的地位不是靠血統繼承，採用和親政策也沒用吧。

一旦我退位，優莉就會變成普通的貴族女孩了……

倘若不管國家前途，只考慮女兒安全，應該要把她嫁過來嗎？假使對方願意好好待她，住在這裡會是不錯的選擇……

可惜問題在於對方已經娶了吸血公主跟殲滅天使，硬把那些人逼走絕非上策，而讓優莉當三房或四房夫人又太可憐……

不，不行。優莉還是小孩子，談結婚太早了。

…………

把這個當備案之一，先暫時記著就好。

「魔王大人，您沒事吧？」

「啊，是啊。寡人沒事。比起那個，比傑爾。」

「小的在。」

「你這傢伙，把女兒芙勞蕾姆送來這裡是為了……」

「屬下對魔王國的忠誠絕不動搖，然而也很重視自己的女兒。」

「寡人明白你疼女兒的心情，所以不怪罪你。之所以不怪罪……是希望當有危難時你能為優莉動用這層交情。」

「遵命。雖然沒辦法跟對方通婚，但只住在這裡是沒問題的。」

「真的嗎？」

「您難道忘了？再怎麼說屬下也是魔王國四天王之一。」

「真不愧是比傑爾，值得寡人信賴。」

「等小的退休後，也考慮搬來這裡住。」

「……咦？等一下，咦？退休？慢著慢著，你不在的話魔王國不就有危機了？」

「好啦，魔王大人。祭典之夜要開始了，請享用這些美味的料理跟美酒吧。」

「你剛才是在說未來的事吧，好比一千年或兩千年之後？」

「哈哈哈哈哈，乾杯！」

可惡，你這小子。

還有，龍王德斯，我不會跟你較量的。絕對不可能跟你上去打，你不要看我這邊。

祭典之夜熱熱鬧鬧過去了。

題外話。

過了幾天在魔王城。

「什麼時候退休？」

「大概是一、兩百年以後的事吧，請您放心……請問這是什麼？」

「誓約書。」

「……您懷疑我的忠誠嗎？」

「為了讓寡人心情平靜你快簽吧。」

「唉，魔王大人也真是的……好吧，我簽……哎呀？這邊好像寫錯了。請看這裡，上面寫最少要待一千年？」

「沒寫錯。」

「…………是這樣嗎？呃，根據這誓約書，我至少要工作一千年，或是直到魔王大人駕崩為止。」

「喂，你這臭小子！衛兵，有人造反！叛徒在這裡！」

「請不要說得那麼難聽，小的只是確認一下而已～啊，衛兵，魔王大人老毛病犯了你們回去吧。還有，暫時不要靠近這個房間。」

經過激烈的互毆，雙方達成繼續任職三百年的結論。

「可惡，沒讓你簽下那份誓約書。」

「就算沒有那種東西，我也不會馬上辭職的。畢竟我還有領地啊。」

8 收拾善後與餘波盪漾

祭典結束了。

好，終於可以清閒了～本來我是這麼想，結果還有很多不得不做的工作要處理。

那就是祭典的善後事宜。

有許多人宿醉到第二天，但收拾工作還是進行得很快。假使一直維持祭典那種狂歡的氣氛也挺困擾的。

我跟大家討論過舞台與觀眾席的存廢問題，因為不怎麼礙事最後還是決定留著。

今後，到底該怎麼利用那座場地就請大家各自動腦吧。
既然是露天舞台，我能想到的點子就是演話劇或音樂會而已，所以很期待其他人的腦力激盪。
不過，土打造的舞台也就罷了，用木頭做的觀眾席長期風吹雨打可能會腐朽。
這個世界沒有防水帆布之類的東西啊。
古代的人怎麼處理這個問題？一般的對策應該都是蓋屋頂吧？
啊，我錯了。根本不用管那些木頭椅子，重新用土夯成椅子就好了。等我以後有空，再慢慢把土椅補上去吧。

過了中午以後──
睡到很晚才醒的德斯、萊美蓮、德萊姆、德萊姆夫人、比傑爾、優莉、魔王，還有始祖大人都準備回去了。
動身之前他們好像在討論什麼嚴肅的問題，是出了什麼事嗎？算了，那些都是大人物我還是不要過問太多比較好。
把土產送上去，同時向他們一一道別。
首先是德斯、萊美蓮、德萊姆、德萊姆夫人。
「我們玩得很開心。」

「祭典如此熱鬧真是太棒了。」

「雖說想待久一點……但不好意思繼續叨擾，我們還是乖乖回家吧。之後還得去幫忙找新的村民才行。」

「我的女兒變得沉穩多了，以後也請多多關照她。」

第二組人是比傑爾、優莉、魔王。

「很久沒像這樣好好放鬆了。」

「等敝王國舉行祭典時，也請您務必要賞光。」

「啊，等等，那是寡人的台詞吧。嗯唔……算了，呃，該怎麼說，今後也請多指教。」

最後是始祖大人。

「我很想多陪阿爾弗雷德玩幾天，可惜還有許多事要忙，唉～啊，對了對了，我看到你有種藥草的田，可以摘給我一些嗎？下回，我也會帶珍貴的藥草過來的。」

眾人以各自的方式啟程回家。

半人蛇族也醒來跟我打招呼了，我把土產交給她們。

「這樣真的好嗎？」

「就當作是讓沒能來參加祭典的人一起享受這種氣氛吧。」

「非常感謝您。另外，下次我一定會爭取勝利！」

「哈哈哈。」

我可沒說有下次……

半人蛇族雖然回去了，但從好林村來的格魯夫一行人並沒有離開。

他們想看一下之前那些移民的情況，預定等到以秋季交易為名義的交換市集開始時再一起回去。

也就是說，現在村子多了包含格魯夫在內的四名獸人族男性！

「爸爸！」

「女兒啊，近來可好？對了，老家那邊沒問題，媽媽也很健康。」

類似這種對話共有四組家庭上演。

啊～這些男性全都已婚，卻讓自己其中一個女兒搬來村子住。

好吧，我明白了。我沒有想要破壞人家家庭的意思，還祝各位家庭圓滿。

剛好可以當本村獸人族女性結婚對象什麼的想法真是抱歉。

武鬥會的善後工作完畢了，村子的氣氛也恢復以往。

不過，祭典的餘波盪漾。

首先，自主訓練的人稍微增加了。慢跑或柔軟操之類的活動以前就有，但現在又時常上演模擬戰鬥。

希望大家注意別讓自己受傷了。

「這麼說來，露是吸血鬼吧。」

「怎麼現在突然提這個。」

「武鬥會的時候，好像沒看到妳活用吸血鬼的特性戰鬥，只是用普通的戰法而已。」

「什麼叫活用吸血鬼的特性戰鬥？」

「咦？呃，妳知道的嘛……」

就我印象中的吸血鬼……

「化為霧躲避攻擊之類的？」

「奇怪？我有在老公面前化為霧過嗎？你竟然知道得這麼清楚。」

「沒有，那只是我的印象。」

「我不清楚老公的印象是怎麼來的，但化為霧並不適合用來戰鬥喔。那樣會很累而且毫無攻擊力，從霧變回原形的瞬間也會毫無防備。那招主要是用來潛入上鎖的房間啦。」

「原來如此。那妳可以變身成動物嗎？」

「那招也不適合戰鬥喔，並不會比人類姿態的時候更強。主要也是用來偷偷潛入的技巧。」

「怎麼都是用來潛入別人家裡的，難不成身體年齡可以變化的那招也是……？」

「那個不是什麼招式，應該算特性吧。當我不想耗費太多力量時就會變成小孩的樣子，當想使出全力時就變成大人，類似這種感覺吧……一旦受到強大的傷害，我的身體也會強制變年幼。」

「那最早我們碰面時，妳用吸血奪走對手力量的那招呢？」

「我已經有心愛的老公了，不會去吸別人的血。」

「啊哈哈，那還真是榮幸啊。其他吸血鬼風格的攻擊方法……例如催眠術之類的？」

「催眠術？」

「就是操縱別人的法術。」

「啊，那叫幻惑。那招只有當對手很弱時才會生效。對參加騎士組的人使用只會害我白費力氣而已。」

「啊……那麼，試著操縱血液如何？」

「操縱血液？怎麼操縱法？」

「例如從手臂之類的部位噴血，化為劍的模樣攻擊對手。」
「是操縱液體的延伸運用嗎？我覺得我應該辦得到……不過要噴出能化為劍的血液量損失太大了，權衡之下還是不要使用比較好。」
「嗯唔。」
「老公印象裡的吸血鬼好奇怪喔。難不成，你遇過除了我、芙蘿拉、始祖大人以外的吸血鬼？」
「哈哈哈，我只是聽故事裡的描述。拜託，請不要用那種恐怖的眼神瞪我。」

繼露之後，我又去找蒂雅談話。
「蒂雅應該會召喚魔像吧？武鬥會時怎麼沒有使用呢？」
「魔像雖然有蠻力但動作太遲鈍，並不適合武鬥會這樣的決鬥。」
「那麼，魔像的使用場合有哪些？」
「我主要是把魔像當誘餌。遇到怪物或怪獸時，可以派出魔像吸引對方注意。另外……就是我不想髒了自己的手。」
「不想髒了自己的手？」
「在怪物跟怪獸當中，有些……只能說是很不衛生的存在。」
「原來如此。」
我開始有點同情魔像了。

因為安也在，我稍微跟她聊了幾句。

「安，我希望妳老實說，我的生活習慣有沒有需要改進之處？」

「沒有什麼特別需要改的……請問怎麼了嗎？」

「呃，我怕妳累積太多壓力。」

「啊，您是指武鬥會那次吧？請放心，以前我對村長的建議村長都有聽進去。」

「那露呢？」

「不管我提醒她多少次，她都不改……啊，這不是挾怨報復喔。如果她繼續這樣下去，會給阿爾弗雷德少爺跟蒂潔爾小姐帶來不好的影響，我才會趁那個機會鄭重告知她……似乎有點做過頭了呢。」

「妳以後有話就直說，不要積在心裡。」

「既然如此我有一件事想說。」

「嗯？」

「關於村長這個稱呼，我比較想換成主人……」

「妳不是已經偶爾這麼叫了嗎？」

「因為村長很害臊，只能在房裡或浴室這麼叫。然而，我希望今後無論在哪都稱呼村長為主人。」

「我還是承受不起，拜託饒了我吧。」

矮人當中的多諾邦造訪我家。

「村長，那種很酸的果實還有嗎？可不可以給我幾顆？」

「很酸的果實……是指檸檬吧？可以啊，真難得。怎麼了嗎？」

「我想給酒添加風味。另外，之前祭典商人送來的那種酒也希望村長多採購一些。」

「商人是指麥可先生吧。你指的是……蜂蜜酒？你之前不是說不怎麼好喝嗎？」

一聽說有人送酒當賀禮，不知從哪得知消息的矮人們就來試飲了。

我記得當初他們的評語都不太好聽……

「我當時是那麼說沒錯，但祭典時我看到鬼人族女孩有讓那種酒變好喝的技巧。當然，就算村長不追問我也會說明。其實也不是什麼困難的技巧，只要在蜂蜜酒中多倒點蜂蜜，再加上一點點那種酸果實的汁就可以了。光是這樣，蜂蜜酒就會變得超級好喝。這跟之前村長教我們在酒中加入水果的方法很像。」

「原來如此，那下次我也試試看。」

「唔嗯，關於採購酒的事，就麻煩你了。另外，也請別忘了新買來的酒可以用獎勵牌來交換。」

「我會啦……若是花錢買的酒，平常用餐時也會拿出來的。」

「這樣好嗎？酒在宴會以外的場合拿出來喝？」

「限制大家喝酒的主要理由，是擔心村裡的農作物全都被拿去釀酒豪飲。只要大家能自我約束，以後這個限制也會取消的。」

「自我約束喔，有點難耶……好吧，我會努力看看……不過暫時還是維持這個限制好了。每天喝酒雖然舒服，但偶爾喝酒也有另一種風味。」

「我知道了。」

武鬥會奪得優勝的枕頭，把冠軍獎盃跟頭冠放在我家裝飾。

可能是比起放在牠的巢穴，放在我家當裝飾品感覺比較安全吧？

既然如此我乾脆在家裡的一角設個棚架，將獎盃、頭冠擺上去好了。嗯，這樣我很滿意。

枕頭看了，似乎也很心滿意足。

至於座布團則看著自己的孩子，彷彿打從心底為牠感到高興。

9 檢討會

在我家大廳擺了一張大桌子，所有人都就座了。

「現在召開第一屆『大樹村』武鬥會的檢討會。」

文官少女組的其中一人擔任主持人並如此宣布。

如今，圍著大桌子而坐的，有各種族代表，以及祭典籌辦委員會的文官少女們。

另外就是，在祭典時負責料理跟幕後工作的鬼人族女僕。

「首先說一句……武鬥會大家都辛苦了。」

每個人也都互道辛苦了。

「祭典本身說成功應該不為過吧，但果然還是免不了一些小麻煩。關於那部分要好好反省，希望明年以後的祭典能加以改善。」

會議開得很流暢，因為事前已經充分討論了，沒什麼缺失是我現在才第一次聽說的。

感覺就像是報告給還不知道的人而已。

「沒預期到有那麼多外賓來算是一大缺陷，這點以後要列入考量。」

我們一開始都預想只有自己人會參與。

這算是我的失誤。

「好林村的格魯夫一行人，以及半人蛇族她們臨時參賽應該算好事吧。」

的確。

光只有自己人比賽的話，大家都滿清楚對手的實力，很容易會在戰鬥前產生既定的印象。

有實力隱約不明的選手加入，比賽才會顯得更刺激緊張。

說起實力不確定的選手……

「那兩個人，原來稱號是叫狂宴的布兒佳跟黑槍的史蒂芬諾喔？」

記得德斯他們是這樣稱呼的。

「好像是喔。以前，奶媽唸給我聽的童話故事裡也有一樣的名字，可能是參考故事取的吧。」

文官少女之一這麼說道，其他文官少女們也紛紛同意。

「童話故事？」

「是的，在魔王領地是很有名的童話故事。身為大惡魔古吉的部下，兩名惡魔跟某大國的軍隊發生戰鬥，還把人家的公主給擄走了。」

我怎麼又聽到一個熟悉的名字……

「那童話是系列作，出了好幾本呢。不過，幾乎每本書的結局都是兩名惡魔跟大惡魔古吉一起被龍懲罰呢。」

被龍懲罰？……所謂童話，有些也是根據事實所撰寫的。

下次遇到的話問問看好了……不，或許還是不要問比較好？

「那兩個人，會不是就是童話故事裡的原始角色啊？」

「就是本人嗎？怎麼可能。」

「妳否定的根據是什麼？」

「不是很明顯嗎？因為布兒佳小姐跟史蒂芬諾小姐人那麼好，我不覺得她們會像童話故事裡的那兩人一樣做出什麼殘酷的事。」

「……好吧。或許真的只是參考書裡的角色命名。」

「是的。況且實際上，真的有許多名人的名字跟故事裡的角色一樣。這樣別人一聽就知道他有多強悍，多可怕了。」

「原來如此。」

對喔，就是那樣。文官少女的想法比較可行。為什麼我會以為那兩人，就是童話故事裡的主角呢？

…………

因為她們的實力比我想像中更強吧。此外，一般命名的時候總不會故意取跟形象完全相反的名字吧。

啊，不過，那兩個人也沒有拿到優勝啊，所以應該也不算太強？果然只是借用故事書的名字而已吧？

「偏離會議主題了，現在是檢討會……料理的部分有問題嗎？」

聽了我的質問，一名鬼人族女僕舉起手。

「無論哪道菜都獲得好評，但跟我們平常的宴會沒有太大差別，充滿祭典氣氛的菜色稍嫌少了點。」

她這個意見很正確。

我也覺得該多想一些有祭典特色的食物比較好。

說起祭典，我腦中浮現的影像就是小吃攤。而說起小吃攤的食物……第一個想到的就是蘋果糖了！

雖然只是在蘋果周圍裹上糖漿……但用普通的甜蘋果，做出來效果會不好。

一定得用酸的蘋果才行。我下定決心，以後要種一些酸蘋果的樹了。

如果改成草莓糖呢？但這個跟蘋果一樣，用甜草莓效果會打折扣。

趁水果變甜以前收成搞不好可行，但故意提早採收收成期到了以後會變甜的水果，再額外用砂糖加上甜味，總覺得是多此一舉。

當我陷入遲疑時，獸人族的一位女孩說了一句：

「普通的糖果不行嗎？」

真是一語道破啊。

於是我決定乾脆做普通的糖果，還用水果的汁液增添風味。

成品很受歡迎。

然而，我還是覺得這樣不太夠，便挑戰製作棉花糖。

棉花糖的原料也是砂糖。

製作方式我以前在電視上看過所以知道。

首先，在鐵桶裡放入砂糖……鐵桶？

……

既、既然是試作就用竹筒先代替吧。

首先在竹筒側面開許多個孔，接著在竹筒上方以鐵絲……我沒有那種東西，只好請座布團提供一些粗的絲線代替鐵絲。

竹筒用絲線串起後，往上提……我看著上方，什麼支撐的東西都沒有。

對不起，座布團的孩子，要麻煩你把絲線連到那邊了，我想把這個吊起來，啊，對了對了，就是那種感覺。謝謝。

我在吊起的竹筒內放入砂糖。

竹筒下則準備好營火。透過加熱，竹筒內的砂糖融化了！砂糖一旦開始融化，就捏住絲線以旋轉竹筒。

融成絲的砂糖會因離心力而往竹筒側面移動，並從事先開好的孔穴裡跑出來。而飛出孔洞的砂糖會成絲狀，再度碰觸空氣冷卻後砂糖絲就完成了。

然後拿一根小棒子把糖絲捲起來，棉花糖就完成了！

說是容易，但底下的營火要是火力調節不當，飛出來的糖絲就不易冷卻，甚至被火直接引燃。

失敗了。

只好請露幫忙，用魔法生的火再度挑戰。

一開始還感覺頗為順利……但我現在終於明白節慶時會出現的棉花糖機為什麼又大又笨重。嗯，因為砂糖絲會往四周亂噴的關係呢。

害我得在白天去洗澡。

於是，我放棄棉花糖了。

唯一的完成品，剛出爐就被露吃掉了。她在我旁邊幫忙，後來也一起去洗澡。

「真了不起！就像在吃雲一樣！」

因為她給了很高的評價，我或許應該趁祭典結束後找時間認真做一台棉花糖機。心裡才剛有這個打算，聽露轉述此事的蒂雅、拉絲蒂、哈克蓮、芙勞等數人都聚集過來。

我只好用現有的克難道具再做幾人份的棉花糖，渾身都被糖絲噴滿了。真希望她們等我生出棉花糖機再來啊。

其他方面，我又試了許多菜色……

結果可以在新祭典上端出來的只有糖果。

剩下的就是跟鬼人族女僕合作，開發祭典用的改版料理了……

若只是平時菜色的延伸，就沒有明確的祭典氣氛。

不管是哪種，都要煮過才知道。

「麥可先生送來的海產拿去做料理，但因為沒研究過調味方式，感覺味道就是差了一截。」

的確。

雖然吃起來也不壞就是了，但跟平時的菜色相比總覺得調味方面隨便了點。

「通常說起祭典，大家都會聯想到大啖美食的日子。不過，我們村子平常的飲食就已經夠多，夠好吃了……」

這番話也沒錯。

「這一部分，是我本身準備不足跟認知不足。另外，我太拘泥於甜食類了。」

「不會啊，糖果都很好吃，這次祭典來不及登場的棉花糖簡直太棒了。另外那個是叫可麗餅嗎？就是用薄麵包裹鮮奶油跟水果的食物，光是想到那種滋味我就……可惜鮮奶油的存量不夠，沒辦法在祭典正式亮相，總覺得很遺憾。」

「啊，嗯，謝謝妳的誇獎。不過，沒機會試吃的人都氣得瞪我耶，關於那些試作品的討論就到此為止吧。」

「請饒恕我們的失禮。況且，菜色方面應該是由我們思考、提案才對。」

鬼人族女僕想要低頭道歉，被我制止了。

「檢討會進行檢討是理所當然的吧，同時也要思考對策。」

「對策嗎？」

「沒錯。倘若說到充滿祭典氣息的料理，應該要有哪些條件？」

我如此問眾人。

「果然還是那種平常吃不到的菜色吧。」

「光是把料理的分量放大不行嗎？我覺得那樣就很特別了。」

「在慶賀新年的祭典上，都會吃前一年製作並保存下來的乾糧。」

「如果是豐年祭，就會拿當季收穫的農作物來製作料理。」

「海鮮類應該也不差吧？例如烤整隻的赫爾凱基魚，除了賣相華麗外也很有祭典的感覺。」

赫爾凱基魚……就是我熟知的魷魚吧。

「啊！既然那樣我覺得炒布布爾的古茲古茲螺也不錯喔。」

炒布布爾的古茲古茲螺，就類似上一個世界的燒酒螺。

「無論哪一種都要加醬油調味。我再度感受到芙蘿拉的研究成果有多重要了。」

「說起醬油，烤玉米也很美味。雖然平常吃飯時也有這道，但整根吃的機會應該很少吧。」

「果然料理還是分量越大越好？這樣大家吃起來才過癮。」

會議冒出了許多看法。

「我的觀點跟充滿祭典氣氛可能有些不同，不過料理還是選方便帶走、容易享用的食物比較好。畢竟大家幾乎都會把食物帶去觀眾席吃。」

這點也沒錯。

「設置在廚房附近的飲食區，幾乎都沒人嘛。」

那個就很遺憾了，幸好比賽後半段就改成暫時放置料理的場所，還是有派上用場。

「總結一下……必須分量多、方便帶走、容易享用，還要加上醬油味？」

「我覺得沒必要限定醬油味啦，還有其他調味料可用啊。」

「不過，那種香味的確會引發人們的食慾啊。」

「我無法否認就是了。」

總之，所有提出的意見都記錄在紙上了。

「這件事今天就先檢討到這裡吧。關於祭典用的料理，我也認真思考過，而大家各自提供的點子也很有幫助。光是構想也無妨，以後還請各位多多指教了。」

我整合現場的意見，進入下一項議題。

是關於武鬥會的賽務缺失。

「被唱名的選手拖很久才到。」
「等待比賽的空檔覺得很無聊。」
「應該要多安排一些中間恢復體力的時間。」
關於有人不戰而勝的不公平之處也被提出了。
「呃，那個沒辦法啊。」
「一開始就應該要盡量湊齊十六人才對。」
其他還有諸多事項。
檢討會變得很漫長。不過，總比完全不檢討要來得好吧。
若不去探討什麼因素讓大家喜歡，什麼因素讓大家反感，下回就無法改進了。儘管我已經不打算再辦一屆武鬥會……
「我很期待明年的第二屆。」
「下次一定要贏！」
這種氣氛下我實在開不了口。

然而，我是村長，必須負起責任。因此我得鄭重告訴大家。

「好、好了，大家先別急。明年的祭典內容也會以抽籤決定，是不是武鬥會還不確定呢。」

嗯，我說出來了，我真的很有勇氣。

「既然如此，武鬥會乾脆獨立出來辦怎麼樣？」

「也就是把武鬥會跟新的祭典分開。這樣明年就會更熱鬧了。」

大家都朝我投來期待的目光。

…………

「我、我會考慮的。」

我很努力了，對吧？

異世界悠閒農家

Farming life in another world.

Final Chapter

Presented by
Kinosuke Naito
Illustration by
Yasumo

〔終章〕

新的居民

閒話 女王蜂的絕望

大家好。

我是蜂之女王，旁人都稱我為諾斯底蜂。

身為女王的我……如今正感到很困擾。

首先，我沒有護衛了。

正常狀態下雌蜂要獨立出去分巢時，總會有幾隻護衛跟著，但牠們都跑去跟一隻巨大的熊戰鬥失蹤了。

好吧，跟那種熊為敵也沒辦法，根本一點勝算都沒有。

所以當初我才會建議大家躲起來啊，結果我的護衛卻勇猛進行突擊。

優先順序是不是搞錯了啊。

害我現在變成孤單一人，簡直是超苦惱的。

更何況，我正被一隻蜘蛛緊盯著。

蜘蛛，是我的天敵，超級天敵。若是小蜘蛛還好，那種尺寸我根本無計可施。

我跟我的護衛們不同，具備打不過就逃跑的智慧。本來這種狀況我也會馬上開溜，卻逃不掉。那是因為雙方正大眼瞪小眼。在這種狀態下先移開眼神逃跑的，必死無疑。因此我才動也不動，說穿了，就是逃不了。該怎麼辦才好啊。

不，還有一絲希望！畢竟那隻蜘蛛也只是瞪著我，自己卻不動。

莫非這就是所謂的……強者間的睥睨和對峙狀態？身為女王的我雖然沒有蜂針，對方卻提高了警戒？而我儘管不會魔法，護衛們倒是有魔法可以用。

我可以理解蜘蛛提高警戒的理由。

……喔！好像行得通！搞不好我可以撐過去！

我也提高鬥志死瞪著對方。

…………

結果在那傢伙的背後還有好多隻類似的蜘蛛。

是我眼花了嗎？一定是看錯了吧！

看來我失算了。

好吧，吾命休矣～人生到此為止～啊～不知道牠們會怎麼把我吃掉。死前應該多舔幾口花蜜的，還有，好想生小孩啊。

……可以了，覺悟夠了。現在要全力逃跑！

逃跑失敗。

如今，我的脖子正被蜘蛛絲纏著。雖然可以飛，卻是被俘虜的狀態，有夠屈辱的。

假使要吃，我希望牠們可以乾脆一點不要凌遲，最好是用不會痛的方式。

啊……在這種狀態下最佳的劇情發展，就是護衛們平安無事趕回，把蜘蛛們驅散……不過天底下並沒有那麼理想的事。

絕望。

我心中充滿了這樣的情緒。不過，還是有希望的。

因為人類。人類來了！

喔，我知道人類這種生物。他們很想要我們收集的蜜。也就是說算是我們的盟友！平時人類總是會被我的護衛趕跑，但現在護衛們都不在。

人類應該會排除蜘蛛，以便獲得我才對！ＹＥＳ！好，好，棒極了！人類，快來吧！為了我設法趕走那些蜘蛛！

…………

奇怪？為什麼人類跟蜘蛛好像很友好在對話啊？正常情況下，人類跟蜘蛛不是關係很差嗎，難道我誤會了？

…………好過分！我被騙了！先讓我看到一絲希望，再把我踹入絕望的深淵！不可原諒！

……哎呀？

蜘蛛聽了人類的話，不知道要把我帶去哪裡。我會被帶到什麼地方呢？

…………

那是一個有甜美香氣的場所。好多我沒看過的樹木上開滿了花，而且還滿滿一大片。

…………

我不能大意。搞不好又是讓我看到一絲希望，再把我踹入絕望的深淵對吧！

跟蜘蛛一起來的人類正拿森林的木頭迅速動手製作什麼。

怪了？這附近的樹木，人類有辦法隨便操弄嗎？就連我的護衛們，都得花好長的時間才能在樹上挖個洞啊……

他到底在做什麼？難不成，是我的刑場？竟然對我殘酷到這種地步！

…………

我搞錯了。

看來人類是要為我做一個類似蜂巢的場所。

他的目的是什麼？人類所追求的，是我們收集的蜂蜜……難不成，他幫我在這裡做蜂巢就是要永無止盡榨取我的蜂蜜嗎！

可怕，可怕，好可怕！不過，至少那樣我就能苟活了！希望！超大的希望又來了！

不、不過，可別以為隨便找一個地方做巢就能滿足我喔。

…………

這個地方真不錯耶。

可惡，身體在癢了。我想在這裡築巢！應該沒關係吧？

我望了一眼用蜘蛛絲束縛我的蜘蛛。只見那傢伙稍微思索過後，就悄悄把絲線解開了。

謝啦。

我要努力生下大量的孩子，收集蜂蜜！

因此不好意思，蜘蛛先生，可不可以去外面幫我抓隻雄蜂過來。是的，越有精神的越好。這個季節，外面應該有不少雄蜂在飛才對。沒錯，那就麻煩你了。不不不，我沒有堅持一定要帥哥。我重視體力跟性格，拜託了。

就這樣我得到了一處樂園，搖身變為勝利組。幹得好啊，人生大逆轉！

雖然收集的蜜有部分必須繳納出去，但只要想到有蜘蛛們幫忙打倒外敵就很划算了。

共生。沒錯，這就叫共生。呼呼呼。

嗯，雖說身處這樣的樂園，但我可還沒完全滿足喔。

真要說起不滿的地方就是附近並沒有我們最愛的花……嗯？人類把那種花種在巢穴附近了。

抱歉啊，我太感激了。以後也會好好加油的。

…………咳咳。

換、換個角度想，這不是什麼共生，而是蜘蛛跟人類在幫我們奮鬥啊！

這麼說哪裡不對了！現況就是這麼回事。

1 夏天來了，麻煩也來了

時間不知不覺流逝，又到了小黑牠們忙著生育的季節。

雖說，就算沒有我們幫忙牠們自己也會想辦法進行，但剛生出來的小狗……不對，我是說小狼，若死了依舊會讓人心情惡劣。

我跟村民們一起幫助牠們生產。到目前為止，還沒有死產就是了。沒有是沒有啦……

嗯，如果明年起牠們又能自主控制生育數量就更理想了。但是沒有控制好像也沒關係吧？

好吧，小狼很可愛，我可以容忍。

看來明年又非得擴大田地不可了。

新村的建設與其說很順利，不如說我這邊已經沒有可插手的工作了。

剩下的只要交給新居民應該就沒問題……但問題在沒有新居民。

沒有居民的原因很簡單。

我們預計透過比傑爾、德萊姆、麥可的人脈，招募村民。
希望募集的人數大約三十人，最多五十人，建築物之類的設施也是以這個數字來規劃的……
老實說，我根本不覺得能募集來多少人。
當我聽到越多資訊，就越覺得「死亡森林」的風評很差。儘管我有自信只要別人敢來住就會覺得這個地方還不錯，但要求別人移民還是很需要他們的勇氣跟決心。光靠空口說白話是不會有人想來的。
沒料到，最後想來這個地方的三組人馬，合計超過兩百人。一下子也來太多了吧。
況且，我原本只是想測一下風向而已，現在有三組人要移民，逼得我一定要行動起來了。
「是說明的方式不好嗎？」
「只說有建設新村的計畫，然後問有沒有人想移民過去啊？沒錯，那個地點的印象很糟，最好不要太期待喔……大概就類似這樣的問法吧。」
「我大致上也是這樣招人。」
「我也是……明明沒提到收稅的問題，原本以為這樣不會有人積極移民的，真是非常抱歉。」
我讓比傑爾、德萊姆、麥可先生三條線同時進行，又沒有及時要求他們停止招人，這是我的錯。
那三人各自都滿忙的，要跟我一起討論的機會也不多。
我雖然很想提醒他們，報告、聯絡、商談是迴避麻煩的基本原理，但村子就算使用小型飛龍通信也會出現好幾天的時間落差，要說這是不可抗力的麻煩應該也沒錯吧。

問題的根本在於我一開始以為很難找到人，所以才一口氣請三位幫忙，還估算一個人頂多招募到十人左右，這點需要反省。

那之後，比傑爾、德萊姆、麥可先生也為了調整移民人數而四處奔走，但結果並不順利。

「就算強調位置是在『死亡森林』，也無法使移民打消念頭。」

「反而說了願意獻出村子的寶物，請務必讓他們移居。」

「對方威脅我如果不同意搬過來就要暴動了。」

想來新天地生活的團體，似乎都有迫切的理由。但就算我說請等等或是直言不能來，他們也不會輕言退縮吧。

即使如此，我也不能說歡迎大家趕快來啊之類的話吧。話是不能這麼說沒錯啦……是我太天真了嗎？

「趕快把新村蓋好吧。」

最後還是接受了所有移民。

目前，我正在確認他們來這裡的進度。

倘若可以，我希望盡量拖延正式搬來的時間，但事情恐怕沒那麼容易。

甚至事實上，已經有一組人馬開始朝這裡移動了。

既然如此我也要盡力做我能做的事。

首先是找種族代表們過來開會。

「先把目前建好的新村擴大以便收容第一組人，剩下兩組人馬只好另外再開闢新地點了。」

我對大家說明現況跟我的想法。

「不能直接擴大新村，把三組人全都塞進去嗎？」

「據我聽來的消息，三組人分屬於不同的單一種族。比起硬擠在一起，還是分開生活會比較有效率吧……」

「確實沒錯。『大樹村』雖然是多種族混居，而且過得還不錯……但這畢竟是稀有的案例。」

「考慮移民的心情，與其突然要他們跟其他種族一起住，跟全都是自己熟悉的同族一起住還是比較安心吧。」

「既然如此……」

另外選址建新村的方針，就這麼定案了。

「要蓋在哪裡才好啊？」

「當初建新村的候選名單還有幾處，但都有些小問題。」

「例如呢？」

「水源。要是不選靠近瀑布的地方會有麻煩……」

「是因為水道會變太長嗎？」

「是的。雖說也可以鑿井取水……但是請他們來這裡從事農耕的，這樣水夠來灌溉嗎？」

用「萬能農具」開墾的田我想沒問題，但如果不是呢……

「感覺問題很大啊。」

這座森林的雨量很少。

河水之所以很充沛，好像都是拜北方山脈之賜。總之並非河裡水量不夠，問題在瀑布的位置，也就是水位高度的問題。

「有沒有能把河水汲取上來，並送到高處的裝置啊？」
「是某種魔法道具嗎？」
「不，我不是指那種東西……對了，我們村子的浴室不是有打水的水車嗎？就比較類似那樣的東西吧。」
「呃，沒見過那種道具……不過，村長。」
「怎麼樣？」
「既然已經有浴室那種水車，不就可以直接拿去汲取河水、送到高處了？」

我有點臉紅。
她說得一點也沒錯。不過，先等一下。

「那個水車是失敗作啊。」
「失敗作？不是一直都在幫浴室汲水嗎？」
「不，那個還是要用手轉吧？真正的水車應該是自動的，可以利用河水的流動力量自己旋轉，不靠人力就可以把水汲取到高處了。」
聽了我的說明，山精靈代表芽舉起手。

「關於那種水車我以前就很有興趣，我會努力嘗試直到成功做出來為止。」

芽的提議對我幫助非常大。

「那就先以水車完成為前提……暫時不擔心水道的問題了，現在已經有幾個新村地點的候選名單可以用。」

很快就要進入收穫之秋了。這代表，冬天也即將來臨。時間上感覺很嚴苛啊。

我們加緊進行新村的建設工作。

首先，把已接近完工的新村進行擴大。

目前的容量是收納五十人左右，必須要擴大一倍變成可以接受一百人。

我用「萬能農具」開闢森林，擴大村子的用地。這項作業花了五天的時間。

三名高等精靈在幾隻小黑子孫的陪伴下，前往確認下一處新村候選地。

位置則是在第一座新村南邊十公里處。距離「大樹村」感覺相當遠啊。

「不能找近一點的地方嗎？」

「村子之間距離太近，等以後要擴大就會撞在一起了。以目前的預定地，我都認為已經夠近了。」

「這樣啊……」

其實距離十公里也沒有想像中那麼遠，只要兩邊都擴大五公里就會接壤了。這並非不可能發生的情況。

另外還得考慮河川的方向。難不成是因為「大樹村」的田地都是往東南方擴大，才刻意選西方當新村的位置嗎？

呼～嗯，我就相信她們選地的眼光比我還好吧。

「我知道了，那就選這個地方建設第二座新村吧。」

「是的。對了村長，就算是暫定的名稱也好，包括之前的新村跟現在要建設的新村，以及預定的第三座新村，可能要請您分別取一下名字了？」

「……我命名的品味很差喔。」

「只是暫定的。」

「是嗎，那好吧……第一座新村叫川上村，第二座叫川下村，第三座叫川中村如何？」

「川上村、川下村、川中村嗎？我明白了，那麼，我去通知其他人。」

「……先等等！」

川上村、川下村、川中村……

唔，除了容易搞混外，我也很擔心這些名稱就直接沿用下去了，還是不要好了。

「所以要改成一號村、二號村、三號村嗎？」

「既然是暫定的，就取比較像臨時的名稱比較好。」

況且，與其一開始讓我取糟糕的名字，不如留給以後的新居民來決定，這樣他們才會對村子更有感情。

「遵命。假使以後的新居民要請村長命名，屆時再拜託村長了。」

「如果他們有需要。」

總之暫定的名稱決定了。

正在擴大並增設新建築的村子叫一號村。

現在才動工的叫二號村，之後預定要蓋的叫三號村。

……

一號村、二號村、三號村，這樣會不會給人一種上下優劣的誤會？

還是改成鈴村、岡村、谷村之類的會比較好嗎？不，反正只是暫定的，沒必要太花腦筋。
現在應該趕快開闢二號村的土地才對……不過在那之前得先做出道路。
「從這裡直線往北，就是一號村了吧。」
「是的，那就麻煩村長了。」
建設一號村聯絡二號村的道路花了五天。
開闢二號村的土地與收集建材花了十五天。
比預期中還耗時，是因為各處都要設置廁所與水井之故，此外怪物跟怪獸也會以極高的頻率跑來襲擊。
這個地點真的是比較不會有怪物的場所嗎？
另外，一想到這件事，我就發覺「大樹村」周邊的怪物怪獸好像已經減少很多了？
不不，只有那種長獠牙的兔子例外，到現在還是經常抓到。
…………
難不成是因為捕食那種兔子的怪物怪獸一直被我們打倒，兔子的數量才會不受控制嗎？
對大自然的恢復力量要有信心。維持森林生態系統、保護稀有物種什麼的，對我而言負擔太重了。
人類只要活著，就會對周遭環境帶來影響。我們不會浪費任何一隻打來的獵物，也不會過度捕獵，光是要做到這些就夠累了。

在二號村的中心，也有一棵大樹刻意留下來，這已經變成某種固定風格了。

那棵樹旁則要建立神社。

這回因為時間不夠，神社裡只有兩尊神像。小黑小雪跟座布團的雕像只好留待以後再做，不過之後我一定會補上去的。

那麼，接下來輪三號村。

三號村比二號村更往南，建立在沿著河川下去約十五公里遠的地方。

我聽取關於預定地點的說明後判斷沒有問題，便著手打通二號村跟三號村間的道路。

花了大約十天。

這裡果然有許多怪物怪獸。

儘管大多都被小黑牠們趕跑了，但對方會襲擊也是有理由的吧。

所謂弱肉強食，被打倒的怪物怪獸我們都會好好拿來享用。

等到差不多要開闢三號村的用地時，一號村的建築物也增設完畢，高等精靈們正在往二號村移動。

就在這時，遲早會來的消息終於來了。

「村長，在德萊姆先生的帶領下，希望移民的人抵達了，請先返回『大樹村』吧。」

2 新居民們 第一組

第一組人馬。

是靠德萊姆的人脈招募來的移民。他們的移動方式是靠德萊姆、哈克蓮、拉絲蒂等龍族從空中運輸。

為了這件事，不久之前就準備好了巨大的四腳桌。

那三人變成龍的姿態，再把桌子揹在背上，這麼一來就能大幅增加運送量了。

之所以要四個腳，是當龍族變成人類模樣後桌子依然能平穩立在地上的緣故。由於這麼一來不管德萊姆是人是龍都可自由下上貨，便利性獲得很高的評價。

不過這次為了避免移民從巨大四腳桌摔落，又在桌面上額外加了繩網。

揹著那種桌子的三隻龍編隊飛行朝村子移動，這幅光景讓我回憶起飛龍來襲，感覺還挺恐怖的。

這一批共七十二人。

全部都是被稱為半人牛的種族。

我所知的半人牛是一種腦袋為牛頭的巨人，眼前的半人牛卻有著普通人類的臉孔。

唯一的差別是，頭上多了水牛般的大角。另外，我所知的半人牛只有男性……或者該說就只有一個男的，可是眼前的半人牛們明顯也有女性。

好吧，這裡是跟我之前那個世界截然不同的異世界，不要太在意小細節。

本來想送幫忙運輸的德萊姆一點謝禮，他卻說禮物直接轉給半人牛就好，不必客氣。

大概是募集村民時的麻煩讓德萊姆感到過意不去吧。

那是我們主動拜託你的，你明明可以不用介意啊……至於哈克蓮、拉絲蒂對謝禮就毫不客氣了。

總之有他們幫忙真的省了許多力氣。德萊姆在送人來以後，好像還要稍微陪這群半人牛一段時間。

「假使一將人送來就拍拍屁股離開，他們也會感到不安吧。」

的確。

我很感謝德萊姆的用心。

「我是移民的代表哥頓，請多指教。」

「我是『大樹村』的村長火樂。」

一邊打招呼，我一邊思索眼前這群人的情況。

半人牛共有男性二十八人，女性四十四人。這當中，很明顯還是小孩的有八男、十五女。

扣除小孩後的其他四十九人，理論上應該可馬上投入勞動才對……

但這些理論上的勞動力，全都骨瘦如柴。光用看的也知道他們已經有一陣子沒有好好吃頓飯了。

小孩的情況稍好一點，可能是食物優先給小孩的緣故。在這種狀態下，無法叫他們馬上去工作。

「總之，讓你們先吃飯好嗎？我現在就吩咐村子準備。」

我讓半人牛聚集到武鬥會的會場周邊。

在那塊場地請鬼人組女僕負責準備料理並分配下去。

若可以盡量弄一些對腸胃負擔小的料理……不過他們不知道有沒有種族上的禁忌？幸好鬼人族女僕表示這點不必擔心，交給她們處理就好了。

隨後，又請露、蒂雅、芙蘿拉去檢查有沒有需要治療的人。

這樣應該就沒問題了吧？不對，我還沒決定負責照顧他們的人呢。

每次遇到狀況就要等我許可或判斷的話，可能會緩不濟急，因此我必須指定一個專責照顧的角色。

要言之就是教導他們怎麼適應村子的生活。過去獸人族來的時候是交給鬼人族的拉姆莉亞斯，現在拉姆莉亞斯依然在負責這項工作。

那麼給半人牛的指導角色……應該要委派誰啊，在這之前我一直沒考慮到這點。

「村長，可以把負責照顧他們的任務委派給我嗎？」

蜥蜴人之一如此希望道。

「可以嗎？」

「是的。雖然不是和這群人，但我以前有跟半人牛相處的經驗。假使村子都沒有其他瞭解半人牛的居民，就請交給我吧。」

我望向周圍，大家都搖頭表示沒經驗，既然是自告奮勇的應該很有幹勁吧。

「蜥蜴人的娜芙。」

一開始我連分別蜥蜴人誰是誰都辦不到，結果也不知不覺相處這麼久了。

現在我終於慢慢學會怎麼區分不同的蜥蜴人，只是對於剛出生的孩子還是很困難。

「那照顧半人牛的工作就交給妳了。」

「謝謝。」

半人牛就交給娜芙了，我把能集合到我家的人都找過來商量。

「現在新村有了新的問題。」

「的確。」

我跟高等精靈們都感到很苦惱。

「不好意思，我沒有去過新村所以不清楚，是什麼樣的問題呢？」

一直在「大樹村」努力開發水車的山精靈舉起手問道，這時一名高等精靈回答：

「新村是以能收容百人為標準規劃的。」

唔，事實上一開始只有五十人，後來才擴大規模一倍。擴大是擴大了啦……

「這樣有什麼問題嗎？以目前的人數來說應該很足夠啊？」

「但所謂一百人是以普通人類的體型為基準。」

「啊。」

這就是我們的盲點，我們之前根本沒想過這種問題。

至今為止來村子的成員們，並沒有體型極端大的種族。然而，這次來的半人牛族雖然都瘦到營養不良，但可以看出他們的骨架超大。

小孩先不提，成人基本上全都超過兩公尺高，特別高大的甚至接近三公尺。

再來還有衣服的問題。

不知道他們之前到底遭遇了什麼事，每個人的衣服都像破破爛爛的布條。

「只好拜託座布團，幫忙加緊趕工了。」

我望了在一旁的座布團孩子一眼，只見牠舉起一條腿表示理解之意，接著就返回座布團那邊了。

「最迫切的問題，應該是今晚要睡哪吧。」

「是啊，只好祈禱不要下雨，暫時在外面露宿可以嗎？」

「我也是這樣希望……」

然而很快就要進入秋收季節，我考慮暫時中斷建設新村的工作。

…………

想到要過冬，就必須以確保糧食為優先。選擇放棄收穫是不可能的事。

因此最後決定以收穫優先，蓋他們住家的順位往後移。就算這群人已經可以幫忙收割及施工，能否趕在入冬前做完也很可疑。

「那個，如果住宅來不及建好，冬天先去北方迷宮裡生活怎麼樣？那地方原本就是巨人族在住的，空間都很寬敞，也適合他們的體型。」

曾前往北方迷宮調查的人，如此提議道。

「雖是個不錯的點子，但巨人族會同意嗎？」

「以我對他們的印象，他們是很友善的，所以應該沒問題。只不過，一定要送一些謝禮才行，還有必須要自備過冬的柴薪跟糧食過去。」

「這很合理。雖然我很想盡量靠自力解決，還是要做最壞的打算。有誰願意去事先交涉一下嗎？」
「我知道了，我們會挑出候選名單。」
「拜託了。另外還有一件事……」
食物。
「用村子存下的錢，去麥可先生那邊買食物吧。還有，生活用品也買一些。」
乍看之下，半人牛幾乎都沒有任何私人財物。頂多只有少數幾個人，手上拿著破爛的劍或槍。
「武器是不是也要準備一下？」
我提出疑問，周遭的人紛紛提出看法。
「是說，缺乏糧食、衣衫襤褸，又沒有任何像樣的家當……他們之前到底是怎麼了？」
「娜芙會去幫忙問詳情，不久後應該就能知道了吧。比起那個，還是先討論今天的吃飯問題……」
有太多需要商量的事了。
但就在這當中，又冒出了新的問題。
「村長，比傑爾大人帶領的一團人已經到了。」
我突然感到一陣暈眩。

3 新居民們　第二組

第二組移民。

他們是下半身為馬的半人馬族，總數一百零四人。其中男性三十人，女性七十四人，明顯還是小孩的則有三十男、三十四女。

剩下能當勞動力的大人約四十人……而且全都是女性。

那些能當勞動力的成人，全都穿皮甲或鐵甲，手持武器一副隨時要開戰的模樣，還對周圍提高警戒。就連孩子們都穿了防具，只是沒拿武器而已。

……………

這氣氛，會讓我覺得他們是從戰地烽火下逃出來的難民。

「比傑爾，他們是？」

把他們帶到我這邊的人是比傑爾。

他利用大量人數的傳送魔法自村子近郊一口氣送來這裡，所以現在快累死了。

之後，我會讓他去芙勞家休息一下，但現在有事得先問清楚。

「正如您所見，是從一座被捲入戰火的城池中逃出來的難民。」

「你是找還在參與戰鬥的士兵移民過來嗎？」
「怎麼可能呢。戰線隨時有變化，有些地區是隨時都可能陷入危險，因此我是以去外地避難的理由找她們商量移民的事。」
「然後事情談到一半時戰火真的蔓延過來了？」
「沒錯。既然都已經談到一半了，當然不可能臨時拋棄這群人。」
「……他們的敵方是誰？」
「福爾哈魯特王國。」
也就是那個正在跟魔王國打仗的人類國家吧。
「我也會盡量協助他們的，那接下來的事就拜託了。」
「好的。」
比傑爾的體力也快到極限了，我拜託蜥蜴人把他送去芙勞家。

那麼接下來……
該去看看半人馬族了。
那群人並沒有解除警戒，依然保持隨時可戰鬥的態勢。繼續這樣我可是會很困擾的。
「我是這個村子的代表火樂，請問你們的代表是哪位？」
「是我，我叫古露瓦爾德。」

一位女性向前站出來。她身穿所有人裡面感覺最精良的鐵甲，是名女騎士，不過她的下半身是馬。

啊，半人馬族的馬身部分還是有穿衣服的。所以從正面看，會覺得只是普通人類。

「我是畢克子爵家首席隨從的親戚，你在亂看個什麼勁？」

「啊……對不起。」

畢克子爵是哪位啊？

像這種時候該找芙勞才對……不過比傑爾現在去她家休息了。那就改找文官少女組！拜託妳們了。

注意到我的視線，一名文官少女點點頭站到我身邊。

「歡迎來到『大樹村』，這裡是跟帶領妳們來的克洛姆伯爵關係親善的領地，敬請安心。」

克洛姆伯爵？……啊，就是比傑爾吧。

「我們獲得移居到這裡的邀請，你們那邊已經聽說了嗎？」

「已經知道了，但我們這邊應該也轉達了移居時間上的困難才是。」

「嗯唔，妳們給我想辦法處理。」

「古露瓦爾德小姐，妳是為了什麼目的才來這個村子呢？若是想獲得新領地，麻煩妳打消這個主意。」

「小妮子，妳一介村姑也敢對我發號施令？」

「失禮了，我還沒報上自己的姓名。小女子乃魔王國德洛瓦伯爵家的次女，名為菈夏希·德洛瓦。」
文官少女之一，也就是菈夏希稍微提起裙襬，向古露瓦爾德行了個優雅的禮。
雖是作村姑打扮，動作卻充滿了高貴的氣息。
我被她的貴族身段所折服，不自覺退下一步站到了她隨從的位置上。
「畢克子爵屬於西部派閥是我們家的下屬吧。請問妳是畢克子爵家的什麼人呢？」
「請、請恕我剛才的失禮。我叫古露瓦爾德．拉比．柯爾，是畢克子爵家首席隨從的親戚。」
以身分地位而言，菈夏希似乎遙遙領先。
「我剛才說過你們可以安心了，手上不必一直拿著武器。」
「非、非常抱歉！」
古露瓦爾德立刻下達指示，要求半人馬族解除武裝。
這樣我也放下心了，先褒獎一下菈夏希吧。
「感謝您的誇獎。村長，我看他們的情緒好像有點混亂，為了讓他們恢復冷靜，要不要跟半人牛一樣先給他們吃頓飯呢？」
「不用擔心，這件事我已經吩咐下去了。」
「真不愧是村長。還有，他們算是跟我的老家有點關聯，能不能讓我負責照顧他們呢？」
「好啊，這樣真是幫了我大忙。那就拜託妳囉。」

「包在我身上吧。」
「不過還有一件事……」
「什麼事呢？」
「他們既然跟妳的老家有關，那不就代表妳老家也有危險嗎？會不會出事啊？」
「比傑爾大人已經把相關的情報轉告我了。目前暫時還沒有問題。」
「是嗎？」
「不過，一旦未來生變還得拜託村長關照。」
「好的，我知道了。」
我把半人馬族交給文官少女菈夏希，回去跟大家繼續討論收容移民的事宜。

「那麼，古露瓦爾德小姐。」
「是！」
「很好。一開始這樣回答不就沒事了嗎……」
「請饒恕屬下先前無理的舉動。」
「不，不必這樣，我不是來責備妳的。我可以理解，剛才那種態度是為了保護孩子。在來這裡的路上，你們應該歷經了千辛萬苦吧。」
「是的……」

「『大樹村』正如事前跟你們約好的一樣，在進行安頓你們的準備。只不過，不是在這個地方而是另一座新建的村子。目前，那座村子還在趕工當中。」
「這件事屬下已經聽說過了。不過希望至少能讓孩子們先住進這座村子，能夠拜託您嗎？」
「只有村長才能決定這件事。啊，對了對了，我忘了告訴妳一件要緊的事。」
「請問是什麼呢？」
「這個村子最偉大的人，就是村長。」
「村長……就是剛才那個男的嗎？」
「沒錯。另外，很遺憾我在這個村子的地位是非常低下的。不，應該可以說是最底層吧。」
「怎麼可能，您是德洛瓦伯爵家的千金啊……」
「克洛姆伯爵都親自把妳們帶來這裡了，我還得直接聽取妳們的需求，妳自己想想看吧。在這個村子，我的地位是最底層。這裡就是這樣的一個村子。」
「……」
「好吧，看來光用說的很難讓妳相信。那妳們就先去用餐吧。那是村長的好意，請不要忘了心存感激。吃完飯後，我會帶妳們幾個人參觀一下村子，感覺一下這裡的實際情況。」
我返回自家繼續開會。
「那些傢伙真沒禮貌，真的要接納她們嗎？」

跟我一起行動的一名高等精靈這麼問。

「我覺得也不到無禮的地步啦……是說，在陌生的土地上，會提高警覺也不能怪人家。」

「或許是那樣吧……」

「就期待菈夏希能好好調和雙方的關係吧。比起那個，現在有更要緊的問題。」

更要緊的問題。

第二組移民的半人馬族，是下半身為馬的種族，下半身的尺寸也跟真的馬一樣。也就是說，非常巨大。大致上，跟半人牛是差不多的。

此外既然下半身是馬，以人類為基準打造的房子，就很難讓他們生活了。不但走道太窄走不過去，廁所的大小跟便器形狀也不合吧。

……這不是跟半人牛族的窘境完全一樣嗎？

「村長，請問您要上哪去？」

「我想先去打造適合半人牛跟半人馬的廁所。」

「非常抱歉那件事可以等之後再進行。請放心，我們都知道村長很重視衛生，所以我會告訴那兩團人必須定點排泄。」

「嗯唔。」

「對了村長。」

「什麼事？」

「您不讓小黑跟座布團牠們在半人牛族、半人馬族面前出現，是基於什麼理由嗎？」

「這是德萊姆跟比傑爾提醒我的。人一旦緊張就會神經緊繃，還是先不要讓那兩團人看到小黑跟座布團比較好。因此，我已經吩咐小黑牠們盡量去森林裡，而座布團牠們待在樹上或建築物的屋頂了。只剩下幾隻留下來負責聯絡。」

聽了我的話，座布團的孩子從天花板順著絲線溜下來，舉起一條腿揮動，然後才又爬回去。

「真是明智的決斷啊。」

「不過，晚上牠們還是會出來活動就是了。比起那個，妳們要先做好覺悟喔。」

「為什麼呢？」

「第一組、第二組都比預定時間提早抵達，那第三組會提早也不要意外。」

「應該不至於吧。」

「哈哈哈……嗯？好像真的有人來了。」

「哈哈哈，村長真愛開玩笑。」

「希望真的是開玩笑就好……」

「村長，格蘭瑪莉亞小姐那邊有消息進來了，她在森林中遇到了由麥可先生所協助募集的居民們，應該很快就會抵達了。」

我就知道。

4 新居民們 第三組

第三組移民。

已經有半人牛、半人馬族大駕光臨了，接下來又會是半人什麼呢？

我在想這種沒意義的事時，由麥可先生介紹的移民已經到了，於是我來到家門口迎接。

……

結果麥可先生所找來的，竟然是一團美麗的女子跟樹椿。

「呃……」

那團美麗的女子身高大約在一百五十至一百七十公分之間，屬於正常人類的範圍。

這點讓我暫時放心了。

至於她們的年紀大約是在十來歲到二十來歲之間。其端麗的容貌，只要是審美觀正常的人都可以斷定屬於美女無誤，就連身材也不賴。不對，應該說曼妙極了。

就我的第一印象，像是一群從事夜生活工作的大姊姊，然而她們的服裝不是走那種風格，就像普通的村姑。老實說，穿這樣真是糟蹋了。

至於數量……四十人左右吧？

還有大約十根樹椿……不過為什麼樹椿會出現在這裡？我以為這一帶的樹早就被我的「萬能農具」化為沃土了。

當我浮現這個疑惑時，樹椿突然答話了。

「我是代表依葛，很感謝您接納我們。」

樹椿會說話？

詳細問了以後才知道，這些化為樹椿模樣的傢伙也是移民。

包括美女團跟樹椿都是屬於同一個名為樹精靈的種族。根據我過去的知識，應該就類似德律阿得斯這種希臘神話裡的森林仙女吧。

我原本以為型態不同代表性別的差異，結果我錯了。樹椿一樣是女的。

……

也就是說全部都是女的嘛。

「妳們以前有跟人類交流過嗎？」

聽了我的問題，美女團只是保持溫婉的笑容並沒有回答。這個部分可是關鍵呢。

「村長，請不要著急，我們以後會以行動證明一族的忠誠的。」

「以行動證明忠誠？……妳、妳誤會了啦！錯，我不是指那種交流！請不要亂想！」

等我恢復冷靜，才發現她們並不像陷入危機的樣子，跟半人牛、半人馬比起來模樣算正常多了。

「總之先請妳們用餐吧，普通的食物可以嗎？」

「很感激您的好意。不過，關於移民的事我們都已經打聽過了。關於我們的糧食問題並不需要您多費心。」

「聽到這番話真令我欣慰，所以妳們自己有帶糧食嗎？」

「不，沒有。然而，只要把我們放在日照良好之處並定期澆水，我們就能吃飽了。」

「我明白了……」

日照良好之處。

呃，在村子裡的話，只要離巨木、建築物、森林遠一點，日照應該都很充足才對。至於澆水……我們有河水。所以兩者加起來……地點應該選哪比較好……

我還在思索時對方先提出建議了。

「那邊的田地周圍就可以了。拜託您，我們不會妨礙農作物的。」

代表依葛這麼表示，於是我就讓她們去那邊休息了。
乍看之下，樹椿姑且不論，一群美女等距離在田地周圍排成一圈站著，這畫面也太詭異了。
不過她們好像很滿足，那我也沒話可說。
……只是我對立在那邊的樹椿還是很在意，姑且先提醒一下。
「假使妳們長出根我會砍掉喔。」
好像有幾根樹椿頓時劇烈抖了一下……就當作沒看到吧。

樹精靈似乎是從東側好林村那個方向翻山越嶺、穿越森林過來的。
而她們竟然具備跟植物同化的能力，也不會涉入與怪物怪獸們的紛爭。但她們好像很難避免被怪物怪獸在樹幹上做記號的行為。簡單說，就是被噴小便，或是被爪子抓出痕跡之類的。
因為她們的痛覺遲鈍所以不會感到痛，可一旦樹幹表面被爪子抓傷，直到痊癒以前都無法化為人類的模樣，這就是為什麼會有幾根樹椿的原因。
原來如此。
也就是說，她們的真面目其實是樹椿囉。另外，我也若無其事地勸她們去洗個澡。
雖然沒有小便的異味，但感覺總是有點不太舒服。因為是樹椿所以討厭熱水嗎？那用冷水淋浴也可以。總之，希望她們洗乾淨一點。

數小時後——

吃過飯也洗過澡的樹精靈代表依葛重新跟我進行會談。

她們移居村子的理由，好像是之前的棲息地被破壞了所以才想找一片新天地。

聽說是附近村子的人們，過度砍伐森林導致大規模水患，逼得她們不得不離開。

而正在考慮新住處時剛好聽到麥可先生的邀約，她們就決定要搬過來……

並非只聽麥可先生的話就決定的樣子，而是當時麥可先生帶著村子出產的水果成了她們下定決心的關鍵。

「勸我們搬遷的場所，是能長出這種果實……蘋果跟梨子的地方嗎？」

「嗯，沒錯。」

「所有人，準備移動，不要拖拖拉拉。」

當時麥可先生只是去探風向的，所以心裡一下慌了起來，這件事我之前也聽他提過。

那之後，麥可先生又苦苦拜託她們不要一下子跑過來，但樹精靈啟程的步伐已沒辦法煞車了。

順帶一提，麥可先生正在夏沙多市鎮為樹精靈們準備移居用的物資。

看來我也得順便請他籌措半人牛跟半人馬所需的衣服、武器、生活用品、糧食才行了。

「不過，妳們來我們村子的目的既然是水果，剛才不讓妳們嚐幾口好像很失禮啊。」

樹精靈依葛，正被變成人類姿態的同族抱著。

那是因為變成樹椿後移動速度極慢之故。

我雖然理解，但外表甜美的女孩抱著一根樹椿總覺得很不搭。

「請不要介意，我們的目的並非水果。」

「是這樣喔？」

「唔嗯。我們來這裡的理由，是泥土。」

「泥土？」

「能長出那種飽滿果實的泥土，一定是很優秀肥沃的，來了這裡果然令人佩服。因此，請務必讓我們種在這裡吧。」

「妳們都過來了，我怎麼可能拒絕……是喔，是為了泥土啊。」

因為是被「萬能農具」耕過的土吧。

「我懂了。既然這樣，希望我們的土地不會讓妳失望。」

「唔嗯。我先前已經看過田地了，老實說非常羨慕。以後給我們住的泥土，希望也能像剛才那樣子。」

「哈哈哈，只要像田地一樣的住處就行了嗎？」

…………咦？先等一下。

「給各位移居的村子是會準備田地啦……是說，妳們不住屋子裡嗎？」

「住在屋子裡也行，不過，我們還是比較喜歡野外。」

「還是住家裡好吧。」

「我們喜歡野外。」

別慌。現在還不是慌張的時候。不過，我突然感覺好累啊。

負責照顧樹精靈的人選已經決定了。

「這位是依葛。自我介紹一下吧。」

「我叫瑪姆，被村長任命為照顧妳們的人。假使生活上有什麼不方便的地方請隨時向我反應，以後也請多多指教了。」

我指定獸人族之一為樹精靈的照顧者。

那是由於她本人有強烈的意願。儘管瑪姆看起來還像個國中生，但獸人族代表賽娜也保證瑪姆沒問題，我就同意她上任了。

「我才要請妳多多指教呢。」

依葛舉起樹根，與瑪姆握手。

「瑪姆，不好意思，妳可以聽取依葛她們的情況嗎？例如想住哪種地方，以及想做哪些工作，擅長什麼、不擅長什麼，另外就是……」

「種族的禁忌或習俗之類？」

「沒錯。」

「遵命。同時我也會把村子的事，多多少少告訴她們。」

「麻煩妳了。」

嗯，看來瑪姆很可靠啊。

我將樹精靈委託給瑪姆後，就返回家中。還有很多事必須跟大家開會才行。

……問題也太多了。

5 商談

我知道問題還很多。從一開始，收容這麼多人數就遠超出我們的負荷，更何況他們又提前來了。然而，既然已經決定要努力吃下來就只好硬著頭皮幹下去。對村子舊有的居民也帶來了困擾，希望他們能體諒一下。

晚上，我集合各種族代表，展開商談。

半人牛、半人馬、樹精靈的代表，是由三族分別的負責人娜芙、菈夏希、瑪姆陪同的。另外會議還加入了德萊姆與比傑爾。

對於新來的人馬上就參加討論一事也有舊村民表達異議，但我還是希望大家能共同解決問題。

況且，他們已經不是客人了。儘管住在別的村子，依然是新來的居民。

「樹精靈代表，我叫依葛。」

「在下是半人馬族代表古露瓦爾德。」

「我是半人牛族代表哥頓。」

依葛是被化為人類姿態的樹精靈抱來參加的。

本來想請瑪姆抱就好，結果對她似乎太重了。

不過話說回來，三組移民者都是單一種族構成真是太幸運了，這樣稱呼起來就很方便。

此外，種族代表也可以兼任移民組的代表。

以前大家都是圍著大圓桌開會，但這次有半人牛跟半人馬這種巨大的傢伙在，於是便把桌子撤掉了。

與會者各自坐在圓木椅上，也有些坐在地板上。

「在正式討論前，我想先說句話好嗎？」

半人馬族代表古露瓦爾德舉手發言：

「剛來這邊跟大家見面時我搞不清楚自己的身分，做出無禮的舉動，真是感到非常抱歉。請各位讓我有一個機會謝罪。此外，這件事完全由我一人負責，希望不要連累到同族的其他人，我跪下拜託大家了。」

只見古露瓦爾德先站起身，彎曲前腿沉下身子，再深深低下頭。由於她的後腿並沒有彎曲，屁股依然是抬高的……難道這就是半人馬族的謝罪姿勢嗎？之後再請教看看。

「我是覺得並不算無禮啦，但我接受妳的謝罪。請別介……咳咳，今後小心一點就是了。」

我本來想說「請別介意」，但位於古露瓦爾德旁邊的莅夏希在木板上寫了字對我下達指示，我只好聽從了。

是誰，誰教她使用這種提詞牌的！

「是，非常感謝您。今後我會多加留意的。」

古露瓦爾德並沒有發現莅夏希給我的提詞牌，只是對我傳達感謝之意。

「期待妳接下來的的工作表現。」

這也是來自莅夏希的指示。

「遵命！」

大概是對古露瓦爾德的回答滿意吧，莅夏希把木板翻面了。

「真不愧是村長！演技一流！隨時都有王者風範！」

謝謝妳啊。

不過，這個提詞牌我旁邊的人也看得見啊。露，蒂雅，不准笑。

商談繼續。

總之，當下最緊急的問題就是新來的人要睡哪裡。

雖然所有人都說可以露宿沒問題，但希望至少小孩能在有屋頂的地方睡。

村子裡有屋頂的寬敞場所，共三處。

我家、旅舍，以及釀酒廠。

這些地方雖然滿大的，但要說空間夠不夠容納絕對還是ＮＯ。

我知道啦，我不會對釀酒廠出手的，多諾邦你不要瞪我了。

「把旅舍開放吧。優先讓小孩進去裡面休息。」

至於其他成人的過夜處，也得早點設法解決。

只有我們舊村民可以睡有屋頂的房子，新來的人得露天睡，這種狀態我的心裡可不好受。

「我們當下雖是露天睡覺，但暫時只要把目前這個場地借我們就夠了。」

半人牛希望先睡在武鬥會的舞台周邊。

「我們只要借牛或馬住的地方就夠了。」

半人馬們則希望住在牧場區。

「我們只要曬得到太陽，睡哪邊都沒問題。」

樹精靈則表示什麼地方都ＯＫ。

意思也就是說……

「半人牛、半人馬族在希望的場所過夜沒問題。如果有需要的東西，直接告訴負責照顧的人，不必客氣。」

「知道了。」

「是！」

「娜芙、菈夏希，妳們在就寢以外的時間要盡量跟新居民待在一起。另外，這段時間妳們暫時在我家過夜。」

「明白了……不過要在村長家睡嗎？」

「理由是？」

「這麼一來半人牛或半人馬族想找妳們就省事多了。」

「原來如此，我懂了。」

「我會照辦的。」

「至於樹精靈，妳們想睡哪裡都可以不受限制。唯一不可以的地方，就是田地裡。另外，為了避免妨礙他人，一定要按時和瑪姆取得聯絡。」

「瞭解。」

「瑪姆，這份工作雖然辛苦，但還是要請妳加油。」

「是的，我會努力。」

「那麼瑪姆也暫時住我家好了，可以嗎？」

「是沒問題……但我得暫時先回家跟拉姆莉亞斯報告一下。」

「沒問題。安，請準備那三個人的房間。」

「是。」

接著大家又繼續討論各項事宜。

首先，已經完工的一號村暫時擱著不管。

所有人都先投入收成作業。

之後，如果時間許可就繼續建設二號村、三號村。只要二號村的房子能蓋好，至少可以先讓一組移民搬進去。

姑且以抵達我們這裡的順序分先後，就讓半人牛住二號村，半人馬住三號村吧。

那之後再幫樹精靈建設四號村。

德萊姆、比傑爾兩位，也說好以後會常常來關切半人牛、半人馬的情況，以安定他們的情緒。真是太感謝他們了。

收穫作業展開。

能幫得上忙的人，全都加入工作行列了。至於無法幫忙收穫的，就進森林狩獵。

新問題來了。

半人牛、半人馬、樹精靈中的大半，都無法狩獵森林裡的怪物怪獸。

「看外表還以為他們很強呢。」

「別這麼說，半人牛其實是很溫和的種族呢。」

負責照顧半人牛的娜芙開始為我說明。

「他們並非整團人都是戰鬥型的，而是由加強戰鬥能力的人來保護整個團體。因此，專職戰鬥的半人牛雖然很強，但如果不是戰鬥型的，就跟普通的樸素百姓差不多。」

「專職戰鬥的半人牛……是從小時候就開始培養的嗎？」

「不，好像是一出生就決定了。然而，要確定這點似乎必須等長大到一定程度才行。」

「原來如此。那麼，來到村子的半人牛專職戰鬥型的有……」

「除了種族代表哥頓外另有兩人，但都還是小孩。」
「也就是說，目前只有哥頓能進森林了。」
「是的。」
「勉強其他人進森林導致受傷的話就糟糕了，還是想點別的工作給他們做吧。」
「真不好意思，那就麻煩您了。」

「半人馬族這方面，可以進森林的有幾個？」
「包括古露瓦爾德在內，只有七名大人。小孩就沒辦法了。」
負責照顧半人馬的菈夏希為我說明道。
「不過除了小孩以外的人不是都有基本的武裝嗎？」
「雖然有武裝，但說穿了只是把普通人集合起來以便保護孩子罷了。」
「那能進森林的七人就是有受過訓練的戰士囉？」
「不，真正受過正式訓練的只有古露瓦爾德與另外一人。剩下的……恐怕有點勉強。很抱歉，這部分都是她們自己說的……」
「是嗎？看來她們也很害怕進森林。」
「是的。因此，除了古露瓦爾德與另外一人，剩下的希望能指派去做其他工作。」
「我明白了。讓我再想想看。」

「非常感謝您。」

樹精靈的情況我也懂了。

她們有逃跑的技術，但毫無任何戰鬥力。

「不，其實她們還滿能打的，魔法也很強。」

「是這樣嗎？」

「是的。只不過，她們並不會主動狩獵，比較像等待獵物自己上門，所以無法期待打到大量的獵物。」

「啊～原來如此。」

「變成人類的姿態姑且不論，以樹椿的狀態要移動實在太困難了。」

「的確。不過，就算只打到少量獵物對我們也有幫助啊。」

「好的。另外，恐怕要安排她們到小黑們不去的區域，否則很難有任何成果。」

「因為她們不會積極移動的關係吧，我懂了。那我會跟小黑牠們討論一下分配的區域。」

「那就麻煩村長了。」

就像這樣，無法進森林的人都要另外安排新工作。

半人牛族，負責運輸收成的農作物。無論男女，他們的力氣都滿大的，所以就請他們把農作物搬進倉庫裡。

至於半人馬族，則負責準備露天睡覺的場地。考量到避免日曬雨淋，上方要架起很大的一塊布。不只是半人馬族自己過夜的地方，半人牛族的部分也要順便施工。另外還順便請她們照顧半人牛族的小孩。

至於樹精靈們，全體移動到二號村周邊。我請她們在那塊區域狩獵。雖然各自都在從事不習慣的工作，但還是希望大家好好加油。

第一天，除了樹精靈以外，進入森林狩獵的新居民都沒有戰果。

而且還有三人受傷。

包括哥頓、古露瓦爾德，以及另一位半人馬。

「……長獠牙的兔子有這麼難打嗎？」

「呃……對普通人來說，只要遇到這種對手就絕望了。」

聽了文官少女組的解釋，我決定明天不派他們進森林作業了。

「那我順便問一下……妳們有辦法打倒獠牙兔嗎？」

「請別說笑，我也屬於普通人啊。」

6 與時間賽跑

收穫以非常快的速度進行。
這是跟入冬在比賽。什麼時候天氣會變冷，誰也不知道。
收成的農作物數量請文官少女組清點，並存放在倉庫裡。
今年我想就不要出售太多農作物了，但對於有交情的對象還是很難避免。

首先，必須參加好林村以交易為名義的交換市集。
同時，這陣子都住在村子的格魯夫一行人也一塊出發，順便讓他們返回老家。

「這段時間託你們照顧了。」
「有嗎？我記得你們幾乎都待在自己女兒家吧？我可沒印象有照顧過你們喔。」
「哈哈哈，是沒錯啦，但至少還是給我們食物跟酒了。嗯，真是個好村子啊。」
「……已經跟女兒們好好道別了嗎？」
「是的。雖然很可惜，但好林村那邊有妻子跟其他女兒在等待。」
「只要她們還待在村裡我就會好好照顧她們，你不必擔心。」
「我明白。你接納我……不對，是我們的女兒，我非常感謝。」

「嗯，等下次有空你們再來住吧。」

「好的，一定一定。」

跟好林村的交易，是由蒂雅跟拉絲蒂負責。

她們都很努力。

再來，要以豐收季贈禮的名義把收成分送到德萊姆、德斯、萊美蓮那邊。

現在已經有糧食不足的風險為什麼還要做這種事呢，其實賣給他們換錢的成分是比較大的。

我期待他們回禮才送這些農作物過去。期待回禮聽起來好像很現實，但這是為了讓農作物能快點變換成現金跟寶石。

跟比傑爾的交易也是一樣，拿食物換現金。

接著把農作物運去夏沙多市鎮的麥可先生店裡，用賣掉農作物的錢跟之前存的錢購買糧食。

因為事先溝通過了，我們要的糧食都已準備好。

「先把農作物賣了，然後又買食物不會有點奇怪嗎？」

派去麥可先生店裡的一位文官少女這麼問道，其實真正的理由是目前比起食物的品質，我們更需要食物的量。

我可以體會文官少女覺得多此一舉的心情，所以比起穀物類還是多換了一些海產類回來。

目標就是讓所有人都平安撐過冬天。

等來春以後，各村都會展開自己的農業就不會這麼吃緊了。

……等等？半人牛、半人馬、樹精靈他們有辦法務農嗎？

不過，既然以前都在別的地方生活，我想應該沒問題吧。

……之前都沒問過關於務農的事。不知有困難嗎？樹精靈感覺問題比較大。

派村民去做不適合的工作會降低效率……下次，我要好好找他們討論務農的問題。

越來越多糧食被搬進村子裡。

為了儲放糧食我本來想建新的倉庫，但暫時沒那個空檔。先簡單挖幾個地窖把食物放進去吧。

等收成與買賣糧食事務都結束了，我派已經沒事的人加緊前往二號村施工。

先蓋給半人牛族住的大房子。考量到省事跟施工速度，全部都蓋平房。內部裝潢等以後再補上，總之先有屋頂，其次則是牆壁，還有為了過冬用的防寒對策。

由於半人牛族本身也加入了工程作業，建設速度可說是飛快。我也去幫忙設置二號村的水井跟廁所了。

雖然我每天都會回「大樹村」，但去那邊施工的人有大半都是在二號村留宿。畢竟，「大樹村」跟二號村還是有一段距離，這樣可以節省移動的時間。

此外，為了保護施工人員，已經有相當數量的小黑子孫跟座布團的孩子移動到二號村周圍了。也因為如此，「大樹村」變得有點寂寥。

半人牛族的成年人雖然住在二號村施工，但半人牛族的孩子們還是留在「大樹村」。負責照顧的人是半人馬族。

光從半人馬族的外表就可以想像，她們很擅長高速奔馳。而擅長的戰鬥方式，也是提高速度後突擊，採取打帶跑的機動戰。透過跟對手保持距離的技巧自遠處單方面修理敵人，這些都是要靠腳程的。

之前，古露瓦爾德她們在森林裡連兔子都對付不了，我現在明白是沒空間給她們跑的緣故。只要讓她們去可以奔馳的地方，戰力就會超強。

於是我就拜託她們擔任「大樹村」與二號村之間的運輸、聯絡人員了。

半路上遇到的怪物怪獸並沒有必要打倒，只要逃跑便行，因此這工作不只讓古露瓦爾德跟另一名戰士負責，所有半人馬族的成年人都加入了。

大致上，是以五人為一個小組，在道路上快速行動。

從「大樹村」出發，途經一號村抵達二號村，大約要花三十分鐘。

算時速大概是四十公里左右吧？我問過以後知道她們還能跑更快，但不需要那麼勉強。

然而，我也很好奇她們最快可以跑到什麼程度，就試著挑戰一次最高速，結果從「大樹村」到二號村只要二十分鐘左右，真驚人啊。

「那個，村長，我看牧場裡好像有養馬，您會騎馬移動嗎？」

「嗯？啊，騎是會騎啦……不過，或許該說我只是被馬載著。因為馬並不怎麼聽我的指揮。」

難不成，古露瓦爾德可以跟馬對話？

如果可以，要不要請她幫忙跟馬說一下，拜託馬以後聽我的指揮？或是問問馬對我有什麼不滿。搞不好馬是討厭我幫牠取的名字？關於命名的天賦，我可是連一丁點自信都沒有。

什麼，妳無法跟馬對話？是喔，真可惜。

「那個，村長，要不要騎我試試看？」

「咦？」

「我覺得應該比騎馬容易。」

「呃，可是……」

古露瓦爾德的下半身看起來跟馬一樣。嗯，就是馬沒錯。

再看她馬背的部分，好像可以騎。儘管如此……

「讓我騎上去真的好嗎？」

「是的，請吧。」

只見古露瓦爾德彎曲雙腿蹲下來，我也就順意跨坐在她背上。

接著古露瓦爾德站起身。

好高啊。就跟騎普通馬的高度一樣。

「我要開始移動了。」

古露瓦爾德邁步起來。

我屁股底下的背部也會上下晃動。嗯，這跟騎普通馬的感覺也一樣。

「我要稍微加速了。」

喔，這才叫騎馬啊。

「開始跑囉。」

…………

速度快到令我嚇破膽的程度。因為沒有馬鞍跟馬鐙感覺很危險。

這之後，我每次去二號村都請古露瓦爾德載我一程。

格蘭瑪莉亞她們用有點嫉妒的眼光看著古露瓦爾德。另外，小黑牠們也是。

我雖然可以體會格蘭瑪莉亞她們的心情，但小黑牠們我可是從來沒騎過喔。

馬在鬧彆扭了。

呃，抱歉，我並非不要你了，但你一直不聽我的指揮啊。

花了一點工夫才讓馬心情好轉。

以後騎古露瓦爾德的時候，盡量別被馬看見吧。

「村長，水車的試做品六號完成了。我覺得這次一定能順利運轉！」

山精靈們的水車研發工作並不順利。

試做品一號、二號根本轉不起來。而三號雖然會轉，卻沒辦法好好汲水。

四號在轉動、汲水方面都表現不錯，但幾天後就因轉太久而歪斜壞掉了。另外，四號的汲水量不夠多也是一大問題。

五號為了追求耐用度導致重量太重，轉起來並不順暢。

接著就是這次的試做品六號。

以轉動最順的四號為基礎，將水車軸改為鐵製提高耐用度。為了增加汲水量，體積也變得相當可觀。

直徑超過了三公尺。

總重量方面已盡量減輕了，但還是得靠變成龍的拉絲蒂幫忙搬到設置水車的地點。

我在河邊蓋了固定水車的台座，就放在那上頭。

連台座也試驗過三次才完成。

「檢查位置，沒問題！要把水車放下去囉！」

山精靈幾乎總動員，共同關注這次的水車工程。

水車砰咚一聲放下來，軸也精準嵌入了台座裡凹陷的位置。

緊接著……在河水的推動下水車緩緩動了起來。

歡呼聲頓時沸騰。不過，水並沒有跟著被汲起，周圍隨即充斥著失敗的陰鬱氣氛。

「啊！」

水車的方向放反了。

這樣水當然無法汲取。

花了一點時間重新安裝，再度檢查運作的情況。

成功汲取當初預定的水量了。

「太好了，真是太好了。」

山精靈們感動落淚。

「當初還以為很簡單，所以才小看這項工程。」

「沒想到，還得把木頭的重量一起考慮進去才行……」

「嗚嗚。不過，現在覺得好開心。」

「可以改良的點，應該還有三項吧。」

「總之，可以先慶祝一下了。」

「不對，等等，還得做其他兩架一樣的水車吧？」

雖然不清楚是否能順利推展農業，但能從河川汲水這件事今後一定能派上用場。

希望大家好好努力。

在收穫作業結束約四十天後，一共蓋出了大型平房二十五棟左右。

由於半人牛族一等平房蓋好就馬上搬進去生活，有問題的部分全都已找出並進行改善了。

這麼一來，應該可說半人牛族的居住問題已獲得解決吧。

至於原本冬天讓半人牛族去北方迷宮過冬的備案，現在就直接轉移給半人馬族了。

「如果可以，我們冬天想繼續待在這裡。」

雖然我很想達成古露瓦爾德的願望，但冬季的酷寒可是很嚴苛的。只有一、兩人也就罷了，但所有半人馬包括孩子在內可是有上百人。

「加緊建設三號村吧。」

在冬季降臨之前，只能做多少算多少了。

7 習慣了？

樹精靈她們，可能自給自足的程度比我想像中還高。

不需要特別幫她們準備食物是最棒的一點。呃，她們還是可以吃喝東西沒錯，但只要有日照跟水分，再加上優質的土壤，她們似乎就能自力更生了。

另外，她們是以守株待兔的方式狩獵。她們可憑驚人的耐力在同一個地方等待許多天，直到獵物自投羅網為止。

簡單說，她們不需要照顧，只要我允許她們的請求。

「在這個地方曬太陽沒關係。」

「變成人類姿態的樹精靈，請不要全裸跑來跑去。」

「妳們看起來像是寄生在別棵樹上……真的假的？好吧，這麼做是沒關係，但禁止對村子中央那棵樹出手……」

雖然不需要照顧，但並不代表完全不必費心。

我原本讓樹精靈她們在二號村周圍狩獵，但當二號村的建築工程開始時護衛用的小黑們就會過去，樹精靈則必須返回一號村這一帶。

然而，有一部分樹精靈還是在「大樹村」與二號村待命。

待命的理由是警報和光源。

樹精靈在某種程度的距離內，好像可以跟同族心電感應。雖說是心電感應但無法傳達太複雜的訊息，只能提供現在的位置跟「滿足」、「不滿」、「安全」、「危險」等簡單的內容而已。

我看重的是「現在的位置」跟「危險」兩點。假使當她們在村裡發出「危險」信號，就可以判斷村子發生了什麼事。

精確度不怎麼高，但應該可以避免新村被怪物怪獸襲擊，不知何時被全滅的慘劇。

這就是我要的警報。

至於光源，樹精靈變成樹樁的時候可以發光。因為是樹樁，只要冒出綠意，開一些高度適中的美麗花朵，就會變成如夢似幻的夜燈了。

配合她們喜愛野外的習性，雖然無法當街燈卻成了不錯的村燈，並建立了她們在村中的位置。

「瑪姆，樹精靈她們都沒什麼要求嗎？」

「有好幾項就是了，但都是我可以應付的內容。主要問題其實在於……她們穿著的習慣。」

「嗯。」

樹精靈原本似乎是全裸的種族。

變成人的時候當然也一樣。我問過以後才知道，她們剛來時身上那些不合適的衣服，都是麥可先生送的。

「還得要感謝麥可先生啊。」

「是的。所以，這件事該怎麼處理呢？我已經把這個列入重點盡量勸導她們了……」

變成樹椿好像就會把衣服脫掉，去狩獵的時候也是全裸。

她們身材太好實在很難假裝沒看到啊。

「跟她們說，變成人而且在村子的時候，有穿衣服的義務。假使是在自己家裡，就不強制了。」

「我明白了。」

「現在才問雖然有點晚了，不過半人牛族來村子的理由有沒有打聽到？」

我因為太忙而忘了這件事。

「有，已經打聽出來了。」

負責照顧半人牛族的娜芙回答道。

「哥頓先生他們，在以前住的地方是養蠶的，村長知道嗎？」

「不知道，我只聽說他們是普通的農夫……原來是養蠶戶啊？」
之前我擔心半人牛無法務農，所以特地去確認過。
當時，我記得哥頓跟我拍胸脯保證他們當過農夫沒問題。
「是的。他們也會種其他農作物，不過移民的主要理由是養蠶。」
「……嗯？怎麼了嗎？蠶因為病害而死光了？」
「不，他們的蠶繭生意似乎很好，只是治理當地的領主剝削他們。」
「剝削？」
「因為蠶繭的價格很高，領主就命令他們增加產量。」
「啊，原來如此啊。」
領主的心情我能理解，若是能賺錢的買賣，的確會想要擴大產量啊。
「然而，就算上面命令要增產，蠶的數量也不可能一下子就變多啊。」
「那是一定的。」
「領主因此大怒，決定提高他們的稅率……」
「……嘎？提高稅率，那個領主還真無能啊？」
「沒錯。哥頓先生他們努力了三年還是撐不下去，最後決定放棄村子逃走了。」
結果，領主被領內能賺錢的生意搞得鬼迷心竅，甚至還害自己的金雞母棄村而逃……
「那之後，他們在各地流浪，運氣好跟德萊姆先生的部下聯絡上了，才決定搬來我們這裡。」

原來如此。無怪乎他們剛抵達時，每個人都瘦成那樣子。

「這是我個人的感受，能讓他們在二號村安心生活，真是太好了。」

「一點也不錯。之後為了能讓他們安定下來，大家要更努力幹活。」

「遵命。」

「附帶問一下，那個無能的領主屬於哪個國家？該不會是福爾哈魯特王國吧？」

「不，沒那麼巧。國家的名字我不記得了，是一個比福爾哈魯特王國更往西的遙遠國度，要不要我再去問一下？」

「不用了，讓他們回憶起往事也不好。我只是有點好奇罷了。」

我不該把什麼壞事都推到福爾哈魯特王國上，一定是因為這個國家以前給我的印象太壞了。

預定要給半人馬居住的三號村，目前正加緊趕工當中。

我先用「萬能農具」開闢出土地，再由高等精靈、蜥蜴人與半人牛族幫忙蓋出住所。

跟半人牛族那邊一樣，都是以平房為主。

由於跟下半身是馬的半人馬族體型差異很大，先試蓋一小間，再把所有的問題都找出來。

「通道太狹窄了。這樣只能一個人勉強擠過去，想兩個人錯身都不行。」

「門把的位置，應該要設在高一點的地方。窗戶的高度也要調整。」

「這裡最好不要有這種不高不低的階梯。」

「沒必要非在地面安裝木板不可。」

「室內比起用房門區隔，可能改門簾會更方便吧。」

一開始太客氣不敢說話的半人馬，在我跟菈夏希的強烈要求下終於肯發表意見了。

住在不合適的房子裡製造心理壓力，絕不是我樂見的。

把半人馬族的意見稍微統合起來……

「不就是一間比較豪華的馬廄嗎？」

就類似在馬廄的一角增設廚房與廁所。

「嗯，對啊，因為下半身是馬……所以，生活習慣也會趨向馬那邊……」

古露瓦爾德好像很困窘地表示，那我就把他們當馬處理吧。

「既然已經明白大致的方向了，就朝那個概念加緊動工吧。」

一旦建築物的形式決定，剩下的就簡單了。

我們同時開工好幾間房子。因為感覺冷風越來越刺骨，不瘋狂趕工不行。到底能不能趕上冬天還是個問題。

我們一心一意投入建築作業。

就在這樣的狀況下，我把哥頓跟古露瓦爾德叫過來。

地點是在三號村剛蓋好的一棟房子裡。

這裡還沒有住戶搬進來，附近也沒有其他人。

「我有很重要的事要說，希望你們仔細聽。」

聽了我的宣布，兩個人都一臉緊張。

「真的是很重要的事，那我就直說囉。哥頓，你們半人牛，可以跟其他種族交配嗎？」

「交配？咦？……啊，抱歉，呃……可以是可以，但是會產生一些問題。」

哥頓說話的口氣，感覺比先前禮貌了些。是因為入住二號村後心情比較篤定的緣故嗎。然而，這樣也讓我覺得彼此之間的距離變疏遠了，這是為什麼呢？

先不管這個疑惑了……

「你指的問題是？」

「呃，那個……」

哥頓好像很在意旁邊的古露瓦爾德，要求她先摀住耳朵。

接著他才告訴我關於半人牛族的交配情形。

嗯，交配本身沒有問題，問題是出在尺寸。
簡單說，半人牛不找半人牛好像就沒辦法了？或者該說完全不可能。
雖然不是我最想要的答案，但至少半人牛女性不會跑來要求我那也ＯＫ。
「哥頓，很抱歉問你這種隱私的問題。不過我已經理解了，那就請半人牛族自己建立幸福美滿的家庭吧。」
「遵命。不過，那個，還有一件事……」
「什麼事？」
「因為我們的男性數量很少……所以有一部分女性想對外發展。不知道她們是否符合村長的喜好……如果村長想要，我們願意獻上去。」
「慢著慢著慢著。」
「是。」
「我不想要。」
「咦？」
「我就老實說吧，我不想要。這不是任何客氣、謙虛、委婉的表示。」
聽了我的宣稱，哥頓露出困窘之色。
「我並非瞧不起你們。我剛才已經說過了，請半人牛族自己建立幸福美滿的家庭，那就是我的要求。」

「我明白村長的意思，不過有一部分半人牛女性想對外發展……」

「那你去矯正一下。」

「咦？」

「矯正她們的觀念。我完全沒有要你們獻上誰的意思！若想報恩就拚命勞動吧。」

「……我明白了。」

「感覺你好像還是很不滿，聽好了，矮人族都是男性，我也不可能對蜥蜴人的女性出手。你明白我在說什麼嗎？就算某個種族不對我獻上女性，也不會降低他們的地位。另外，就算獻上了我也不會對那個種族偏袒，你要牢牢記住這點。」

「遵命。」

說完這番話就讓哥頓先出去了，接下來輪到古露瓦爾德。

「問女性這種問題實在很不好意思，但這是妳擔任種族代表的職責所在，希望妳回答。」

「請問是什麼問題呢？」

「半人馬族，可以跟人類交配嗎？」

「………………………這、這個問題，是指能不能幫人類生孩子嗎？很遺憾那是不可能的。」

古露瓦爾德紅著臉回答道。

結果，答案是不可能。也就是說……她們不會來找我了。

ＯＫ！這答案太棒了！

「不過，村長不必客氣，只是單純追求享樂還是可以的！」

「…………嘎？」

「我、我、我雖然還很不成熟，但已經略聞男女之事！幸好，我對自己的胸部還滿有自信的！」

「慢著慢著慢著！」

「我已經做好覺悟了！那麼，請村長命令我吧！」

「誰要命令妳。還有，把那種覺悟拋棄吧。」

「為什麼呢！我這麼說可能有點奇怪，但我是個很強悍的女子。我以前聽說男人凌辱強悍的女子時就會很開心，難道不是這樣嗎？」

「妳是聽誰說的啊？還有，又不是每個男的都這樣。」

「既然如此，您為什麼要問這個問題？」

「這、這個嘛，早知道我就先說明理由了。這是為了預防種族間的糾紛才特地調查的，並非要強迫哪個種族獻上女性啊。」

「預防糾紛？」

「想想將來，等孩子們長大以後會發生什麼事。」

「……」

「怎麼了？」

「您、您竟然為我們設想得如此周到……真是太感謝了。」

「不，這沒什麼，也是為了我個人的緣故……好吧，既然交配是不可能的，那就請半人馬族自己建立幸福美滿的家庭吧。」

「是的！我明白了！」

嗯，我就是想要這種回答。

「那麼，我什麼時候可以去村長的房間呢？」

「嗯？」

「我什麼時候去村長的房間等比較好？」

「妳在說什麼啊？」

「什、什麼時候，要享樂一下？故意逼我說這種話也是增進情趣的一環嗎？」

「不是！妳在胡說什麼啊！我剛剛才說過請半人馬族自己建立幸福美滿的家庭對吧。」

「是的。我很感激村長的好意。」

「既然這樣，那我們還要享樂什麼？」

「假使我們這族無法取得村子裡的一席之地，就不可能建立幸福美滿的家庭。為了要獲得安穩的地位，就必須有人受村長的寵幸才行。因此，就由不才我——古露瓦爾德自告奮勇吧。」

古露瓦爾德低下頭。

「啊……我剛才已經跟哥頓解釋過了。放心吧，妳不必擔心這個。無論我怎麼想，都不會把你們趕出村子的，安心住下來。」

「就算您這麼說……」

「唔……」

新來的居民，也有新來居民的煩惱。

我原本以為他們已經開始適應了，但看來還早呢，真是一個難解的問題啊。

總之，我好不容易才說服了打算脫衣服的古露瓦爾德，驚險撐過這個場面。

真想找一個人訴苦一下啊。

8 喝醉酒與存在意義

「是老公不好。」

「是老公的錯。」

「村長，真希望您能更用心一點。」

「我並不討厭村長這種笨拙的一面啊。」

上述話依序是露、蒂雅、莉亞、芙勞所說的。

現場還有矮人多諾邦、半人牛的負責人娜芙、半人馬的負責人菈夏希，以及樹精靈的負責人瑪姆。

大家談話的內容，是關於半人牛的哥頓、半人馬的古露瓦爾德，以及樹精靈的事。

要言之，就是新居民想把女性送到我身邊，難道不能設法讓他們打消主意嗎？經過眾人討論以後，結果就是這樣。

「算啦算啦。」

多諾邦一手拿酒，如此替大家打圓場。

「雖然大家意見不一……但首先還是看村長，也就是村長的立場……不，應該說要先讓他們知道村長這個人在村子裡的權力。」

「權力？」

「唔嗯。拜託，我的話並不難懂吧。」

多諾邦喝光一杯酒，又給自己倒了一杯，同時這麼說明道。

順帶一提，這酒是我請的。

「舉個例子吧……我們矮人是獲得誰的許可才能住進村子？」

「應該是我？」

「唔嗯。然後我們長老矮人，就開始為村子釀酒。說這樣是為了矮人嗎？其實並不然。畢竟我們釀出來的酒，全都是要上繳給村長啊。」

「的確。」

「這時假設村長想把我們矮人趕出村子。」

「咦？」

「這只是舉例。就算村長想把矮人趕出去，也會因釀酒的工作而考慮再三。」

多諾邦把剛才倒的那杯酒舉起來，展示給我看。

「村長本人雖然不是很嗜飲，但村裡有許多人都需要酒。一旦把我們矮人趕出去了，就無法再享受由我們釀的酒……即使村長可以忍受這種事，其他村民八成也會產生不滿，屆時村子就可能出現不穩的氣氛。因此，與其勉強把矮人趕出去，不如讓他們留下來對村子比較好？這應該會是村長思考後的結論。」

我會這麼想嗎？……好像會喔。

「也就是說，我們矮人能住在這裡的代價，就是要生產酒。到這裡應該都沒問題吧？」

「嗯，對啊。」

「我們是釀酒工人。露小姐和蒂雅小姐是村長的諮詢對象，也是孩子的母親。至於鬼人族負責家務。高等精靈擔任狩獵與建築工作。蜥蜴人出勞力。獸人族做需要靈巧的工作。魔族的那些女孩也要幫助村長處理政務。山精靈負責鍛造、製作器具，最近還透過完成水車展示自身的價值。其餘的座布團、小黑，以及龍族就不必我再多說了。」

多諾邦如數家珍地說道：

「到目前為止能留在村子的人，都有他們的貢獻，或是展示了自身的功能。新來的居民因為還辦不到，所以才感到不安。一旦村長這位掌權者改變想法時，就可能把他們趕走。」

「不，我完全沒有趕人的意思……」

「我也知道村長的態度。大致就是來者不拒，去者不留吧。可是，那些人還不知道村長的性格，畢竟認識到現在也還不到一百天吧。」

聽多諾邦這麼一說……的確沒錯。

「村長是這個『大樹村』，也是新村中最有權威的人，希望村長對此要有自覺，並表現出相應的態度才行。」

「相應的態度？」

「你現在的態度會讓人感到不安，為了驅除這樣的不安必須要好好表現一下。」

多諾邦把手中的酒飲盡，再重新倒一杯。

「舉例來說吧，關於新居民跟村長立場的平衡。目前，不管村長下達什麼命令，他們都無法拒絕。」

「……」

「『無法拒絕』跟『雖然接受但保有拒絕權利』這兩者之間是有很大差距的。如今的村長，對他們太過禮遇了。」

「太過禮遇？」

「唔嗯，不但給他們安居的土地、美味的食物、我們所釀的酒、座布團提供的布製品，還有其他堆積如山的物資。然而在這種情況下，他們要提供的代價卻因快要入冬了而尚未支付。假使他們是那種敢厚著臉皮占別人便宜的壞蛋也就罷了，但他們都是很善良的百姓，當然會因這麼好的待遇而良心不安。」

「不對啊，我已經叫他們幫忙施工之類，做了很多工作嘛……」

「那些工程本來就是要蓋給他們住的房子，而這段時間你也白白請他們吃飯，這樣的工作內容算是對等的代價嗎？」

…………

「現在明白他們想獻上女性的理由了吧？」

「……是啊。」

「村長不接受為什麼會被罵的理由也懂了？」

「嗯唔。」

「……哈哈哈，好像變成我在教訓村長了，但希望村長能理解我的意思，除此之外還是可以照著自己的想法辦。」

「嗯？」

「即使對方想獻上女性，也不是非接受不可。重點在如何裁決這件事。」

「……啊。」

我真是太自以為是了。

「想追求什麼結果全看村長的判斷……但請別忘了對方沒有拒絕的權利。」

「是啊。」

「……像這種話，也只有喝醉的時候敢說，請別對我要求太多了。」

「真抱歉。」

「啊……對了，既然莉亞也在這，我要順便說一句。」

「什麼事？」

「妳們這群高等精靈，晚上努力過頭了。應該要稍微手下留情比較好。」

多諾邦你……

在我心中多諾邦的股價瞬間暴漲。

「要是妳們沒留下可乘之機，就算村長想接受妳們也沒辦法好嗎！好歹考慮其他種族的感受吧。」

啊，不對，直接說讓我晚上可以休息一下不就好了。

「我們會跟其他種族好好討論。總之，呃……反正我們會思考一下這件事。」

我在心底暗自擺出勝利的手勢，應該要給多諾邦獎勵牌……等等，不對。

給他酒才是真的。

謝謝你！還有，對莉亞的提醒也順便對鬼人族說吧。

我的覺悟還不夠。

一口氣接受兩百名以上新居民的覺悟。

我以為只要給他們房子跟食物就夠了，看來是大錯特錯。新的居民，也要有新居民的生活方式。

那之後，我們重新回到一開始的話題。

若只是讓多諾邦講完就算了，那就是我被教訓而已，一點解決問題的功用都沒有。

娜芙、菈夏希、瑪姆都各自提供了意見。

討論結果——

「要留在『大樹村』？」

我把哥頓、古露瓦爾德找過來宣布道。

「是啊，雖然很辛苦，不過你們兩村都要排出輪班表，決定派駐這個『大樹村』的人選。」

「瞭解了……不過，派人來『大樹村』以後要做什麼呢？」

「基本上是擔任把我的命令傳達給你們的聯絡員。另外，住在不一樣的村子擔心會有資訊不暢通的困擾，所以他們停留在『大樹村』的時候要負責記錄這裡發生的事，等回去以後再告知你們的村民。至於從你們村子過來接班的人，也要把你們那邊的情報傳遞給我。」

雖說靠半人馬的腳程傳消息會更快，但對同種族的人應該比較能信賴吧。

「另外，他們還得做我吩咐的工作。這樣稱呼可能有點難聽，不過就像是我的跟班。」

「跟班？」

「沒錯。當輪班人員來我這邊時，就要負責擔任我的幫手。」

我的處理方式就是要求遠處兩個村子的種族提供勞動力。

「至於人數，每村隨時要派兩人。一次要停留在這邊多久由你們決定，但回去跟人來時一定要向我報備才行。有問題嗎？」

「從什麼時候開始呢？」

「從今天開始。你們要快點選出派駐員。」

「派駐員？」

「是啊，就是停留在這裡的人員名稱。」

「懂了。那停留在『大樹村』的時候，他們要住在哪裡比較好呢？」

「目前先使用旅舍吧。」

「目前？」

「等來春，我會把我家改建。屆時，各村的派駐員就有可以過夜的房間了。倘若不待在我附近，就不能算是我的跟班啦。」

「喔。」

「意思也就是說……」

我需要跟班。

另外，那些跟班以後也會住進我家。因此假使各村真的要獻上女性，就以這種形式接受吧。

然而，怎麼對待這些跟班是我的自由。目前我只會叫他們當我的幫手並且從事聯絡員的工作。那之後就是各自努力的問題了，就算那些村子要藉此送來女性也無妨。

這種處理手段或許很幼稚，但這是我（還有一起討論的眾人）所做出的結論。

「那麼，除此之外各村的種族也必須負擔其他工作。」

「那是當然的。」

「哥頓的村子，以農業為中心。假使有興趣做畜產類的事業也無所謂，你們之前好像是養蠶戶吧，如果有餘力就去找蠶來養。」

「感謝您。我們會先以農業為主，等腳步站穩了再考慮其他方面。」

哥頓低頭鞠躬。

到目前為止，我都只有向他們打聽或試探而已，並沒有真正命令他們工作，這點我要反省。千萬不能忘了禮尚往來的原則。對他們好，也必須要求他們有所回報。之後就算撤回命令也無妨，但至少先把當前的目標告訴他們。

「至於古露瓦爾德的村子……目前尚未完工，不過等完成以後也以農業為中心吧。另外，要仰賴妳們的腳程在各村之間奔走擔任定期聯絡員。無論季節或天候如何還是要每天進行，很辛苦喔。」

「是的，請交給我們吧。」

「好吧，工作的細節等村子建好再說了。」
古露瓦爾德也低頭鞠躬。
這麼一來，這件工作就算完成了。

還剩下另一件事。
我把依葛叫過來。

「關於依葛的村子，很抱歉就不蓋了。」
「唔！」
依葛嚇了一跳，從樹椿的上半部冒出藤蔓。
「別緊張，只是不特別幫妳們蓋新村而已。基本上我希望妳們就住在『大樹村』裡面。」
「咦？喔、喔喔！我們可以直接住在這裡嗎？」
「是啊。不過，妳們還是要負責目前這項駐留各村的警報工作，另外晚上當街燈的工作也要繼續下去。」
「瞭解。」
「因為需要駐留各村，妳們當中可能有部分人要分開生活了，這點有困難嗎？」
「沒有。」

「是嗎？另外，很抱歉，我還必須顧慮到比妳們先抵達的半人牛、半人馬族才行。」

雖然有體型大小跟生活型態的問題，但最後來的依葛她們反而可以待在「大樹村」，跟先來但必須搬到別處的兩個種族可能會產生不和。

「我該怎麼做才好呢？」

「我希望妳先擔任一號村的管理員。」

「一號村的管理員？」

「對。那邊已經完工了，隨時都可以搬去住……只是現在沒有居民，一直放著不管建築物跟設施可能會受損。」

目前，一號村是空無一人的場所。

「在其他移民來這裡以前，想拜託妳看管那個地方。另外加上警報、夜燈的工作，妳們會很忙碌喔。」

「我明白了，包在我身上。」

先前因驚訝而長出的藤蔓，現在開出花朵了。

「嗯，那就拜託妳了。」

…………

好累啦，真想放鬆一下。

啊，還不行。

半人馬的村子尚未完工。

冬天已近在眼前了。

閒話 農業神

神也是會失誤的。

這不是什麼可恥的事。

真正可恥的，是犯了錯以後還不承認。

我是農業神。

身為創造神的其中一名後代，負責管理好幾個世界的農業事務。

因此我還算滿忙的。

然而，在這種忙碌的生活中，我還是得返回起源的第一世界。

為了斥責我的父親——創造神。

「妳、妳用不著這麼生氣吧？」
在我面前端坐的創造神，好像在探風向一樣偷偷打量我的表情。
「看，我的腿已經很麻了。」
父親故意揉了揉自己的腿。
眼見我什麼也沒表示，父親就自動放棄端坐的姿勢。
「我有說你可以亂動嗎？」
我狠狠瞪了他一眼。
「對不起，我會反省的。」
創造神立刻恢復標準的端坐姿勢。剛才的腳麻果然只是演技啊，真受不了。

我父親創造神，必須管理無數個世界。關於這點我是真的覺得很厲害。
畢竟，他要管理的世界數量是我的幾千、幾萬倍以上，我不得不承認父親的確很了不起。
然而，他還是有缺點。
那就是很粗心。
父親大約每一百萬次，會有一次因粗心大意而犯錯。
根據父親所主張，假如他不粗心大意，這個世界只需要一個創造神就夠了，其他神都不必存在，因此不能對他的粗心太苛求。

正因為他粗心，才會有我們誕生。我們生下來的目的就是幫父親收拾善後。只要我們都比父親更細心就不會有問題了。

不過，雖然我很想為自己的能力感到驕傲，但很遺憾不管怎麼樣我們畢竟是父親的孩子。想要超越父親的地位，那是不可能的。

我剛才雖然斥責父親，但只要他有那個念頭我就會立刻被消滅。然而，父親並不會那麼做。這是出於父親定下的規矩。

本來應該可以隨心所欲的父親，卻定下了限制自己的枷鎖。

嗯，也不是因為有這種規定我就可以隨便罵父親，我斥責父親可是有正當理由的，就算因為這樣害我被消滅我也在所不惜。

「把本來已經轉給孩子的靈魂管理工作搶過來，然後又糊塗出錯，為了彌補過失把那個靈魂傳送到別的世界，這是在幹什麼啊？」

「為、為了救贖那個靈魂啊。」

「我就知道。不過既然這樣為何要送他去那麼嚴苛的的地方呢？」

「我、我一時大意。」

……………

幸好我個性溫和，若是母親，早就用膝蓋問候父親的臉了。

真是的，為了救贖靈魂而送去別的世界，結果反而讓對方陷入險境。

這很明顯是失誤。

況且，被送去的那個人，還是很難得想務農的優秀人才。

要不是我感興趣特地過來確認一下，這個失誤就會被當作沒發生了。

以現況而言，那個人……似乎非常拚命工作，還把田地擴充到這麼大，真了不起。

儘管被有點凶暴的怪物跟怪獸包圍，但他還是找出和平共處的方法了，我暫時放下心裡的一塊大石頭。

不過，這並不代表我要原諒父親。

那是由於，之前我向父親口頭確認這件事時，他竟然回答一點問題都沒有。

欺騙是不可原諒的。明明就有那麼多問題卻不承認。

「好吧，就算你要讓他去另一個世界，也該稍微送他一些能力吧。」

「呃，他本人自己說不要的。我可是有很努力說服他喔。」

「……………真的嗎？」

「這絕對不是騙人，千真萬確。」

「…………我知道了。」

很遺憾，現在我已經不能插手這件事了。

對於父親送去其他世界的人，不能直接進行任何支援。這也是父親所定下的規矩之一。

真要問有誰能做點什麼，那就只有管理一個世界這麼小範圍的神——類似我孫子或曾孫的存在才有辦法……

但就算是他們，也不可直接出手。

必須用隱約、間接的方式，大概就是十次中只有一次好~像有出手的樣子才行。

這樣雖然很麻煩，但神不能因自己的情緒任意改變世界，過去也完全沒有成功的範例。

這是已經讓好幾個世界崩潰並經過反省的結論，沒辦法改變。

我所能做的，就是去找管理那個小範圍世界的神，嚴格命令……不，這也不行。

以立場而言我雖然是上級，但這同樣是越權的行為。

啊，這麼說來那個世界，我的曾孫過去也引發了麻煩……唔！

「爸爸！拜託，你為什麼要讓他去那個世界嘛！」

「好痛好痛好痛，不、不要勒我的脖子，快窒息了。還有女兒啊，妳的口氣怎麼變了。」

「你很吵耶！為什麼會挑上那個世界！快說！」

「啊哈哈……我不小心的啦。」

我的膝蓋終於去問候父親的臉了。

呼，真是的。

竟然是那個世界啊……

以前，有兩位神明的作為惹惱了一位神明，打破了父親的規矩。那個世界發生過這些事所以才特別不安穩。

現在為了讓那個世界安定下來，得投入其他世界好幾倍的神明才行。

然而那個世界還是很重要，甚至演化出獨特的風貌，父親判斷讓那個世界崩潰太可惜了，才特地多加照顧。

此外，因為曾打破過規矩得以不定期去觀察那個世界。

就某層意義而言，那個世界獲得了更多神明關注，現在比其他世界更為安定，也不太容易崩壞才對……

就算我想插嘴，應該也沒辦法傳達到那邊。

怎麼會送到這樣一個地方去呢。

我唯一能做的，就是繼續守候而已了。

可惡，好想賜給他「農業知識」跟「植物知識」啊。

那樣一來，他就可以大量種植那個世界原本沒有的農作物了。屆時那個世界的農業也會突飛猛進，農夫數量大為增加才是……

我還是忍不住想發脾氣痛揍父親一頓。

「喂，等、等一下，要揍也等我把被妳打歪的鼻子治好再說……」

另有一件事，我非得對父親說不可。

「為什麼沒跟他說，我是女的呢？」

「咦？」

「他常常會向我祈禱，但他刻的雕像就是個男的啊！」

「這、這種事問我有什麼用……」

「你當初如果能若無其事地暗示他我是女的，現在就不會這樣了！」

我也無法讓他作夢夢到我身為女性的樣子。修正的機會嘛…………拜託那個魔法之神或許還有可能……看來是沒救了。

唉。

我只好向父親祈禱他有一天會察覺到這點。

異世界悠閒農家

Farming life
in another world.
Presented by Kinosuke Naito
Illustration by Yasumo

02

登場人物辭典

Characters
Isekai Nonbiri Nouka

●人類

【街尾火樂】
是被傳送過來的人，也是「大樹村」的村長。完成了過去從事農業的夢想並在異世界努力耕耘。

●地獄狼族

【小黑】
村子地獄狼的代表，也是狼群的首領。喜歡番茄。

【小雪】
首領的伴侶。喜歡番茄、草莓、甘蔗。

【小黑一／小黑二／小黑三／小黑四　其他】
小黑跟小雪的孩子們，排行一直到小黑八。

【愛莉絲】
小黑一的伴侶，優雅恬靜。

【伊莉絲】
小黑二的伴侶，個性活潑。

【烏諾】
小黑三的伴侶，似乎很強。

【耶莉絲】
小黑四的伴侶，喜歡洋蔥。性情凶暴？

【吹雪】
小黑四跟耶莉絲的孩子，是變異種的冥界狼。

【正行】
小黑二跟伊莉絲的孩子，有多位伴侶，是隻後宮狼。

●惡魔蜘蛛族

【座布團】
村子惡魔蜘蛛的代表，也負責製作衣物。喜歡馬鈴薯。

【座布團的孩子】
座布團所生的後代。春天有一部分離家旅行，剩下的留在座布團身邊。

【枕頭】
座布團的孩子。第一屆「大樹村」武鬥會的優勝者。

●諾斯底蜂種

【蜂】
被村子飼養的蜜蜂，與座布團的孩子維持共生（？）狀態，為村子提供蜂蜜。

●吸血鬼

【露露西・露】
村子吸血鬼的代表，別名「吸血公主」。擅長魔法。喜歡番茄。

【芙蘿拉・薩克多】
露的表妹。精通藥學，正在努力研究味

噌與醬油。

【始祖大人】

露和芙蘿拉的祖父。科林教的首腦，被信徒稱為「宗主」。

◉鬼人族

【安】

村子鬼人族的代表兼女僕長，負責管理村子的家務。

【拉姆莉亞斯】

鬼人族女僕之一，主要負責照顧獸人族。

◉天使族

【蒂雅】

村子天使族的代表，別名「殲滅天使」。擅長魔法。喜歡黃瓜。

【格蘭瑪莉亞／庫德兒／可羅涅】

蒂雅的部下，以「撲殺天使」的稱號聞名。不時要負責抱著村長飛行移動。

◉蜥蜴人

【達尬】

村子蜥蜴人的代表。右臂纏上了布巾。力氣很大。

【娜芙】

蜥蜴人之一，主要負責照顧半人牛族。

◉高等精靈

【莉亞】

村子高等精靈的代表。以旅行兩百年所培養出的知識擔任村子的建築工作（？）。

【莉絲／莉莉／莉芙／莉柯特／莉婕／莉塔】

與莉亞有血緣關係的同族。

【菈法／菈莎／菈露／菈米】

跟莉亞她們會合的高等精靈。

【菈菈薩】

跟菈法她們有血緣關係的同族，擅長製作木桶。

◉加爾加魯德魔王國

【魔王加爾加魯德】

魔王，理論上應該很強。

【比傑爾・克萊姆・克洛姆】

魔王國的四天王之一，負責外交工作，封伯爵。勞碌命。

【葛拉茲・布里多爾】

魔王國的四天王之一，負責軍事工作，封侯爵。雖是戰略天才卻喜歡上前線。

【芙勞蕾姆・克洛姆】

村子魔族暨文官少女組的代表。暱稱「芙勞」，是比傑爾的女兒。

【優莉】

魔王之女。擁有未經世事的一面。曾在村子住過幾個月。

【文官少女組】

優莉跟芙勞的同學或朋友們，在村子擔任芙勞的部下非常活躍。

【菈夏希·德洛瓦】

文官少女其中之一，是魔王國德洛瓦伯爵家的次女。主要負責照顧半人馬族。

◎龍

【德萊姆】

在南方山脈築巢的龍，別名為「守門龍」。喜歡蘋果。

【葛菈法倫】

德萊姆的夫人。別名「白龍公主」。

【拉絲蒂絲姆】

村子龍族的代表。別名「狂龍」，是德萊姆和葛菈法倫的女兒。喜歡柿餅。

【德斯】

德萊姆等人的父親，別名「龍王」。

【萊美蓮】

德萊姆等人的母親，別名「颱風龍」。

【哈克蓮】

德萊姆姊姊（長女），別名「真龍」。

【絲依蓮】

德萊姆姊姊（次女），別名「魔龍」。

【馬克斯貝爾加克】

絲依蓮的丈夫，別名「惡龍」。

【海賽兒娜可】

絲依蓮和馬克斯貝爾加克的女兒，別名「暴龍」。

【賽琪蓮】

德萊姆的妹妹（三女），別名「火焰龍」。

【德麥姆】

德萊姆的弟弟。

◎惡魔族

【古吉】

擔任德萊姆的隨從，也是智囊團般的存在。

【布兒佳／史蒂芬諾】

擔任拉絲蒂絲姆的傭人。

◎獸人族

【格魯夫】

從東側山脈（好林村）來的使者，似乎是個很強的戰士。

【賽娜】

村子獸人族的代表，是從東側山脈（好林村）移民過來的。

【瑪姆】

獸人移民之一，主要負責照顧樹精靈族。

◎長老矮人

【多諾邦】

村子矮人的代表。是最早來村子的矮人，也是釀酒專家。

【威爾科克斯／庫洛斯】

繼多諾邦之後來村子的矮人，也是釀酒專家。

◎夏沙多市鎮

【麥可·戈隆】

人類，夏沙多市鎮的商人。是戈隆商會的會長。極其正常的普通人。

◉？？？

【阿爾弗雷德】
火樂和吸血鬼露所生的兒子。

【蒂潔爾】
火樂和天使族蒂雅所生的女兒。

◉山精靈

【芽】
村子山精靈的代表，是高等精靈的亞種（？），擅長建築土木工程。

◉半人蛇

【裘妮雅】
南方迷宮統治者，下半身為蛇的種族。

【絲涅雅】
南方迷宮的戰士長。

◉半人牛

【哥頓】
村子半人牛族的代表。擁有龐大身軀，是頭上長了牛角的種族。

◉半人馬

【古露瓦爾德・拉比・柯爾】
村子半人馬族的代表。是一種下半身為馬的種族，腳程飛快。

◉樹精靈

【依葛】
村子樹精靈族的代表。是一種能變身成樹椿和人類模樣的種族。

◉其他

【史萊姆】
在村子裡數量與種類日益增加，甚至還被確認有酒史萊姆這種特殊個體存在。

【牛】
分泌牛乳。不過，牛乳產量並不像前一個世界那麼多。

【雞】
提供雞蛋。不過，雞蛋產量並不像前一個世界那麼多。

【山羊】
分泌山羊奶。一開始性格很野，但後來還是變乖了。

【馬】
為了讓村長用於移動而購買的，對古露瓦爾德抱持競爭意識。

Farming life in another world.
Presented by Kinosuke Naito
Illustrated by Yasumo

後記

大家好，我是內藤騎之介。

還能在這裡跟大家見面，我非常高興。

那麼，馬上來聊聊故事內容的亮點吧。

已經讀完第二集的朋友應該已經發現了，這回的時間流速跟第一集有很大的差別。第一集大約描述了七年左右的時光，但第二集只進展了一年而已。

不過，這可不是為了幫篇幅灌水而故意拖戲喔，是依照情節（故事）的需求。

主角大約過了五年的獨居生活，一邊介紹他在「死亡森林」逐漸適應的經過，一邊讓女主角們加入。之後才開始有愛情的描寫，是一部以緩慢悠哉生活塑造出壯大（？）縝密（？）的故事情節。

我設計這種情節的契機，是認為突然被扔入一個完全陌生世界的本作男主角，有那種膽量可以一下子就跟女主角談戀愛嗎？基本上我是很懷疑的。

在現實世界也是，轉學到陌生地方的新學校時，第一天就向男生或女生告白會覺得很不自然吧？難道不會？最近不是用這種節奏寫小說的話讀者就懶得看了？這就是現代的輕小說界嗎？可惡，好可怕。

好吧，身為老古板的我會覺得那樣很怪，所以才要先在異世界打好一定的生活基礎，等主角有自信後才安排跟女主角相親相愛的橋段，這也是我安排情節的基本架構。

結果，當初我根本沒意識到這會出書或改編漫畫，小說的開頭變得太悠哉了，讓主角一個人寂寞了好久……雖說我也該反省要多設計一些在畫面上有看頭的場面，但也會覺得若不是這種風格就不叫做「異世界悠閒農家」了。

那麼，如今我是否還繼續沿用那種情節設計呢……任何事順勢而為都是很重要的。

原本阿爾弗雷德、蒂潔爾生下來，甚至女主角們懷胎的時間點都是放在更後面。是我不小心手滑了嗎？不，這是神的啟示。也就是說，阿爾弗雷德、蒂潔爾都是受神所庇佑的孩子。好吧，反正任何事都照一開始的情節安排未免有點無趣。就算當初構思時感覺有趣，等實際寫的時候覺得沒意思還是要毫不手軟地更改。人生會遇到什麼事無法預料，我認為小說亦可作如是觀。

最後，我要對這一集照顧我的編輯大人、校正校閱負責人表示一下，能成書都是託各位的福，我非常感激。

負責插畫的やすも老師，很感謝您提供美麗的插圖及可愛的角色。

另外，就是手上正拿著本書的男性或女性讀者，我要說聲謝謝。

那麼，祈禱下一集還能再跟各位見面，恕我於此先告一段落。

內藤騎之介

作者 內藤騎之介
Kinosuke Naito

大家好，我是內藤騎之介，
一顆在情色遊戲農田裡收成的圓滾滾鄉下馬鈴薯。
過著有大量錯漏字的人生。
還請多多指教。

插畫 やすも
Yasumo

有時玩遊戲，有時畫圖。
是個插畫家。
希望自己能創作出更多元的題材。

異世界悠閒農家

02

莉亞與安的下集預告閒～聊

嗨，大家好，我是莉亞。

我是安。

兩人加起來……就叫莉安囉。

莉安……果然，我還是覺得這個組合的名字很怪。

別在意、別在意。

那麼，這一集的賣點就是武鬥會了，所以下一集……

要為您呈現的是哈克蓮大人。

是龍族呢。

與德萊姆、拉絲蒂大人不同，從哈克蓮身上能感受到一種神祕的力量。

神祕的力量？

難不成是所謂的女主角威能？

不行啦，不可以直接說出來。

露大人跟蒂雅大人正瞪著這裡呢。

哎呀，恕我失禮了。

03

即將發售！

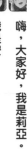

Next
Farming life
in another world.

下一集雖然主打哈克蓮大人，
但我跟安小姐也不會認輸喔，沒想到沒想到——

沒想到？

就是生小孩。

喔！等一下，是真的嗎？

不是都已經做了該做的事嗎？妳也一樣吧？

關於這點，好吧，我也得承認……是喔，原來我也生了。

當然會生囉，不過小孩的性別跟姓名依然保密。

唔唔，真教人好奇啊。

總而言之，在《異世界悠閒農家》第三集
也請期待莉安的活躍喔！

請大家多多指教了！

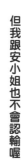

國家圖書館出版品預行編目資料

異世界悠閒農家 / 內藤騎之介作；許昆暉譯. -- 初版. -- 臺北市：臺灣角川, 2019.03-
冊； 公分
譯自：異世界のんびり農家
ISBN 978-957-564-820-6(第1冊：平裝). --
ISBN 978-957-743-160-8(第2冊：平裝)

861.57 108000483

Kadokawa
Fantastic
Novels

異世界悠閒農家 2

（原著名：異世界のんびり農家 2）

2019年8月1日　初版第1刷發行
2023年4月25日　初版第3刷發行

作　者：內藤騎之介
插　畫：やすも
譯　者：許昆暉

發行人：岩崎剛人
總編輯：蔡佩芬
編　輯：彭曉凡
美術設計：莊捷寧
印　務：李明修（主任）、張加恩（主任）、張凱棋

發 行 所：台灣角川股份有限公司
地　址：104台北市中山區松江路223號3樓
電　話：（02）2515-3000
傳　真：（02）2515-0033
網　址：www.kadokawa.com.tw
劃撥帳戶：台灣角川股份有限公司
劃撥帳號：19487412
法律顧問：有澤法律事務所
製　版：巨茂科技印刷有限公司
ISBN：978-957-743-160-8